オリオンと林檎

韓国文学の源流　短編選2

This book is published with the support of the Literature Translation Institute of Korea (LTI Korea).

装幀・ブックデザイン　成原亜美（成原デザイン室）

装画　松尾穂波

オリオンと林檎　もくじ

朝鮮半島~満洲国

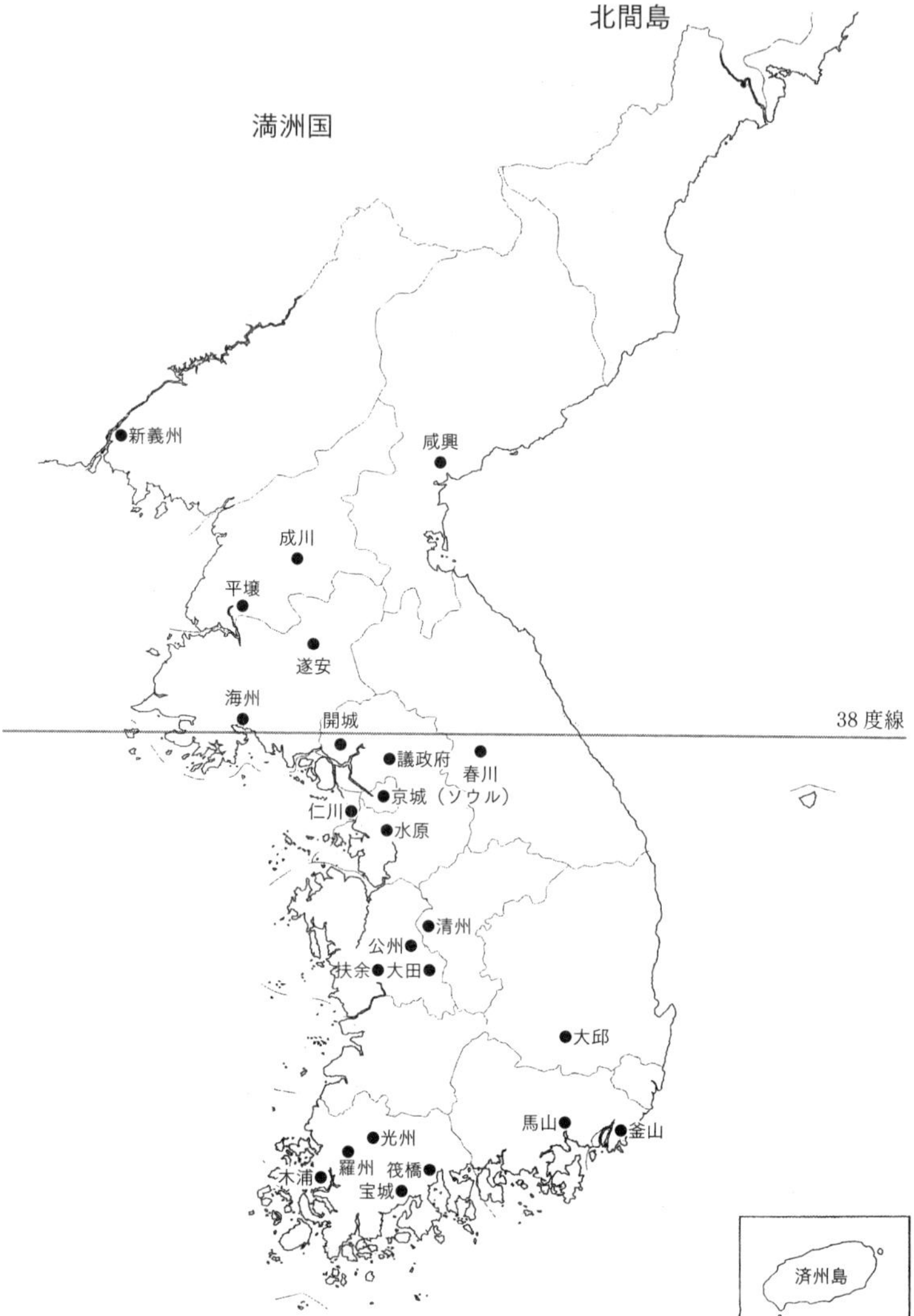
北間島
満洲国
新義州
咸興
成川
平壌
遂安
海州
開城
38度線
議政府
春川
京城（ソウル）
仁川
水原
清州
公州
扶余
大田
大邱
馬山
釜山
光州
羅州
筏橋
木浦
宝城
済州島

post card

恐れ入りますが、
切手をお貼り
ください

810-0041

福岡市中央区大名2-8-18
天神パークビル501

書肆侃侃房 行

□ご意見・ご感想などございましたらお願いします。

※書肆侃侃房のホームページやチラシ、帯などでご紹介させていただくことがあります。
不可の場合は、こちらにチェックをお願いします。→□　※実名は使用しません。

書肆侃侃房　http://www.kankanbou.com　info@kankanbou.com

■愛読者カード

このはがきを当社への通信あるいは当社発刊本のご注文にご利用ください。

□ご購入いただいた本のタイトルは？

□お買い上げ書店またはネット書店

□本書をどこでお知りになりましたか？

01書店で見て　02ネット書店で見て　03書肆侃侃房のホームページで
04著者のすすめ　05知人のすすめ　06新聞を見て（　　　新聞）
07テレビを見て（　　）　08ラジオを聞いて（　　）
09雑誌を見て（　　）　10その他（　　）

フリガナ
お名前　　男・女

ご住所　〒

TEL（　　）　FAX（　　）

ご職業　　年齢　　歳

□注文申込書

このはがきでご注文いただいた方は、**送料をサービス**させていただきます。
※本の代金のお支払いは、郵便振替用紙を同封しますので、本の到着後1週間以内にお振込みください。銀行振込みも可能です。

本のタイトル	冊
本のタイトル	冊
本のタイトル	冊

合計冊数　　冊

ありがとうございました。ご記入いただいた情報は、ご注文本の発送に限り利用させていただきます。

凡例

一、本翻訳は、目次順に『韓国小説文学大系21 常緑樹 休火山 外』（東亜出版社、一九九五）、『そばの花咲く頃（外）― 汎友サルビア叢書３２１』（汎友社、二〇〇五）、『椿』（文学と知性社、二〇〇五）、『民村』（文学と知性社、二〇〇六）、『韓国小説文学大系23 農民 模範耕作生 城隍堂 外』（東亜出版社、一九九五）、『小説家仇甫氏の一日』（文学と知性社、二〇〇五）、『韓国小説文学大系25』（東亜出版社、一九九五）、『カラス』（文学と知性社、二〇〇六）を底本とした。

一、［ ］は訳注、または編注に加筆したか修正を加えたものである。

一、ゴシック太字で印した箇所は、原文が日本語をハングル表記で表した箇所である。

一、本文中の××は、原文が伏字になっていることを示す。

一、本文中の距離「里」は日本の長さ（十分の一）に直した。

一、本文中の圓《えん》の表記は当時一圓は一ウォンだったので、そのままウォンと表記することにした。

一、本文の年齢は数え年と思われるが、そのまま訳出した。

一、原文中に現在の観点からは差別的または不適切な表現があるが、作品の背景を示すものと考えそのまま訳出した。

下水道工事

하수도공사

朴花城

パク・ファソン 박화성

イ・ソンファ 訳

1932

激昂した三百人の労働者が、中井代理を引っ張って警察署に殺到した。

保安係、衛生係の広い事務室にいた職員は、給仕までもひとり残らず出てきて目を丸くし、広場に幾重にも並び殺気立って暴れている群衆を見ている。

「さあ、署長と面会させてください」

「中井代理をつれて入ろう」

廊下へ一気になだれこむ群衆を、外に立っていた者たちが両手を広げて阻む。司法係室からも職員が出てきて、高等係の主任も階段をどたどたと転がるように下りてきた。

署長はもったいぶって出てこなかったが、署長室で立っては座りを繰り返し、側近に何事か見てくるように命じた。

保安係の主任が丸々とした顔を覗かせた。金縁の眼鏡越しに、広場をびっしりと埋め尽くした群衆を眺めながら、

「用があるなら静かに話せ！　騒ぐんじゃない」

と厳然として言い放った。

「静かに話せるようなことではない。四の五の言わずに署長に会わせてくれ！」

警察署を揺るがさんばかりに、三百人の叫び声がとどろいた。

「署長と面会させろ！」

「署長を出せ！」

高等係の主任と刑事たちは片隅でなにやらひそひそ話していたが、保安係の主任を呼ぶと再び顔を寄せ合い小声で話し合っている。

「あんたらの相談はあとにして、俺たちの話を聞いてくれ！」

一方で、数人が拳を高く振り上げてまた大きく叫ぶ。保安係の主任がこちらへ来ると、

「それなら代表者を出せ。こんなふうに騒ぎ立てるなら署長には会わせられない」

と、険しい目つきで群衆を見渡す。

「よし、では代表を選ぼう」

群衆はグループに分かれて輪になった。

「チャン・ドクサム、君に頼むよ」

「キム・ビョンス、イ・ジェピョ」

言い終わる前に、ヒョロッと背の高い司法係の主任が静かに歩いてくると、あちこち指さしながら代表選びに夢中になって指示しているドクサムの肩を二本の指で軽くつついた。

「君、代表は四人だけ選びなさい。多すぎても仕方がない……」

柔らかく静かな物言いだ。

「ソ・ドングォンを選ぼう」

「ソ・ドングォンがいなきゃ話にならないだろう！」

あちこちで声が聞こえる。

「よし、これで四人だ。ソ・ドングォン、イ・ジェピョ、キム・ビョンス、皆こちらへ来てくれ」

ドクサムはまず自分が傍らに立って三人を呼ぶ。保安係の主任を先頭に、中井代理と四人があとに続いて署長室に入っていくのを見ながら、群衆はまた口々に言った。

「おい！　ひとつ残らず全部話してこいよ！」

「あの盗人野郎からしっかり約束を取り付けてこい！」

「なにがなんでも今日こそけりをつけろ！」

このような励ましの声を聞きながら、代表たちは保安係の主任の案内で署長と向かい合って座った。

四十代前半くらいに見える署長は、腰を少し浮かせて椅子を寄せるとどっしりと腰掛けた。彼は縁なし眼鏡を片手でかけ直しながら、何度か咳払いをした。

「君たち、国語（日本語）はできるのかね」

彼は四人の顔を代わる代わる見ながら訊いた。一番年下のドングォンが頷《うなず》く。

「はい、僕は少しわかりますが、ほかの三人は聞き取れません。通訳をつけていただけますか」

彼の日本語があまりに流暢だったため、署長は意外そうにドングォンをじっと見つめながら、保安係の主任になにか言いつけた。主任が出ていき、背が低いのっぺり顔の刑事らしき者をつれて入ってきた。

署長はその人物を通じて彼らの要件を尋ねた。

「はい。私たちはご存じのとおり、下水道工事をしている労働者です」

一番年長者のドクサムが切り出した。

「昨年の十二月から仕事に取り掛かって今まで四カ月ものあいだ、受け取った金は三十銭が一度きりと、米二升しかありません。これはいったいどういうことですか」

手振りを交じえながら、だんだんと語気が荒くなる。

「その通りなのか？」

署長は話を軽く受け流した。せっかちなジェピョが横から割り込む。

「その通りなのか、だと？　だから中井というやつが盗人だと言ってるんだ」

彼は怒声を張り上げながら中井を睨《にら》みつけると、再び続けた。

「初めは労賃が一日七十銭だと言っていたものが、七十銭はおろか三十銭、三十五銭しかもらえなかった者もいる。一番多くもらった者でも五十銭だったのに、それもただの一度きり。労賃の代わりに米をもらったといっても、あれのどこが米なんだ？　粗末な屑《くず》米を二升しかもらえなかったんだぞ。さんざんこき使っておいて賃金はお預けとはどういう料簡だ」

彼は、まるで契約相手である請負業者に詰め寄るかのように、目を見開き青筋を立てながら署長に訴えた。

「ほんとうなのか？」

署長は意気消沈して座っている中井代理に尋ねる。

「ええ。そういうことになってしまいまして……」

彼は頭をぼりぼりと掻きながら言葉を濁す。

「こいつ！　後ろめたいから言い淀んでやがるな。四カ月も労賃を払わない罰当たりなやつめ」

今度はビョンスが威勢よく突っかかった。

「けんか腰で乱暴な言い方をするんじゃない」

署長は静かにビョンスをたしなめた。向こうの窓の外では同僚たちが行ったり来たりしながら部屋のなかを覗きこんだり、会話を聞こうと耳をそばだてている。

「ですから署長さん、話を聞いてください。四カ月間働かせておいて労賃も払ってくれないのに、どうやって仕事を続けられるというのです。毎日銭票［書かれた額面の金額が支払われる紙。工事現場の労働者に現金代わりに与えられた］をもらったってそんな紙切れじゃ腹の足しにもなりやしないし、その銭票を売ったり質に入れたところで結局は損するだけ。収入もなくただ働きしながら、監督や人夫頭には何かにつけて殴られるわ、嫌味を言われるわ、ひどい扱いじゃないですか。俺たちのような異郷暮らしは**飯場**［労働者の合宿所］の屑米でも食ってられるからまだいいが、ドクサムやジェピョのような妻子持ちは食事だってままならない。これ以上は仕事もできないし騙されるつもりもないから、この盗人にこれまでの滞納労賃を払うよう命じてくれとお願いするために、こうやって正々堂々、警察署まではるばるやって来たわけです」

合掌するように手を合わせ、そらぞらしく腰を屈めてビョンスは言い終えた。時折、外で騒ぐ声が聞こえる。

署長は、吸い込んだ煙草の煙をゆっくりと吐き出しながら大きく一度咳払いすると、テーブルの上で手を組んで中井代理のほうを向き、

「それが事実なら、どうしてそうなったのです？」

と訊いた。

中井代理はひょろ長い体に似合わず、そそくさと頭をへこへこさせながら、

「ええまあ、それが、私も雇われの身ですから言われたとおりにしているだけで、好き勝手はできないのです。こうなったのには事情がありまして」

と言いながら、ハンカチで額の汗を拭う。三月下旬なので署長室の片隅にある暖炉にはまだ火が入っていたが、中井代理は窮地に立たされた焦りから額と鼻筋に汗を滲ませていた。

「ふん、で、その事情というのは？」

署長が尋ねても、中井代理は尻込みして口をもごもごさせるばかり。

「さあ、その事情を話してみなさい」

署長が再び促しても彼はためらっていたが、ついに、

「はじめ、わたくし中井が……」

と口を開いた。

「わたくし中井が府庁［現在の市役所］と交わした契約では、七万八千圓（ウォン）［当時の日本円］で工事を請け負い、今年の五月末までに竣工することになっていました」

通訳を介して会話をしなければならないことが、ドングォンは内心気に入らなかった。

署長が、自分の同僚にはぞんざいな言葉遣いをするくせに、中井代理には敬語を使うことがずいぶんと癪に障った。それに通訳もたどたどしく、日本語で聞いたあと、通訳を通して聞くと、間延びするだけでなく緊張感が半減するので、できることならドングォン自ら通訳をして反論もしたかったが、発言の機会が回ってくるまで耐えるしかなかった。

ドングォンは、署長の丸く無表情な顔を眺めつつ、三人の同僚の緊張した眼差しを見渡し、中井

代理の憎たらしい口を睨みつけたり、居丈高に通訳する者に目をむいたりもした。気に食わない発言には咳払いをしたり、手をこする素振りもしてみたが、十九歳の若さのドングォンにとって、この場に大人しく座っていることなどもどかしいことこの上なかった。

　窓の外では、相変わらず同僚たちが寒そうに腕を組んでうろついたり、拳を振り上げて見せたりしている。空が急に曇り風が吹き出したようだ。


　三百人の労働者がストライキを強行し、このように激憤して警察署に殺到するに至った下水道工事の内幕はこうだった。

　失業労働者を救済するという目的のもと、近年、下水道工事が流行のように各所で行われていた。木浦《モクポ》府［現在の全羅南道木浦市。日本統治時代および、一九四九年までの行政区域名］でも失業救済の下水道工事を始めることになり、中井という者と七万八千ウォンの経費で六カ月間で竣工するという請負契約を結んだ。

　中井は、七万八千ウォンの四割を横領し、残りの四万七千八百ウォン［千ウォン計算が合わないが原文どおりとした］で工事を終える算段をつけた。

　しかし、彼は手元に現金がないため、山本という者を銭主［事業の出資者］に立てて、まずは一万八千ウォンを手に入れ、保証金として請負経費の十分の一、つまり七千八百ウォンを木浦府庁に払い、残った金で木浦をはじめ羅州《ナジュ》などから三百人の労働者を募集した。

　そうして工事に取り掛かり、坂口、服部《はっとり》、永井の三人を監督とする三組に分け、それぞれ人夫頭と労働者を配置して働かせたのだ。

　府庁との契約で、労働者の賃金は、技術労働者と人夫頭は一日一ウォン以上、一般労働者は最低七十銭と取り決めたが、中井の懐に入った三万千二百ウォンの大穴を巧妙に埋める唯一の方法は、労働者の血と汗の結晶である労賃から搾取することだった。

こうして労働者は、多くて五十銭、最低三十銭のわずかな労賃でも稼ごうと、儒達山《ユダルサン》［木浦市にある山。標高二百二十八メートル］から容赦なく吹きつける北風と、裏山の伐採地から吹き寄せる吹雪にさらされながら、硬く凍った土を掘るために一日中つるはしを振るい、石を掘り出したのだ。

しかし、彼らは着工から三カ月間、現金で労賃を受け取ったのは一度だけ、それ以外は十二銭（普通の米は十七銭だった）の屑米を一度しかもらえなかった。

中井は、木浦の工事以外にも、宝城《ポソン》、筏橋《ポルギョ》でさらに下水道工事を請け負い、そこに現金を費やしたために労働者への賃金の支払いを一日、また一日と先延ばしにして欺く一方で、銭主である山本が中井を疑って出資しようとしないため、資金源が断たれたのだった。

罪なき労働者たちは、労賃はもらえず毎日銭票だけを与えられ、空腹に耐えながら馬車馬のようにただ働きを強いられ、事あるごとに人夫頭と監督に殴られながら圧制に苦しむほかなかった。

「俺たちを馬鹿にしているのか？」

「血の通わない機械だと思っているんだろうよ」

永遠に木偶《でく》の坊だと思っていた彼らも、ついには怒り心頭に発し、三カ月目に入ってからは怠業《たいぎょう》（サボタージュ）を始め、四カ月目を迎える三月下旬には三組のストライキへの気運が一気に高まった。

府庁がその動きを知り、現場視察のために土木課主任の北川を出張に行かせたところ、五月末に竣工予定のはずが、まだ**掘り方**も終わっていないうえによからぬ噂まで聞こえてきたため、中井代理との請負契約を解約してしまった。

　事の顛末を詳《つまび》らかに知った労働者たちは、突然解約になったという噂を聞くと、一斉にストライキを決行した。彼らは中井組の事務室に押しかけて中井代理を捕まえ、未払い賃金を支払うよう猛烈に抗議し、ついには警察署にまで来たというわけだ。

　署長にこれまでの事情を語る中井代理は、秘密裏に行った詐欺行為についてはもちろん黙ったまま、ただ、銭主の山本の話と請負契約の解約のことだけを大まかに話して、ストライキに至った経緯を説明した。

　我慢の限界まで必死に堪えていたドングォンだったが、ついに堪忍袋の緒が切れて怒りを爆発させた。

「嘘をつけ！　お前たち、みなグルじゃあるまいな？　おい、なぜ詐欺を働いたことは言わないんだ！　後ろめたいなら自分がまずいことをしたことくらいわかってるんだろう。そのくせに、俺たち労働者を騙したのか」

　拳を握り、中井代理に向かって流暢な日本語で詰め寄った。通訳があっと驚いたように目を大きく見開いてドングォンを見る。

「とにかく、事情がわかったなら府尹《プユン》［日本統治時代の府の長。現在の市長にあたる］を呼んでください。今日僕たちが署長に面会を申し出た目的も、府尹と直談判してその責任を問うためですから」

　一度目は同僚たちが理解できるように朝鮮語で話し、再度日本語で署長に頼んだ。ドクサムとジェピョ、ビョンスも、府尹を呼んでくれと続けて頼んだ。

　署長は通訳に向かって意見を告げた。

「とにかく、一度双方の言い分をよく聞いてみないことにはわからない。府庁に電話して土木課の主任を呼んでくれたまえ」

通訳は一度部屋を出て再び戻ってくると、腰を屈めながら、

「北川主任がもうじき来られるそうです」

と言った。

十分ほど経つと外が急に騒がしくなり、中井代理とほとんど同じ背丈、体格をした北川主任が署長室に現れた。

署長は彼と向かい合って座ると、労働者側の要求と中井代理の話を伝え、

「中井とは正式に解約されたのですか」

と尋ねると、北川は慌てて大きな目をさらに見開き、

「いえ。まだ正式に解約を言い渡したわけではありません」

と言う。

「ならば、解約を送達する前に労働者の賃金を先に払うべきではないかな?」

「ですが、それができないのです」

「いや、しかし今まで一度しか支払っていないというのはあんまりじゃありませんか? 中井の保証金からでも支払うようにしなさい」

「でも、解約するとなると、中井の保証金は没収されるのでそうもできなくなります」

ドングォン以外の三人も少しは聞き取れるため、北川と署長の口だけをじっと見つめていたが、四人は主任のいけしゃあしゃあとした物言いを聞くと、

「そうはいきません」

と怒鳴った。ドングォンは勢いよく立ち上がった。

「待ってください！　主任さん、あなたは実に無責任なことを言う。それが失業救済という名ばかりの下水道工事の内幕というわけですか。中井は七万八千ウォンの四割を横領して残りの金で工事費を賄うために、七十銭以上だった賃金を三、四十銭に減らしたんです。それすらも毎日支払わず銭票を配るだけで、現金をもらったのは一度か二度きりだった。そればかりか、三十二銭の銭票で米を買ったときも、一升十二銭の屑米を十五銭で売りつけられた。二升で三十銭、三十二銭の銭票なら二銭余るはずなのに、それもまんまと騙し取ったんだ。銭票が多かろうが少なかろうが、みんなその方法でやられた。そうやって一日中空腹に耐えながらあなたたちにこき使われることが、労働者の失業救済のための下水道工事というわけですか？」

ドングォンの声は興奮で震えている。署長がなにか言おうとしたが、ドングォンが遮るように続けた。

「まったく、金にもならない銭票になんの意味があるというのです？　あまりにひもじいときは三十五銭なら三十銭、四十七銭なら四十銭で売って食いつないできた。そんなふうにひとり数十枚ずつ皆が持っている銭票を、そっくりなくしてくれたらさぞありがたいでしょうね？　あなたたちが中井と解約するなら、まず俺たちに賃金を支払うのが筋じゃないのですか。自分たちの利益しか頭になくて、数百人が飢えに苦しもうが知ったこっちゃないということですか。保証金から払えと言えばそれは押収分だからだめだって？　そうやって自分たちの懐に入る七千八百ウォンはちゃっかり端から差っ引いて、三百人分の賃金は知らんぷりときた。責任者たる府庁の当局者が中井に与して三百人を虐げてもかまわないというのですか。署長！　こんな違法者を放っておいていいんですか？」

彼は机に拳を振り下ろしながら、口から火を噴くように北川と署長を詰責する。

北川の到着後、外にいる労働者たちの態度が険しくなっていくのを見て、署長室には保安係のほかにも各係の主任と刑事たちが入ってきた。ドングォンが机を拳で叩きながら強く抗議しているあいだ、部屋は静まり返っていた。群衆は窓ガラスのほうに集まり、なかの様子を見守っていたが、ドングォンが話し終えると、

「そうだ！　そのとおりだ！　さっさと労賃を払いやがれ！　逃さないぞ！」

「いくら虫けらのように扱われても、そう簡単にお前たちの思惑どおりになってたまるか」

と騒ぎ立てるのを、刑事たちが外へ出て制した。

北川は、ドングォンを生意気なやつめ、という目つきで睨みつけた。

「私もひとりで決定できることではありませんので心苦しいのですが、いったいぜんたい、賃金は全部でいくらなのです？」

当の相手方には返事をせず、北川は署長に尋ねた。四人は三百人の銭票計算書を出した。北川が計算書の前に歩み寄る。

「千四百ウォン……」

彼はもう一度繰り返しつぶやくと黙って座っていたが、署長と代表たちを見ながら、

「五日以内に中井に賃金を全額支払わせましょう。もし中井が払えない場合、府庁で責任を取ることにします」

と宣言したのだ。

三百人の労働者は北川の言質を取ってやっと警察署をあとにした。

三組の労働組合事務所から出てきたドングォンはくたくたに疲れ果てていた。継母にがなり立てられたために朝食も食べ損ね、昼も食べられなかったので、夕飯時を過ぎて日が暮れるとひどい空腹に襲われただけでなく、警察署で興奮しすぎたせいか熱まであるような気がして、その夜は家路がいつもより険しく、石ころも多く感じられた。枝折り戸を力なく開けて入ってきたドングォンを見て継母は、

「今日ははした金でも入ったようだね。今頃のこのこ帰ってくるなんて……」

と、一段低い所にある台所に立っている娘にお膳を渡しながら、また難癖をつける。

「今日こそ金をもらうとか言ってたけど、それでいくら持ってきたんだい」

「ふん、金?」

思わずドングォンの口からため息のように漏れた。

「なに？　ふん、金？　だって？　この野郎、ずいぶん馬鹿にしてくれるじゃない。いつも金だ、金だとうるさいがめつい女だと思って嘲笑ってるんだろ？」

継母は醜い唇を噛み、ドングォンを睨みつける。

「だれが馬鹿にしたって？　びた一文もらってないのに金の話をするもんだから呆れただけさ」

「ふん。口答えだけは一丁前だね！　もらった金をどこかで使い果たしたのか、本当にもらえなかったのか信じられたもんじゃない」

ドングォンは話す気力もないうえに、朝夕と顔を合わせるたびに毎回言いがかりをつけられるので、しょげたように口をつぐんで座っていた。

「金も稼げず仕事もしないくせに夕飯時を過ぎるまでふらふらとほっつき歩きやがって。いちいち食事を用意するこっちの身にもなってほしいもんだ。ふん！　胸糞悪いったらありゃしない……」

継母は苛立ちながら、自分の背丈ほどもありそうなキセルをもって急に起き上がると、火をつけようと台所へ入っていく。

「お母さんたら、なんてこと言うの。おやめなさいよ。お義兄《にい》さん、早く部屋に入ってご飯を食べて」

継母の連れ子であるヒスンは、母親の言葉が過ぎると思い、静かにたしなめながらお膳を持って沓脱石《くつぬぎいし》に上る。

「なんだって？　生意気に口を挟むんじゃないよ。味方してやったら感謝されるとでも思ってんのかい」

彼女はしきりに煙草をふかしながら、またドングォンをきっと睨みつけると、

「育ててやった恩も知らずに、ふん、金？　なんて、よくも鼻で笑えたもんだ！　だれのおかげで大きくなったと思ってんだ。このろくでなしめ」

こう言いながら、再びキセルを持って立ち上がる。

「それくらいにしておけ。一日中腹をすかしてたんだから飯でも食わせろ……」

部屋に座っていたドングォンの父親がたまりかねて口を開いた。

「なに？　一日中腹をすかしてる？　腹いっぱい食べた人間がどこにいるってんだい？　自分の息

子だからって肩入れするのもたいがいにしてほしいもんだ。息子がそんなに心配なのかい」

「お母さん、もうよして。大家のおばさんに聞こえるわ。お義兄さん、早く食べて」

「お前はなにをそんなに向きになってかばうんだ？　老いぼれも若いのも寄ってたかって偉そうに。こりゃ私がとっととくたばるしかないね」

ドングォンの父親は、東の窓から顔を出して床に座っている息子に向かって、

「おい、入ってきて飯を食えと言ってるんだ。腹が減ってないのか。そんなにぼうっとして座って……」

と声をかける。深くうつむいていたドングォンは、ようやく腰を上げて部屋に入るとお膳の前に座り、ご飯を一匙すくって口に運ぼうとしたが、またもや継母がぶつぶつとぼやく。

「母親を嘲笑った口でよくもまあ飯が食えるもんだ」

と、言うと同時に父親が投げつけた灰皿が飛んできたかと思うと、愚痴を垂れる継母の肩にぶつかって落ちた。

「おい、やめろと言ってるのが聞こえないのか。女のくせに余計な口ばかりたたきやがって」

継母はかっとなり、青ざめた顔で唇を噛みしめながら灰皿を手に取ると夫に投げ返したが、灰皿はドングォンのお膳に落ちた。キムチの入った皿がガチャンと音をたてて割れ、キムチの汁がこぼれる。ドングォンは堪りかねて立ち上がり、

「ちくしょう、いくらなんでもあんまりじゃないか。嫌がらせにもほどがある」

彼がつぶやきながら外へ出ると、継母は戸のところまで追いかけてきて、

「あんまりだ？　嫌がらせ？　自分の母親だけじゃ飽き足らず私まで早死にさせる気かい！　嫌が

らせだなんてよく言えたもんだ！　この人でなしめが！」

と、鉄の器を割ったような金切り声で喚き散らす。

「いい加減にしろ！」

ドングォンの父親が追いかけてきて継母を蹴ると娘が駆けつけ、大家も部屋から飛び出してくる。継母は夫に食って掛かり取っ組み合いのけんかを始め、周りの者はそれを止めようとしばらく騒ぎが続いた。

ドングォンは底意地の悪い継母の泣き声を背中に枝折り戸の外へ出ると、明かりだけがきらめいている瓦屋根の家々を見下ろしながら深いため息をついた。すると、ヒスンが追いかけてきてドングォンの袖を引っ張った。

「お義兄さん！　出ていかずにもう少し待ってご飯だけでも食べていってちょうだい。一日中お腹をすかしていたのに夕飯まで食べないなんていけないわ」

ヒスンはうなだれて手の甲で涙を拭う。婚約した娘らしく、さらさらと揺らめく黒髪や肉付きのいい腰や肩は、花盛りの美しさそのものだった。

「いつも言ってるけど、お母さんがあんなふうに言っても相手にしないで、ただ聞き流せばいいのよ。だからあまり気を悪くしないで、ご飯は食べていって」

彼女は今日の夕方、奮闘してきたドングォンのために針仕事で稼いだなけなしの金で、彼の好物の豚肉を買ってチゲを作っておいたのだ。

せっかくの心遣いが無駄になってしまいそうで、ヒスンは胸を痛めた。

ドングォンもさっきお膳でちらと目にした豚肉のことや、倒れそうなほど腹が減っていることを

考えてそうしようかと迷っていた矢先、家から聞こえていた泣き声がぴたりと止み、

「ヒスン！　あの子はどこへ行ったんだい」

と喚く声がした。

「ね、必ず食べてね？　もうすぐ静かになるだろうから奥の間で食べて出ていけばいいわ」

ヒスンが念を押しながら家に入っていった。

「うろちょろするんじゃないよ！　旦那でも探しにいったのかい」

継母の声が銃弾のように突き刺さる。

「意地汚い女め！」

汚いものでも見るように唾をためて地面に吐き捨てたあと、ドングォンは一歩踏み出した。

ドングォンは道の上手にある事務所に行くか、ヨンヒの家の前を通るために道の下手《しもて》に行くか考えた。けっきょく下手のほうに踵を返し数歩進んだところで、ヨンヒの家の表門の軒下から黒い影が出てきたかと思うと、こちらへ向かって歩いてくる。

ドングォンがすれ違おうとすると、影が側までやってきた。

「ドングォンさんじゃない？」

ヨンヒの声だ。ドングォンは無性に嬉しくなって思わずヨンヒに抱きつきそうになったが、自分でも驚いて少し後ずさりした。

「ヨンヒ、どうしたんだ？　出かけるのか」

彼は、娘の白く丸っこい顔を見下ろした。

「ヒスンの家があんまり騒がしいものだから様子を見にきたの。ところで、ご飯も食べずにどこ

へ？」

じっと見つめるヨンヒの瞳は、暗闇のなかでも輝いている。

「食べたか食べてないか、どうしてわかるんだ」

ふたりは、ヨンヒの家の表門に向かって並んで歩く。

「家の戸の手前まで行って全部聞いたんだもの」

ヨンヒは片手で口を覆って笑っているようだ。

自分の家の表門に着くと、ヨンヒは閂《かんぬき》をコトリと抜いた。

「うちに寄っていって」

「なんだって？　家族はどこへ？」

「おばあちゃんとお母さんは、今日は本家の法事だからって朝から下女をつれて出ていったから一日中ひとりなの……みんな明日帰ってくるから今夜はヨンギと私だけ」

ドングォンはためらっていた。ヨンヒが表門の内側から急かす。

「さっき、ヨンギも本家に行かせてゆっくりしてくるように言ったのよ。早く入って！　人に見られるわよ」

ドングォンは仕方なしに門をくぐったが、どこかよそよそしい。ヨンヒは板の間を通って庭の離れにある自分の部屋に入った。歩くたびに彼女の長い髪が揺れるのが、奥間から漏れる明かりに照らされて見える。

明るい電灯のついた部屋に入ったドングォンは、入るや否や妙な香りに酔いしれた気分になった。ヨンヒは上座を指さした。

「そこにお座りくださいな」

恥ずかしそうに手で口元を隠す。「お座りください」という、言い慣れない敬語のせいだ。ドングォンがヨンヒに言われたとおり上座に腰を下ろすと、

「ちょっとそこに座っててね。すぐ戻るから」

と言いながら、翡翠色のチョゴリの袖をまくり、ピンクのチマの裾をたくし上げて外に出た。

ドングォンは部屋のなかを見渡した。この家には何度も来ているが、部屋に入ったのは初めてだ。若い娘の部屋だけに、置いてあるものはみな美しいものばかりだったが、まず目に留まったのはフランスの刺繍生地で作った卓布と、その上の本棚にきちんと並べられたたくさんの本だった。

(いつ、どうやってあんなにたくさんの本を手に入れたんだろう)

ドングォンは内心驚いた。壁には写真が何枚か飾られており、向こうのほうには藍色のチマと黄色のチョゴリが掛けられている。木を折る音が聞こえ、どこからともなく煙が入り込んでくる。机の上の時計は八時を指している。

起き上がって本棚を見てみると、片側に読本と日本語の婦人雑誌が数冊あったほか、高尚な文学書がずらりと並んでいた。

(どうやら専門学校［日本統治時代、中等学校の卒業生に専門的な知識や技術を教えた学校。現在の高等学校および大学一、二年の課程にあたる高等教育機関］で教育を受けた人物が周りにいるようだ)

そう考えるとなぜか悲しくなった。戸が開き、ヨンヒが重そうにお膳を運んできた。それを彼の前に置くと、

「さあ召し上がれ。ヒスンから聞いたけど、朝から飲まず食わずだなんてさぞお腹が……」

そう言いながらご飯の入った器のふたを開ける。

「飯だなんて。少ししたら帰るよ」

そう言いながらも、ほくほくと湯気が立ちのぼるご飯と汁物、お膳いっぱいに並んだおかずを見ると、手はおのずと匙を摑もうとしていた。

「ほら、汁が冷めちゃう」

ヨンヒは匙と箸を彼の手に持たせて甲斐甲斐しく世話を焼いた。

「豪勢なおかずだな。ヨンヒはいつもこんなのを食べてるのか？」

ドングォンはヨンヒを見ながらにこりと笑い、まずはきれいに切られた豚肉をつまみ、美味しそうに食べた。

「おかずはほとんどお母さんが私のために用意してくれたもので、それはね」

ヨンヒはドングォンがつまんだ豚肉を指さし、

「それはヒスンがおにいさんの大好物だからって買ってたから、私も買ったのよ」

と、にっこり笑った。

「え？　僕のために？」

「そうよ。さっきからヒスンのお母さんがすごい剣幕で当たり散らしてたから、また巻き込まれて夕飯も食べ損ねるんじゃないかと思ってね。思い切って買っておいたのよ。あとで食べさせてあげようと思って……」

「こりゃたまげた。お見通しだったとは」

冗談めかして言ったが、まさに丹精込めて作っておいてくれた食事であることはわかった。

「ともかく、ありがとう。ヨンヒ以外に僕のこと考えてくれる人なんていないよ」

胸がじんとするほど感激してヨンヒを見た。ヨンヒもドングォンの顔を見つめていたが、恥ずかしそうに視線を落とし、手でやかんの腹を撫でている。

明るい電灯の下で見ると、十七歳にしてはひとつ年上のヒスンよりも大人びた美しさがあり、しっかりしていた。昨年の秋夕《チュソク》［旧暦八月十五日の中秋節］に日本から帰国して間もなく、ドングォンの父親は島へ出稼ぎにいき、継母はドングォンの姉の出産に立ち会いにいったため、ヒスンとふたりきりでいたことがある。半月のあいだ、毎日ヒスンとヨンヒ、ふたりの娘に勉強を教えるために同じ部屋で過ごしたこともあり、その後も時折顔を合わせることがあったが、まともに話しかけることすらできなかった。仕事を始めてからは早朝に出かけて夜に帰る生活だったため、心のなかで強く恋い慕っているだけだった。

それなのに、ひょんなことでこのように仲良く座り談笑しているのだから、ドングォンもヨンヒもまるで夢を見ているようだった。ヨンヒは、ドングォンが食事する姿を見ていると胸が痛んだ。ドングォンの顔は去年とは比べようもなくやせ細っていたのだ。

たしかに、ドングォンは見違えるほどやつれていた。出かければ重労働、帰ってくれば継母につらく当たられるのだから無理もない。働かなければ穀潰しと文句を言われ、仕事に出かけても稼ぎがないといびり抜かれる。彼に安らぎを与えてくれるヒスンがいなければ、家で過ごす日々に耐え切れなかっただろうし、想いを寄せているヨンヒがいなければ、彼の生活はひどく荒涼としたものになっていたに違いない。

このふたりの娘の密かな慰めと同情のおかげで、彼の心だけは潤っていたものの、辛い苦役で顔と手は荒れに荒れ、幼い頃の可愛らしい面影と商業学校時代の活発な性格、日本から戻ったばかりの頃の青年美はすっかり失われていた。輝く瞳だけはそのままだったが、今や黒い顔に頬骨まで浮き出た、ひとりのたくましい労働者になってしまった彼を見ていると、ヨンヒは胸が張り裂けそうになり涙がこみ上げてきた。ご飯を一杯平らげたドングォンが熱い湯をもらおうとヨンヒに目をやると、彼女の澄んだ目に涙が溜まっているではないか。

「ヨンヒ！　どうしたんだ、うん？」

ヨンヒは慌ててやかんを持ち上げ、器に湯を注ぎながらごまかした。

「あら、もうお湯が冷めちゃったわね」

ドングォンは、胸がかっと熱くなり喉元がつまるような感覚に襲われて、数回咳払いした。

「ヨンヒ！」

ドングォンの声はかすかに震えているようだった。ヨンヒは「うん？」とも、「はい？」とも言えず、黙ってチマの裾を弄っている。

「ヨンヒ！」

「なあに？」

ようやくヨンヒは眉をしかめて顔を上げる。

「なにか辛いことでもあったのか」

「いいえ」

「じゃあなぜ？」

「昔のことを思い出すとわけもなく涙が出てきて……」

「うむ……」

ドングォンは唸るようにヨンヒの言葉に頷いたが、やはり胸が痛んだ。ドングォンとヨンヒは竹洞《チュクドン》［洞（トン）は町の意］で隣同士の家に住んでいた。ドングォンが八歳の頃に母親が亡くなり、その翌年にヒスンの母親がドングォンよりひとつ下の娘をつれて父親と再婚した。当時は生活にも余裕があり、ヒスンとヨンヒは一緒に普通学校［日本統治時代における、朝鮮人を対象とした小学校レベルの初等教育機関］に通っていて、顔も双子のように可愛らしく、学力も同じくらいで互いに成績を競っていた。

ドングォンは姉が嫁いだ年に商業学校に入学したが、暮らし向きが次第に悪くなり、大工の父親の日稼ぎだけで家族四人がやっとのことで糊口をしのいでいた。

ドングォンが三年生になる年に、ヨンヒとヒスンは普通学校を卒業した。ヨンヒに異郷暮らしをさせるわけにはいかないという両親の意向で、彼女はC女学校に入学した。ドングォンとヨンヒが毎朝同じ方向に並んで登校するのを見るたびに、ヒスンはたまらなく羨ましく思った。

ところが、二学期を迎える頃に予期せぬ事件が起こり、尊敬していた上級生たちがみな捕まった。ただでさえ、家計を考えるとこれ以上はとうてい学業を続けられる状況ではなかったため、ドングォンは親しい上級生の援助で、その年の冬、悶着の絶えない家を離れ東京へと旅立った。

新聞配達をしながらようやく学校に通っていたところ、あるきっかけで鄭《チョン》という指導者と出会った。彼はドングォンと同郷の学校の先輩だったのだが、昔から頭脳明晰な秀才だったという噂を聞いていたので、ドングォンは毎日彼を訪ねて教えを請うた。

鄭は夫婦ともに働きながら大学に通っていた。ドングォンは鄭の学識と人柄を深く欽慕《きんぼ》し、地道に語学と社会科学を学びながら精神を錬磨した。そして、鄭夫婦が帰国するとドングォンも続いて帰国し、間借り暮らしをしている家族を助けるために労働現場に身を置くことになったのだ。

ヨンヒの父親は依然繁華街で大きな反物商をしながら、竹橋里《チュクキョリ》に新しく家を建てて家族を住まわせた。ドングォンの親はヨンヒの母親の紹介で隣の家の部屋をひとつ間借りしていたのだ。

「ヨンヒ！」

ドングォンはひとしきり思い出に浸ったあと、目を開けてもう一度ヨンヒの名を呼んだ。ヨンヒがドングォンを見つめる。

「ヨンヒは僕が好きか？」

ヨンヒはなにを改まって、という顔でドングォンをじっとみつめた。

「ヨンヒ、僕のことが好きかと聞いているんだ」

「もう！　わかってるくせに……」

ヨンヒは憎らしそうにキッとドングォンを睨んだ。一瞬、ヨンヒの頬が真っ赤に染まる。ドングォンはヨンヒの腕を引き寄せた。ヨンヒの体重がドングォンの胸にのしかかった。

「僕は心底ヨンヒを愛している。けれども……」

「けれども？」

ヨンヒがドングォンの胸に顔をうずめたまま訊き返す。

「今僕たちの置かれた状況ではだめなんだ」

「どうしてそんなこと言うの」

「それくらい考えてもごらん。今の僕たちは……」

ここまで言うと、ドングォンは耳をそばだてた。表門が開く音とともに、

「姉さん！　姉さん！」

というヨンヒの弟の大きな声が聞こえてくる。

「じゃあ、その件は宿題ということにしましょう」

ヨンヒはそそくさと部屋をあとにしながら言った。


三月二十五日――この日は、北川主任が三百人の労働者の賃金全額を責任をもって支払うと約束してから五日目にあたる日だ。折しも午前中に北川主任から、

〝停留所の前のX商店に行って受け取るように〟

というハガキが届いたのだ。彼らは一斉にX商店に駆けつけた。思いがけない大勢の訪問客に、商店の人々はいったい何事かと慌てたが、事情を聞くとみな目を丸くして、そんなことは知らないと言う。

逆上した三百人は、中井代理を引っ張っていき府庁に押しかけた。

「ほら吹きの北川め、出てこい！」

「民衆を騙す官庁は潰してしまえ！」

「府尹を引きずりおろせ！」

さして広くもない府庁の広場に芋を洗うように労働者たちがひしめき合い、各々が一言ずつ叫ぶと、わあっと事務室のなかになだれ込んだ。事務職員たちは驚愕して席から立ち上がり、二階からもどたばたと下りてきた。府庁の前の図書館で本を読んでいた人たちも外へ飛び出してきた。

府尹は二階で息を潜めて座っており、ほかの係員たちは警察署に電話をかけたり労働者の侵入を

防いだりと大騒ぎだ。制服と私服の巡視と刑事らが五、六人も連れ立って走ってくると、群衆を威嚇した。

「つべこべ言うな！　俺たちは正当な方法で俺たちの賃金を取り返すと言ってるんだ」

「大衆を欺くことこそ違法じゃないのか。どうして我々が違法なんだ？　今日はなにがなんでも我々の血と汗の対価を支払ってもらうからな！」

「とっとと北川を出せ！」

脅しも諭しも彼らには効かなかった。高等係の刑事がひとり玄関口に立ち両手を口に添えて、

「代表はどこだ！　この前、署長と面会した代表四人だ！」

と大声で叫ぶと、しばし静かになり代表の四人が出てきた。

「君たち代表四人が入って北川主任と直接会って処理すべきじゃないのか。こうやって押しかけても無駄だし法にも触れる。静かにしろ」

敬語を使わないことが癪に障ったが、刑事に言われたとおり彼らは土木課へと向かった。北川は落ち着き払った様子で、

「中井が金を持ってあの商店に一時までに来ると言ったのだから、時間まで待てばいいものを、なぜ騒ぎを起こすのだ？」

と、かえって咎めるように言い放つと、ほかの仕事を続ける。彼らは仕方なしに一時まで待つことにして出ていった。

その日は朝から曇っているうえに寒く、外で何時間も待つのは容易ではなかった。

府庁の真上にある午砲山［正午を知らせる空砲を打つ山］から、腰を抜かすほど大きな音が鳴り響いた。午砲は町

中に響き渡り、それに続いてあちこちの工場でも汽笛が鳴る。飲食店の子どもたちがそれぞれ注文を受けた食べ物を運ぶために自転車で行き来し、事務員たちが食堂に出入りするあいだに、昼休みも終わったようだ。

一時になると、群衆は再びどよめきだした。北川主任が現れ、大きな目をことさら細めて左右を見渡しながら、媚びへつらうような語調で話す。

「今光州《クァンジュ》から電話があって、三時の汽車で必ず到着するとのことなので、すまないがもう少しだけ待ってくれ」

「嘘をつけ！　今日も騙すつもりか！」

「今度も嘘だったら承知しないぞ！」

塊になって叫ぶ声を背中に、北川は再び戻っていく。労働者たちは寒さと空腹に耐えられなかった。

「飯をよこせ！　自分たちだけ腹いっぱい食いやがって。俺たちがだれのせいで腹をすかせてると思ってやがる」

群衆はざわざわと騒いでいたが、刑事たちに制されてやっと静まった。図書館で本を読んでいた人たちも度々出てきて、事情を聞くと唖然としていた。

ドングォンは、鄭が彼の友人の金氏《キム》と図書館から出てくるのを見て駆け寄った。彼は嬉しそうににこりと笑った。

「ずいぶん大人しく待っているじゃないか」

「ここには何の用でいらしたんです？」

「時間ができたから来てみたのさ。ところで、いつまでこうしてるつもりだい？」

「さあ、三時の汽車で来るというのでそれまで待つつもりです」

「こんな寒い日に飯も食わずに外で……まったく、ひどいもんだ」

鄭は舌を鳴らしながら時計を取り出すと、

「もう三時十分前じゃないか。またいつものようにやつらの掌で踊らされてはいけないぞ。なんとしても最後まで……」

と、次の言葉を続けようとしたとき、高等係の刑事が近づいてきたのでするりと話題を変えた。

「郵便局に来たついでに府庁の知り合いに会いにきたのさ。先に行くからゆっくり来たまえ」

彼は友人と共に悠々と午砲山に続く裏門から出ていき、おもむろに群衆を見渡した。

ほとんど三時になった頃、群衆は再び動きだした。代表たちは主任のもとへ行った。

「これ以上は待てない。木石じゃないんだから寒いし腹も減る。それに、あんたたちの狡猾な手口を考えると腸が煮えくりかえってもう耐えられない。まだ言い訳する気か？」

ドングォンは強気の姿勢で詰め寄った。北川は頭をぼりぼり掻きながら、

「今日こそは私が必ず取り持って支払おうと思ったんだがね。今現在、手中にあるのは四百ウォンだけだし、どうすればよろしいかな」

と、相談調で話す。

「ふざけるな！　全部払え」

ビョンスは拳を振り上げて反対する。ドングォンがもう一度尋ねる。

「三時までに来ると言っていた中井はどうした。なぜ話が変わる？」

主任は係員に指示して、もう一度電話をかけさせた。中井曰く、今代理の者が金を持って車で出発したという。代表らは外に出てきて同僚たちにその旨を伝えた。

上の階、下の階の職員たちも各々の持ち場に戻り、いつの間にか電灯もついたが、北川は群衆の目を恐れてそのまま座っていた。群衆たちはまたどよめきだした。

遠くから車のクラクションの音が鳴り響き、正門から悪魔の両眼のような大きなライトを光らせて、自動車が一台向かってくる。車は、雄叫びを上げながら正面から走ってくる群衆を見てぴたりと停止した。背の低い者が片手にカバンを提げてなかへ入っていくと、北川と一緒に出てきて彼らの前に立った。代理の言い分は、「今日、やむなき事情で現金六百ウォンだけ持ってきたのでとりあえず受け取れ」というものだった。群衆はまたどよめいた。北川が声を荒げる。

「ともかく、今日中に一部でも支払うと言っているのになにが不満なんだ？」

「なんだと？　お前はたしかに今日中に責任をもってすべて支払うと言った。俺たちは全額の支払いについて了承したわけであって、一部だけという約束などした覚えはない。だめだ！　大衆を欺くことしか頭にないお前たちの魂胆はお見通しだが、ここまでとは卑劣極まりない。全額支払わなければ俺たちはここで夜を徹してでも府庁とお前たちに抗議し続けるぞ！」

勇ましい声で力強く叫ぶ声がドングォンのものであることがわかると、

「そうだ！　全額払いやがれ！　夜まで待たせておいてなにとぼけたことを言ってやがる。いっそのこと踏み倒すつもりだと白状したらどうだ」

と一斉に声を上げる。思いのほか労働者側の態度が強硬だったため、中井代理もやってきてぺこぺこ頭を下げる。

「みなさん、誠に面目ない。今日全部支払うつもりだったのですが、やむにやまれぬ事情でこうなってしまいまして。まずは銭票を多く持っている人から受け取ってくださいましたら、三日以内に必ず残りをお支払いします」

彼は何度も頭を下げながら諭すように言った。

「そうはいかない！　お前たちがどんなに言い逃れしようと、そう易々と信じてなるものか。俺たちは四カ月間飢えに苦しみながらただ働きを強いられ、約束の日からの五日間、そして今日一日中、寒空の下で震えながらこの時間まで何度も譲歩して待っていたんだぞ。いくら恥知らずとはいえ、これは目に余る詐欺行為だ。どんな手を使ってでも全額払え」

ドングォンはもう一度声を張り上げた。群衆も続いて叫ぶ。しばらくのあいだ断固として抗っていたが、あまりにも金に窮していたため、銭票が少ない人からもらうという条件で、ふたりが中井代理をつれて、三組の労働組合事務所へと向かった。ドングォンは、妥協したことが涙が出るほど悔しかった。だが、歯を食いしばり拳を握りしめて誓ったところで成す術はなかった。

その日の夜、六百ウォンの支払いを受けようと、三百人の労働者たちは目を血走らせて大暴れした。代理や監督、人夫頭がなんとか権力で抑えようとしたが、みな我先にと群がるので、数人は頭に大けがを負い、服は破れ、書記も殴られて入れ替わった。このように、金のせいで修羅場と化した痛ましく悲惨な光景を見ながら、ドングォンは何度も拳を握りしめて歯をきしませた。

三日以内にすべて支払うというのは、彼らの常套手段である大衆を欺くためのその場しのぎだった。半月近くもかかって残りの八百ウォンが入金され、中井との請負契約は表面上は解約となり、二見という者がその後任となった。

彼はさらに巧妙な手口で、小麦粉を何袋かやれば黙って従う清国の労働者を七十人も雇った。工事は再開された。ダイナマイトとつるはしで掘り起こした石と土で停留所の前の海を埋め立てるために、三組の鉄道線路が海に向かって敷かれた。

ドングォンが、普通学校の裏にある工事現場から学校の前を通り過ぎ、ゴム工場と市場などを通り抜け荷車《クルマ》に乗って鉄路で資材を運ぶあいだ、花の散る春と緑の芽吹く初夏が過ぎ七月を迎えた。その間、ダイナマイトで負傷したり病気になる人たちも多く、荷車に轢《ひ》かれた人も数えきれないほどいた。餅屋の未亡人が板に餅を乗せて売りにきたところ、屋根の上から落下した石にあたって餅はどぶに落ち一生足に障害の残る傷を負った事故や、八歳になる三代続きのひとり息子が荷車に轢かれて頭蓋骨を骨折する事故もあった。

被害者の治療費を巡って監督と激しく言い争ったことをきっかけに、ドングォンは監督から目の敵にされるようになった。太陽が容赦なく照りつける真昼間に、一日に何度も荷車に乗って往来しながら働くことはまさに苦痛そのものだった。それでも、石と土を荷車いっぱいに積んで、手すりをしっかり掴んでから一気に下り、カーブを軽く曲がるときは、夏の暑さを忘れさせる涼しさと愉快さを感じることもあるが、空になった荷車をふたりで押して八町［一キロ弱］もの鉛の道を歩いて引き返すときは、下りの爽快さの何倍もの苦しみを味わうことになるのだった。

ドングォンは、荷車の上から知り合いを見つけると、いつも明るく笑い会釈をしてすれ違った。鄭氏の妻に三回会い、ヨンヒにも二回も会った。土埃にまみれた汗で体にぴたりと張りついたももひきに、麦わら帽子をかぶり、土色に日焼けしたドングォンが清国の労働者と一緒に荷車を押してくるのを見た日の夜、ヨンヒは眠れずに泣いていたという話をヒスンから聞いた。ヒスンも、継母の目を盗んで土を運ぶ義兄の姿を見て戻ると、ドングォンが家に帰るまで泣いていたので、ドングォンはふたりの妹の考え方を改めさせたりもした。

何日も雨が続き、ドングォンは仕事場に出かけることができなかった。こんな日は家で好きな読書でもしたいものだが、父親も仕事に行かないので継母の小言が余計にひどくなるばかりでなく、蒸し暑いなか狭い部屋に四人も座っていることができず、彼は本を持ってビョンスのいる**飯場**へと向かった。

飯場には苦役に疲れて昼寝をしている同僚が、狭い部屋で横並びになっていびきをかいており、ほかの部屋からは雑談や民謡《ユクチャベギ》［南道、特に全羅道の民謡］を歌う声が聞こえてくる。

彼らはドングォンを嬉しそうに笑顔で迎えた。

「我らの先生がいらっしゃったぞ。さあ、入った入った」

彼らは競うようにドングォンに場所を譲った。ストライキ以降、彼らはドングォンを唯一の指導者と考え、些細なことでもドングォンに意見を請い、彼をとにかく信任し尊敬していたのだ。

「君は雨の日は必ず本を持って出かけるね。諸葛亮の『呼風喚雨《こふうかんう》』［風を吹かせ雨を呼びよせるの意］の秘法でも書かれているのかな」

書堂《ソダン》［朝鮮王朝時代の私塾］の先生だったという羅州の年輩者が、冗談交じりに言った。

「まったく、俺は君が本を持ち歩くのが一番羨ましいぜ。そうやって本でも好きに読めたらどんなに幸せだろうな」

普通学校三年で退学になったビョンスが羨ましそうに言う。

「本よりも、皆さんが経験された実体験のほうが僕たちにはずっと貴重です」

ドングォンは今回のストライキの内幕を、彼らにも理解できるようにわかりやすく説明した。

昼飯時になると、眠りこけていた人たちもいつの間に目を覚ましたのか、黒く黄味がかったご飯一杯と、塩に漬けただけの大根の切れ端が何個か入った皿をひとつずつ持ってくる。

「ドングォン、君も少しどうだ」

ビョンスが自分のご飯をドングォンの前に置きながら言った。

「いえ、僕は食べてきたので。どうぞ召し上がってください」

ドングォンは左右を見渡しながら勧めた。羅州の男が顔をしかめる。

「仕事をしているときはわからなかったが、寝起きだからか飯もおかずもずいぶん粗末なもんだ」

「これで十銭もするんだぜ。仕事がなくたってどうせ三十銭も取られるんだから我慢して食うしかないさ。キムチでももう少しくれたらな……昼も夜もこればっかりじゃ……」

ひとりが大根の切れ端をつまんで不満を漏らす。

「そうだとも。高すぎるんだ。一日中働いてもこの程度の飯代にしかならないし、こうやって雨でも降った日には給料ももらえない。まったく、いわゆる『生不如死』というやつさ」

また羅州の男が嘆く。彼は玉篇［部首別漢字辞典］というあだ名がつくほど漢字を愛用する人物だった。

「だからこそ、嘆いてばかりではいけないのです」

ドングォンは意図がつかめない一言を残して、**飯場**をあとにした。さっきよりも雨脚が強くなり、工事中の下水道に黄色い泥水が滝のように勢いよく流れ込んでいく。

ドングォンは鄭氏の家がまた水浸しになるだろうと思い、彼の家のほうに踵を返した。青く塗られた窓ガラスを開けようとしたところ、内側から鍵がかかっていた。窓をコツコツと叩いた。すると、なかから引き戸を開ける音が聞こえた。

「どちらさま？」

と聞こえたあと、しばらく経ってから扉が開いた。

「ああ、ドングォンか。こんな雨の日にどうしたんだい」

「ひどい雨なので……今日は行かれなかったのですか」

「うん、少し調子が悪くてね。上がりたまえ」

彼は敷物の上に座るようドングォンに勧めた。鄭は引き戸をきっちり閉めると、部屋の片隅に机を置いた。

（なにか書き物をしていたのだろう）

「チョンへはおばあさんの家へ？」

こう言うと同時に、オンドルとのあいだの裏戸が静かに開き、チョンへが小さな頭を覗かせた。

「お父さんに、メッ、されるの。行っちゃだめなの」

明星のようなつぶらな瞳で、平たく小さな頭を左右に振りながら、だれにともなくつぶやいた。チョンへの頭の上から、鄭氏の妻が嬉しそうに顔を出した。

「ソ君、いらっしゃい。こちらへどうぞ」

彼女は夫の顔色をうかがった。彼はドングォンをつれて奥間に入った。赤ん坊がすやすやと眠っている。

「雨があんまり激しいので、また浸水するのではないかと心配になって見にきたんです」

「そうなのよ、もう心配で。ほら見て！　もうすぐ溢れそうよ」

鄭の妻は引き戸を開けて溝川を指さす。ドングォンと鄭も立ち上がって見る。たしかに、うねうねと黄土色の水が今にも溢れだしそうに激しい勢いで流れている。

「心配ないさ。溢れたら俺が全部汲みだしてやるんだから。君はなにもしないのに八つ当たりするばかりで……」

鄭は妻に向かってにっと笑って言った。

「まあ、呆れた。私が必死に汲みだしているのを見て仕方なく手伝うふりをするくせに……」

妻は夫に向かって愛嬌混じりの笑みを浮かべながら目を細めた。

「お母さん、お父さん悪い、ね？」

母親の態度を見て取ったチョンへは、母親を見上げて味方する。赤ん坊が目を覚ました。暮らしなりは貧乏でもいつも和気あいあいとしたこの家に来るたびに、ドングォンはつい長居したくなるのだが、今日はなぜか自分がいると邪魔になるような気がして、引き留めるのも聞かずに鄭の家をあとにした。


色とりどりの果物や、マクワウリ、スイカが昼も夜も道の至るところで売られていたが、スイカひとつも満足に食べられないうちに労働者たちの夏は終わり、秋夕も近い九月十八日になった。

ドングォンは、朝六時に始まる仕事場から、土と石をめいっぱい積んだ最初の荷車に乗って下っていく途中、普通学校の前の通りで荷車が通るのを待っている鄭氏を見つけた。

夏のあいだずっと冬用の洋服と帽子で過ごしていた彼が、その洋服と帽子に今日はネクタイまで締めて出てきたのを見て、なにか急ぎの用があるのだろうと思ったが、もう一度振り向いた瞬間、ドングォンは驚いて荷車から転げ落ちそうになった。高等係の刑事がひとり、彼の後ろに立っているではないか。

（こんな朝早くに警察署に連行されるとは何事だろう）

荷車がゴム工場の角に差しかかったとき、向こう側の道で、刑事四人が鄭氏の家に乗り込んでいくのが見えた。ドングォンは急に脚の力が抜け、鼓動が速くなり、身体まで震え出した。意地の悪そうな日本の刑事ふたりと朝鮮の刑事ふたりが、なにか獲物でも見つけたかのように走っていくのを目にしたドングォンは、鄭氏の妻が幼い子どもとどんなに怖い思いをしているだろうかと心配になり、荷車からすぐにでも飛び降りたかった。

二回目の荷車で下っていくとき、鄭氏の妻が空色の日傘を高くさし、縛られた本の束を手に持って立っている刑事たちと一緒に、車が通り過ぎるのを待っている姿が見えた。ドングォンを見て嬉しそうに目配せする彼女を見て、ドングォンはさらに驚いて居ても立ってもいられなくなり、昼休みを使って鄭の家へと急いだ。

チョンへの外祖母が赤ん坊を負ぶっており、ドングォンを見るや涙を流しながら告げた。朝に刑事がやってきて、娘をつれていくから赤ん坊を見ていてくれと言われたので、がくがく震える足を引きずってようやくここまで来たというのだ。

「それでうちの娘が身支度をして、赤ん坊に乳だけやってやつらと出ていったんだけど、まだ帰ってこないんだよ。赤ん坊はぐずるしあの子もお腹をすかしているだろうに……まったく、あいつらなにを考えているんだろうね。もう心配で心配でどうにかなっちまいそうだよ……」

老人がすすり泣くとチョンへもつられて泣き叫ぶ。

ドングォンは、一波乱あったかのように乱暴に荒らされて散らかったいくつもの葛籠《つづら》や、戸が引き剝がされた日本式の押し入れを見渡しながら、なんと慰めるべきか言葉を詰まらせたが、

「あまり心配なさらないでください。鄭先生はわかりませんが、金先生は必ず帰ってきますよ。夜にまた来ますから」

と言い残して仕事場に戻った。

やきもきしながら待ち続けた午後七時になると、ドングォンは急いで家に帰って着替えたあと、夕飯もそこそこに鄭氏の家へと走っていき、ガラス戸をガラッと開けると、

「どなた？」

と慌てて出てきたのは、夫の帰りを待ちわびていた鄭の妻だった。

「これは金先生、戻ってこられたのですね」

「さっき帰ってきたところよ。どうぞ上がって」

彼女は赤ん坊を抱いたままで、先を歩きながら口を開いた。

「馬鹿げた連中よ。大した質問もしないくせに人を一日中座らせておいて。おかげで息子まで腹をすかせてとんだ迷惑よ」

「鄭先生とは会われなかったのですか」

「それがね。悔しくてたまらないわ。お昼を過ぎてたから赤ん坊に乳をやらなきゃって食ってかかったら、高等係の主任がそのときになってやっと電話して、お母さんがチョンへをつれて赤ん坊を負ぶってきたのよ。そのあとお母さんとチョンへは先に帰って、私は赤ん坊をつれていたんだけど、七時になると明日また来いって帰らせてくれたのよ」

「それでどうなったんです？」

「それで、高等係室から赤ん坊を負ぶってとことこ下りてきたら、あの人が保安係室の真ん中の椅子にワイシャツだけ着て、赤くなった顔で座ってるのが見えたんだけど、頭もぼさぼさでね。すると、飯屋の子が灰皿みたいな器にご飯と大根の切れ端と、どんぶり鉢に薄い汁を入れて前に置いたのよ。旦那は私に気づくと驚いて、お互い見つめ合ってどうしようかためらっていたんだけど、そのまま出てきたの。振り返ると彼もじっとこっちを見ていてね。少しでも話してくればよかったのにそのまま戻ってきちゃって、考えれば考えるほど悔しいわ」

彼女は、そのときの夫の姿を思い浮かべるように、呆然と天井を見上げる。

この間、木浦では三度も檄文《げきぶん》事件があった。市内の各学校や工場などの要所に、扇動の檄文ビラが散布された。その内容の深刻さや巧妙な撒き方からして、この地の運動家の仕業ではなく他所から流れ込んだものだという噂が回った。

高等係では血眼になって、表立って活動している運動家をすべて捕らえ、長い時間をかけて検束し取り調べを行ったが、結局無駄に終わった。三度目はさらに規模を広げて拘束したところ、鄭の友人の金が逮捕されたあと、ついに鄭も捕まったのだ。

鄭が検挙された数日後に、検束された者がひとり、ふたりと釈放され始め、金と鄭だけが残っていた。

彼らはとうとう、十月九日に鄭を主犯とする檄文事件の容疑者六人を送致したのだが、足がついた原因は金という者の恋人にあったと、新聞で報道された。

ドングォンは鄭を失ったあと、自分の体を支えていた骨格がばらばらと崩れたように、精神的な拠り所をなくしてしまった。自分の毎日の労働は、無意味な糊口の手段としか思えなくなった。

夜は時折、鄭の家を訪ねることもあったが、突然の鄭の入牢で、彼の妻が幼い子どもたちをつれて生活苦にあえぐのを目の当たりにするたびに自分の無力さを嘆くほかなかったため、いつも重い気分で帰ってくるのだった。


十一月下旬！　丸一年かけて下水道工事は完工した。裏の干潟から普通学校の裏手を通って金氏の豪邸の後ろの塀をぐるりと回り、儒達山麓を取り巻くようにして流れる木浦の下水道は実に壮観だった。

最後まで働き続けた二百人の労働者は別れのときを迎えると、恋しい妻子に会える喜びよりも、雪が降り花が咲き、新緑の陰と秋の月が入れ替わり訪れたこの一年間、共同の利害のもとで共に働き、共に闘い、苦楽を共にしながら友情を築いた同僚たちとの別れを惜しんだ。

厳しい寒さと暑さのなか、飢えに耐えながら、骨がすり減り肉が削られるほど働いたのはだれのためだったのだろう？　彼らの帰りを待つ妻子に持ち帰ることができるのは、この体一つしかない。だが彼らには、ドングォンから与えられた贈り物があった。去っていく同僚のなかには、ドングォンと将来再会することを誓い合いながら固い握手を交わす者もいた。


ヒスンの結婚が十二月五日に迫り、母娘はしばらく洗濯や砧《きぬた》打ちに明け暮れていたが、近頃は日夜裁縫をしながら息つく暇もないほど忙しく過ごしていた。ヒスンの夫になる人から贈られた、たんすと鏡台が部屋の片隅にどっしりと置かれているのを目にすると、ドングォンはどこか寂しくなった。

工事が終わってからは、のらりくらりと怠けてただ飯ばかり食いやがって、という継母の嫌味が格段に増えた。ドングォンは針の筵《むしろ》のような家から一日も早く出ていきたかったが、それも思いどおりにはいかなかった。夜はよその家に泊まり、朝夕は飯を恵んでもらうために転々とする生活は、どんなに虚しく惨めだろう。

今、彼には、鄭の妻以外には親しい人もおらず、夜は身を寄せ合って眠る仲間たちの顔も見たいとは思わなかった。さらに、数日後にはヒスンが家からいなくなるということは、彼の唯一の癒やしが奪われることを意味していた。

そのうえ、ヨンヒもまた厄介な問題で頭を痛めていた。ドングォンは継母から、「ヨンヒを気に入っている権力家の大学生の息子が、ヨンヒの親に結婚を申し込んだところ、親は許したのだがヨンヒは頑として聞こうとしない」という話を聞いた。そしてその話の最後に、

「いつかヨンギが見たらしいけど、こいつがヨンヒの家でヨンヒとふたりきりで会ってるって話を聞いて、ヨンギの母親が疑ってるんだよ。みっともない。一丁前に女の尻なんか追いかけやがって。まだ目が覚めないのかい！　身の程もわきまえずに……自分なんかが釣り合うとでも思ってるのかね」

と声を上げると、ヒスンが部屋のなかから母親を責めたので、髪の毛を掴まれて殴られたことまであった。

そんなわけでドングォンは、事実を確かめるためにヒスンの婚姻の日、家にだれもいない隙を見計らってなんとかヨンヒに会いたいという意思を伝えたところ、ヨンヒは五日後なら家にだれもい

ないのでその日に会おうと返事をよこした。

五日後、彼はヨンヒの部屋でヨンヒと向かい合って座った。三月にこの部屋で会ったときは、わけもなくただ嬉しかったが、どうしたことか今夜はあの日とは違った感情と気分がふたりを支配していた。

ドングォンは継母から聞いた話を切り出し、それは事実かと訊いた。ヨンヒは黙って頷いた。

「なぜ反対するんだ？　相手がそれほどの人ならヨンヒも幸せになれるのに……」

「愛のない結婚でも？」

「交際すれば愛も芽生えるさ」

「交際？　してみたわよ。あの本はだれが送ったと思ってるの。あの人が勝手にのぼせあがって貢ってよこしたのよ」

「なんだって？　交際してたのか？　ほらやっぱり。本まで買って贈ってくれたって？　ヨンヒも隅に置けないな。僕の思ったとおりだ。手紙のやり取りもしたんだろ？」

ヨンヒはうつむいていたが顔を上げて、ドングォンを恨めしそうにじっと見つめ、

「そんな言い方しなくても。子どもの頃からの知り合いだったのよ。手紙なんて知らないわ。勝手にヨンギの名前で本を送ってきただけよ」

と言い訳するように言った。

「もうやめましょう。あなたの口からそんな言葉が出てくるなんて夢にも思わなかった。愛だのなんだの言っておいて、私にどうしろっていうのよ」

キッと睨む目には涙が浮かんでいる。ドングォンの胸は激しくかき乱された。彼はヨンヒの手を

摑んだ。

「ヨンヒ！　じゃあどうするっていうんだ？」

「訊いてどうするの」

ヨンヒは摑まれた手をそっと離しながら拗ねて言った。

「ヨンヒ、前にも言ったが、僕たちの愛は今の状況では叶わないんだ」

「そういえば、それは宿題だったわね。どうしてそう思うの？」

「考えたらわかるだろう？　結婚できると思うかい？　自分のことだけでも手いっぱいの人間にどうやって……僕はどう考えても十にひとつも良い条件なんて持ち合わせていないし……」

「結婚だけが幸せなの？　愛していればそれでいいじゃない」

「そんなあやふやなことじゃだめだ。結婚しなくても愛し合っていればいいだなんて、そんな考え方は端からやめるべきだ。いつも言っていることだが……」

「じゃあどうすればいいの？　お母さんはこの冬休みに彼が来たら結婚させるんだって大騒ぎよ」

「はは、それはまた急だな。相当気に入られているようだ」

「本当に呆れた。私は死んでもあの人とは結婚できないわ」

「でも、ヨンヒ！　僕はここにいられる人間じゃないんだ」

「なによ。じゃあどこへ行くの？」

ヨンヒは驚いてドングォンを睨みつける。

「さあな。どこへでも」

「じゃあ私も行く」

明星のように澄んだヨンヒの瞳がきらりと輝く。

「だめだ。僕はやるべきことがあって行くんだよ」

「私もご一緒するわ。ヒスンがお嫁に行くときも、私たちはいつでもあなたがやることにはとにかく協力しようって、手を握って頼まれたのよ」

「そんなに簡単なことじゃないんだ。今の僕はのんきに結婚のことなんて考えてられない。もっと切迫した問題があるんだよ」

ドングォンはもう一度ヨンヒの手を取った。そして彼女の傍に近寄って座った。

「僕は、ヨンヒを恋人よりもひとりの同志として考えているから、片時も離れていたくない。でも、今の状況ではそれは許されないから仕方ないんだよ。もしヨンヒが僕を愛し抜いてくれるなら、ヨンヒ自ら自分を切り開くことができると思うんだ。違うか？　ヨンヒ！」

ドングォンはヨンヒを抱きしめた。ヨンヒはそのまま彼の胸に抱かれた。

「僕はヨンヒを一生愛する！　だからこそ早く発たなければならないんだ」


明日出発しようと心に決めたドングォンは、今年一番に吹いた木枯らしをものともせず、三百人の同僚の努力によって完成した下水道を眼下に望みながら、その丘を歩いた。

儒達山の峰にかかった三日月が、故郷で最後の夜を過ごす彼の胸の内をわかってくれるかのように見下ろしている。彼は腕組みをしてゆっくりと裏の干潟に向かって歩く。この見事な下水道を見て、金と文明の力に感服する以外に、だれが三百人の労働者の見えざる血と汗の価値について考えるだろうか。竹橋洞のこの高い橋を渡りながら、府庁の善政に感謝する以外に、だれがその裏面に隠れた内情を見抜くだろうか。

ドングォンはこう考えると興奮を抑えられず、池の一方から吹きつける風の冷たさも感じないまま、踵を返して鄭氏の妻が住む貸し間の東の窓の前まで来た。部屋の中からはチョンへの歌声が聞こえてくる。

チョンへが父親に教わったメーデーの歌だった。

ドングォンは感慨深げにしばらく立ち尽くしていたが、そのままその場をあとにした。幼いチョンへの歌声を荒々しい風がさらっていく。彼は家の裏の峠に登り遠くを眺めた。黒い平原が果てしなく広がり、精米場にうとうとするように立っている電灯さえも、風に吹かれて点滅しているように見える。

彼はさらに遠くにある監獄のほうを見つめた。大きくて恐ろしい洞穴でもあるかのように、真っ暗で陰鬱な空気に包まれている。

「あのなかに、僕が唯一信じられる指導者がすべての自由を奪われて囚われている。あなたは奥さんとの面会のときも僕の安否を気遣ったという。僕はもう旅立ちます。でも、あなたが出所する頃には必ず晴れ晴れとした気持ちで迎えられるよう帰ってきます。そのときまで、どうかお元気で」

彼は闇のなかで拳を振り上げて誓った。雪がびゅうびゅうと吹きつけてきた。

その翌日、初雪は町も山も野も覆いつくすように降り積もり、ヨンヒのもとに一通の手紙が届いた。


あらゆる状況を客観的に考えると、ここにとどまるわけにはいかないので僕は旅立つことにする。

愛する人を置いて発つ僕も、ひとりの人間であるからには一筋の涙を堪えることができないが、僕はより意味のある再会のために出発するのだ。ヨンヒが、心から僕の志を理解し僕を愛してくれるなら、君は自分の力であらゆる困難を乗り越えて自らを切り開き、前に進む勇気を持てる女性だと、僕はそう信じている。

どうか、強く生きてくれ。

一九三一年十二月十三日

旅立つドングォンより

ヨンヒは障子戸を開けた。蝶のような雪片がひらひらと舞っている。彼女は輝く瞳で降りしきる雪を眺めながら、恋人が残した教訓を噛みしめる。雪はしんしんと降り積もっていく。

オリオンと林檎

오리온과 능금

李孝石　イ・ヒョソク　이효석

岡裕美訳

1932

1

ナオミが入会してからまだ二週間にすぎず、したがって彼女が研究会に出席したのはたった二回であるにもかかわらず、いつしか彼女の態度がまったく予想だにしなかった方向に流れていることに気づいた時、私は驚かざるを得なかった。人の感情の動きとは予測しづらいものだが、短い間に彼女が私に対してそのような感情を抱くようになったのは思いもよらないことで、私は驚き戸惑うばかりであった。

それもそのはず、ナオミがSの紹介で入会することになった初日からもう私は、彼女から「同志」というよりも「女」という印象を強く受けた。それはナオミが現在とある百貨店の店員であり、つまり身なりが多少奢侈《しゃし》であるという理由よりも、おおよそ彼女の肉体と容貌の印象があまりにも柔らかく、華やかだったからだ。体がすらりとして、おしゃべりで、目の表情がとても豊かだった。彼女の遠縁のおじが過去にある人の堅固な××だったことで、現在囚われの身となっているという知らせもSを通じて時折耳にしていたが、そのような知識とナオミの印象とのあいだにはひとつとして符合する連想もなく、水と油のように互いにかけ離れていた。

それはまるで、同じ枝に赤と青の全く異なる二輪の花がこともなげに咲いているようだった。だが、か弱い印象だからといって彼女の未来を約束できない道理はないだろう。

ゆえに、正会員であり、信じるに足る同志であるSが彼女を紹介した時、われわれは彼女の入会を承諾するのにやぶさかではなかった。

それから彼女に会うたびごとに同志という印象は薄れ、女という感じが彼女から受ける印象のほぼ全てだった。

一方で、私に対する彼女の態度と行動はきわめて暗示的だった。私がそれに気づいたのは、むろん次のようなことがあったあとからだったが。

ナオミが入会したあと、二回目に研究会に出席した日のことだった。五、六人の会員は女工であるSをはじめ、学生、店員など多岐にわたることから自然と集まる時間は厳密に守られず、ドイツ語の翻訳と照らし合わせながら読み、討論を進めていた《××××》は難解な文章が多かったせいであまり先に進まなかった。それに加えて会を終えるとみな疲れるのでなるべく夕方早くに集まり、夜が更ける前に終わるのが決まりだった。その夜も早く終わってSの家を出ると、家が同じ方向である関係上、私はまたナオミと同行することになった。

「どうだい、俺たちの気分を大体は理解できるようになったかい？」

会員のうち血筋が異なるのはナオミ一人だけだから、慣れないグループに入って気まずい不調和と孤独を感じないかと心配していた私は、暗い通りから出ながら彼女の考えを聞こうと、慰めも兼ねてこんな言葉をかけた。

「理解するもなにも、私はこの雰囲気がとても好きです。私を迎え入れてくれる仲間のみなさんの気持ちもうれしいし、先生にはもっと親密な気持ちを抱くようになりましたわ」

「それならよかった。外国の血筋に対する間違った偏見によって過ちを犯す例が今もままあるからね」

「理解が足りないからでしょう。どちらにしても私はこの会合で気まずさも不自由もこれっぽっちも感じません。心がこんなに楽しくてうれしいんですの」

本当に楽しそうにナオミは体を小刻みに揺らし、声を上げて笑った。

微妙に動く彼女の視線を横目で捉えながら、路地を抜けて交差点に出た。

いつものように角の書店に寄って新刊をひととおり確認し、書店を出るまでナオミの微笑は消えなかった。

書店の隣の青果店の前を通り過ぎた時、ナオミはその微笑を真っすぐ私に向け、えも言われぬ表情で私を見つめながら切り出した。

「林檎が食べたいわ！」

「林檎が？」

意外な言葉に、私は問い返しながら彼女を見た。

「新鮮な林檎を一口食べられたらいいのに！」

ナオミはまるで私までもがひとつの林檎であるかのように、青果店の林檎からこちらに目を移して私にぴたりと体を寄せた。

私は数枚の硬貨を渡し、受け取った袋をナオミに持たせてやった。

歩きながら、ナオミは明るい通りで人目もはばからず真っ赤な林檎をまるごとシャクシャクと食べた。

「大胆だね」

「どうです、大通りで——林檎——プロレタリアらしくありませんこと？」

ナオミの純白の歯が、笑みを浮かべて林檎の中で光った。

「禁欲はプロレタリアの道徳ではありません。率直な感情を正直に表現することがプロレタリアではないかしら？」

しかし、明るい夜道で美しい女が林檎をシャクシャクと食べている風景は、プロレタリアらしいというより、むしろ一幅の美しい「モダン」な風景だった。それほどまでに美しいナオミの姿態にはプロレタリアらしい点は一つもなく、今後彼女がどれほどのプロレタリア闘士になるかも疑わしかった。あまりに美しく華やかで「モダン」なナオミだった。

「林檎、お好きですか？」

「嫌いな人なんてそうそういないでしょう」

「みんなアダムの息子で、イブの娘だからです……さあ、おひとつどうぞ」

ナオミは微笑を浮かべたまま、林檎をひとつ私の手に握らせた。

「そうですね。僕たちの祖先が好きだった林檎とわれわれは縁を切れません。林檎は誰もが好きなものだし、永遠に好きでいることでしょう。空間と時間を超越し、気高く光るのが林檎です。まるであの空の『オリオン』のように、ずっとずっと輝くはずです」

「林檎の哲学と言ってもいいでしょうね……だからプロレタリア闘士にとって、林檎は決して禁断の果物ではないはずですわ。ご飯を食べなければならない闘士が、林檎を食べてはいけないなんて道理がどこにあるのです」

ナオミの暗示が私には露骨な告白に聞こえた。だから私は、鋭く自らの盾をふりかざすしかなかった。

「それが真理なのは事実でも、問題は価値と効果にあるのですよ。われわれは一定のルールと節度を保たなければなりません。どれだけ美しい林檎でも、みだりに食べてかえって階級的事業の妨げになるなら、それは価値がないことではありませんか？」

2

こんなことがあってから、私はなぜかいつもナオミといえば林檎が思い浮かび、彼女のことを考える時や会う時には必ず最初に林檎の連想が脳裏をよぎるようになった。そして時には彼女がまるで林檎の化身のように思える時もあった。もちろん、次のようなできごとがあってからは、そのような印象はさらに厚みを増した。

二週間ほどあとだっただろうか。長い間考えていたある行動において別の会との合併が突然決まったせいで、それを会員に急いで知らせる必要があり、私はその報告をしに会員の家を一軒ずつ訪問しなければならなかった。その日の夜、最後に訪れたのがナオミのところだった。

彼女の住まいではなく職場である百貨店を訪れたため、その場で長々と話ができなかったこともあり、陳列されている化粧品のあいだで簡単な報告をしただけだった。

しかし、見知らぬ客でもなく、かといって友人でもなく、まるで親密な恋人に接するように可愛らしい微笑を浮かべてじっと私の報告に耳を傾けていたナオミは、私の話が終わると目配せしてその場を離れ、私を手招きした。何も知らない私は、訝《いぶか》りながらも何食わぬ様子であとを追い、彼女と同じエレベーターに乗った。

上層階でエレベーターを降りたナオミは、階段を上って屋上庭園に出ると、再び人目につかない片隅の手すりの方へと私を導いた。

「どうしたんです?」

ただならぬ予感がして、そこまで行くと私は性急に尋ねた。

「先生にお渡しするものがあるんですの」

手すりに疲れた体を預けて乱れた髪をかき上げるナオミは、少しも焦った気配を見せずにゆっくりと答えながら私をじっと見た。

「何です?」

「何だと思います?」

「さあ……」

だが、ナオミはそこですぐに返事をせず、疲れたような手つきで服装を整えながらため息をついた。

「一日に十時間以上労働をしようと思ったら、疲れるに決まってます」

「だから声を上げるようになるんでしょう」

「十時間以上の労働絶対反対……でも実際に働いてみたら、ここには一人も賢い子はいません。結局のところ、こんなところで組織を作る必要性がある時期には至っていないようですね」

「それはそうとして、私に渡すものとは何なのです？」

「あら、お渡ししないといけませんね」

と言いながらナオミは黒いワンピースのポケットに手を入れた。

「前に先生から林檎をいただきました。だから私も林檎を差し上げないと」

右手には真っ赤な林檎が一つ載っていた。

「林檎？」

「どうしてがっかりなさるんですか？　林檎ほど尊いものがこの世にあるでしょうか？」

同意を求めるように、ナオミは私をまっすぐに見た。

「あちらから見下ろしてごらんなさい。雑然とした通りをさまよい、うろつく数多《あまた》の人々が探しているのはけっきょく何なのでしょう？　一杯のご飯と一つの林檎ではありませんこと？　雑然としたこの通りの俯瞰図は、美しい林檎の探索図のようですわ」

話しながら、通りに向けた体をねじって手に持った林檎を高く持ち上げた。数束の乱れ髪と横顔の輪郭と柔らかな脚と手に持った林檎にまぶしい夕日が反射し、彼女の全身からはっきりと黄金色の光が放たれるようでもあり、その姿はまるで林檎を持ったイブのように神聖で神秘的な絵に見えた。

「林檎をお受け取りください」

ワンピースをまとった「モダン」なイブは、たった一つの林檎を私の前に差し出した。彼女の姿と行動に完全に幻惑され、じっと立っていると、彼女は何を思ったか一つの林檎を両手で挟み、力を入れた。

「コーカサス地方では、結婚する時に一つの林檎を二つに分けて、新郎新婦がその場で一つずつ食べるんですって」と言いながら二つに割った林檎の片方を私の手に握らせ、もう片方を自分の口に持っていった。

鉄の手すりにもたれ、横目で夕暮れの通りの俯瞰図を見下ろしながら片方の林檎を食べるナオミの姿は、さっきの神々しい絵とは正反対の俗っぽく、平凡で地上的な風景にしか見えなかった。

3

「では、ナオミはどう思うのですか？」

「コロンタイ［アレクサンドラ・コロンタイ（一八七二〜一九五二）。ロシアの女性革命家、外交官。性の自由を説いた小説『赤い恋』などで知られる］自身のことですか？」

「というよりはワシリーサ［『赤い恋』の主人公である女性労働者、ワシリーサ・マルイギナ］についてですよ」

「さまざまな赤い恋を成就させていくワシリーサの胸中には、もちろんしっかりした意志の操縦もあるけれど、それよりほとばしる血の感情に従う気持ちの方が大きかったのでしょう。このような点においても私もワシリーサが好きだし、賛美するに値します」

「事業第一、恋愛第二、どこまでも屈することなくこの信条を守ったところが勇敢だと思いませんか？」

「だけど、事業が第一だというのは、ワシリーサにとってはひとつの盾や理由に過ぎないのではないかしら？　一人の男から別の男に乗り換える時、そこには事業という美しい表向きの看板よりもまず、一時的な好き嫌いという感情の指図があるのではないですか？　けっきょく根本においては感情第一、事業が第二だということよ。恋は、それが遊びではなく恋である以上、とうてい事業を通してだけでは生まれないものです。何よりもまず互いの視覚を通じて生まれるのですから」

「だからといって、ワシリーサの行動をすぐに感情第一、事業第二と判断するのは少し行きすぎではありませんか？」

「それが率直な判断でしょう。そのように判断しなければ、ワシリーサの行動を理解するのは難しいわね。そして、ワシリーサ自身の本心としてもそう判断されるのが本意ではないかしら？　結局ワシリーサは林檎が大好きで、好きな感情を正直に表現したんだと思います。ただ、彼女はか弱く利口なせいで、それを表現するのに事業という盾を使って巧妙に自身をカモフラージュし、自分の体面を保とうとしただけです」

感激した口ぶりによって上気したナオミの顔は、机上のろうそくの灯りを受けていっそう燃え上がるように見えた。濃い眉の下に情熱をなみなみとたたえた瞳は、まるで動物のような煌々たる光を発し、光に染まった髪は彼女の周囲に情熱の輪郭をくっきりと浮き上がらせているではないか！

「けっきょくは林檎なのだなあ」

「そうです、林檎でなければ全てを説明できませんわ」

「ああ、林檎……」

私は自分自身の意見や判断もあったが、それをくどくどと話すことを避け、その話を終わらせてしまおうと、こうして短い嘆息をつきながら欠伸《あくび》をするふりをしようとした時、ふと自分の腕時計が目についた。

「もうこんな時間だけど、どうしたんだろう？」

「さあ、おそらく工場で何かあったみたいですね」

「ほかの会員たちはどうしたんだ？」

研究会が始まる時間が過ぎており、そこはSの部屋であるにもかかわらず、会員であるナオミと私の二人が先に来てずっと待っているが、コロンタイの話題が終わるまでSはおろか、他の会員の姿が一人も見えないのが不可解で、私は気にかかる一方で落ちつかない気持ちを禁じ得なかった。

「工場で不穏な動きがあったと思ったら、ついに爆発したようですね」

「そうだなあ、Sは遅れても来るはずだが……」

私は焦る一方できまりが悪く、そうつぶやきながらSが机の上に広げていった「ローザ［ローザ・ルクセンブルク（一八七〇～一九一九）。ポーランドに生まれ、ドイツで活動した女性革命家］」の伝記に何気なく視線を投げ、意味もなく読み進めた。

「林檎なのね、ローザも……」

つられてローザの伝記の上に視線を投げたナオミは、こう話題を変え、話を続けた。

「彼女が本国に戻った時に、事業のための政策上しかたなく奇妙なお芝居をして、意に沿わないまま林檎を選んだことがあったけれど、それも実は一皮むけば、全然意味のない林檎ではなかったのでしょう――少なくとも私はそう考えたいです」

ナオミの言葉に導かれ、今さらながら私は彼女と一緒に、机の上部にかけられたローザの肖像に――電気を止められ、やむを得ず灯したろうそくの炎の中にはっきりと浮かぶみすぼらしい部屋の中と、その中でローザについて話している若い女をじっと見下ろしているローザの肖像の方に視線を向けざるを得なかった。しかしどうしたことか、突然！　意外なことにローザの肖像が私たちの視線を拒否するようにかかっていた位置から外れ、いきなり机の上に落ちたのだ。

瞬間、机の角にぶつかった額縁のガラスがパリンと割れ、同時に、下にあったろうそくが倒れて部屋の中は闇に包まれてしまった。

「あら！」

突然のことに驚いたナオミは、反射的に私に身を寄せた。

(彼女のことを、公然と不遜な言葉でからかったことに腹を立てたのではないかな)

突然のことにびっくりして直感的にこう感じ、どうしていいかわからずにしばらく黙っていた私は、しかしさらに驚かされることになった。――急に首と顔に温かくて柔らかい感触を受けたのだ。血の香りが私の全身を熱く包み込んだ。

次の瞬間、首元の柔らかかった感触は固い圧迫に変わり、顔全体に熱い血を浴びせたような吐息と香りが息詰まるように流れてきて……唇には燃える唇が近づいて触れた。

そしてもちろん、同時に次のような震えるナオミの哀願する声が、心臓の鼓動とともにちりぢりに引き裂かれながら私の耳をかすめたのだ。

「抱いてください！　私を力いっぱい抱きしめてください」

山あいの旅人

산골 나그네

金裕貞 キム・ユジョン 김유정

イ・ソンファ訳

1933

夜になっても相変わらず客は来ない。部屋には発酵した味噌麹のようなつんとした匂いが立ち込め、静寂が流れている。オンドルの焚口から遠い奥の部屋では、ネズミがキーキー鳴いている。未亡人の女将は、消えかかった火鉢のそばに座り、ぽつねんと物思いに沈んでいる。ただでさえ薄暗いろうそくの灯りも、北側の一枚戸に開いた穴から吹き込む風にあおられ弱々しく揺らめいている。女将は擦り切れたポソン［韓服（朝鮮服）に合わせた伝統的な厚手の足袋］を突っ込んで穴を塞ぐ。そして、灯りのもとに裁縫箱を引っ張り出しぼんやりと針を手にとる。

山あいの秋は、なぜこうもうら寂しいのだろう。家を囲む垣根から落ち葉がかさこそと舞い落ちる。その音はまるで低く囁くように耳元に響く。さらに気を滅入らせるのは水の音。清らかな川の水は谷を巡りながら流れ落ち、けったいな調べを奏でる。

ザブ、ザブ、ザブ、ザブ、ジョロロ……ザブン！

ザッ、ザッ……外からだれかの足音が聞こえる。女将は耳をすませて戸を薄く開けた。身体を乗り出して、

「トットリかい？」と訊くも返事はない。庭先の向こうにある藪のうえを冷たい風が吹き抜け、落ち葉をまき散らしながら顔にぶつかる。

吹きつける風に屋根がびゅうびゅう音をたてる。そのけたたましい音に驚いたのか、遠くで犬がしきりに吠えたてる。

「ご主人はいらっしゃいますか」

ふたたび裁縫道具に手を伸ばそうとしたとき、今度こそほんとうに人の気配がした。恐る恐る、

「どちらさん？」と立ち上がって戸を開ける。

「なにかご用かしら」

初めて見る娘が縁側の先に立っている。月夜に照らされた、赤黒くやつれた顔。寒そうだ。娘は、頭に巻いていた手ぬぐいを片手で取ると、もう片方の手で乱れた髪を整えながら気恥ずかしそうにつぶやく。

「あの……ひと晩泊めていただけませんか」

若い娘がこんな夜更けに何事だろう。裸足にわらじ履きで。それはともかく――

「早く入って火におあたり」

旅の娘はのそのそと部屋にあがると、火鉢のそばに両膝を抱えて座り込んだ。ぼろきれのようなチマ［スカート］のあいだからはみ出そうな素肌を隠してうつむいている。そしてそのままうんともすんとも言わない。女将が娘をじっと見つめ、なにか食べるかと訊いても返事はない。それでも、残り物のご飯をよそって大根の塩漬けと一緒に出してやると、ありがたそうに受け取った。そして水も飲まずに、あっという間に平らげてしまった。

食べ終わるや否や、女将は娘に話しかけた。根掘り葉掘りとりとめのない質問を投げかける。自分でも疲れてしまうほどしつこく訊いた。娘は、進んで話すことも嫌がることもなくぽつぽつと答えた。夫もおらず身寄りもないと打ち明け、「あちこち物乞いをしながら旅をしています」と言いながら、膝のあいだに顎をうずめる。

一番鶏が鳴く頃、村に下りていたトットリがやっと帰ってきた。戸を開けてぼさぼさの頭を覗かせると、見知らぬ娘の姿に目を丸くしてたじろぐ。戸の隙間から強い風が吹き込み部屋のなかは真っ暗だ。女将は、戸の前に来て立ち、トットリの背中をとんとん叩いた。若い娘と年頃の男を同じ部屋で寝かせるわけにはいくまい。

「あんた、今日は村で泊めてもらって朝になったら帰ってきなさい」

秋の収穫も済んだので、皆懐が温かくなっていることだろう。ところが、その金はどこへ行ったのやら、この飲み屋は閑古鳥が鳴いている。運よく酒が売れても一缶五、六十銭にしかならない。その一缶を売るのにも三、四日はかかるというのに、近頃はそのわずかな客もやってこない。それまでにつけておいた酒代も、いつ払ってもらえるかわからない。女将はたまりかねて朝早くから金を取り立てにいった。だが、無駄足だった。気前よく出してくれればいいものを、皆決まりが悪そうに、もう少しだけ待ってくれと言うばかり。かといって行かないわけにもいくまい。日に日に食料は減っていき、卸問屋からの度重なる借金の督促にもたいそう参っていた。

「私もそろそろおいとまします」

女将が朝食のあと着替えて出てくると、娘も一緒に立ち上がった。女将はそっと娘の腕をつかみ、

「疲れているだろうに、何日か休んでおいきなさい」と言ったが、

「いえ、まいりませんと。もうじゅうぶんお世話になりました……」

「そんなこと言わないで」と呼び止め、留守番がてら部屋で休んでいなさいと言い聞かせると、家を出たのだった。

女将は、白頭《ペクトゥ》峠［白い土で覆われた峠］を越えてアンマル［現在の江原道春川市新東面甑里］まで足を延ばし、日暮れ時まで歩き回ったが、その甲斐むなしく、金は返してもらえなかった。けっきょく、栗を五升受け取っただけで、すっかり暗くなってからくたくたになって帰ってきた。ほかの者は金を払うどころか、こんなことをするならもう酒を飲みにいかないと逆に脅してくる始末。それでもましなほうだ。手ぶらで帰るよりは。夕飯時はとうに過ぎていた。女将が栗を洗い娘は釜を火にかけていそいそと炊き、さっさと食事を済ませた。

夕飯を食べ終えて一息つこうとしたそのとき、急に客が押し寄せた。これはいったいどうしたことか。最初は一人、そして三人、また二人。皆若い衆だ。部屋を客ごとに用意できないと女将が少したためらいがちに告げたところ、同じ村の者同士、相席で構わないというのでほっとした。やっとつきが回ってきたようだ。真鍮のたらいに注いだマッコリを娘に渡し、釜に入れて少し温めるよう頼んだ。女将は忙しそうに立ち回りながら手際よくつまみを用意する。大根の塩漬け、大根の水キムチ、コチュジャン。そして特別にゆで栗も用意した。いとこが数日前に分けてくれたものをとっておいたのだ。

部屋のなかは騒がしい。壁をたたきながら「アリラン」を歌う者、大声でげらげら高笑いする者、ひそひそ話をしている者……酔い方はまちまちだ。女将が酒を持って入ると、客は示し合わせたよ

うに一斉に姿勢を正して座り直した。そのうち、平べったい顔をしたハイカラ頭の男が酒を受け取りながら、いやらしい目つきで女将の耳元でつぶやく。

「女将さん、若い娼婦を買ってきたんだって？　紹介してくれよ」

　妙な噂がたったものだ。

「娼婦？　なんのことだい」と、面食らったがはっと気づいた。女将は台所へ向かうと、かまどの前にしゃがみ込んでいる娘の頭をそっと抱き寄せた。どうやらあの連中、この娘を娼婦だと勘違いしてやってきたようだ。もちろん、娘にしてみればとんでもない話だろうが、ひと月以上も客足が途絶えているうちにとっては、願ってもない恵みの雨だ。酒をついだからといって減るものではないし、損することもないのだから、自分の顔を立てて今晩だけ相手をしてやってほしい――といった調子で優しく諭すように頼んだ。娘は顔色ひとつ変えない。そして、例のごとく平然としてうなずいた。

　すっかり酔いが回った頃、酒の勢いが衰えはじめた。一杯五銭。ただで飲むにはもったいない。酔っ払った髷《まげ》頭が娘の手首をはっしと摑んで引き寄せながら、

「勧酒歌［酒を勧める歌］でも歌ってみろ。借りてきた猫じゃあるまいし」

「勧酒歌？　それはなんですか？」

「なんですかだと？　娼婦のくせにそんなものも知らねえのか。わははは」と言うと、いたたまれなくなってうつむいた娘の頰に、ひげの生えた顎をすり寄せる。パンソリ［パン（広場）とソリ（歌）の意。朝鮮の代表的な民族芸能の一つで物語に節をつけてうたう語り物音楽］を歌わせようとしても、娘は下唇をきゅっと噛んだまま首をかしげるだけ。どうやら歌えないらしい。だが、歌えない花もまた良し。娘は言われるがままにあちこちの客の膝の上に座

り酒をすすめる。

客はすっかり泥酔している。二人は眠りこけていびきをかいている。ハイカラ頭は娘を膝に座らせてタバコを燻らせていたが、鼻先でふんと笑うと、不躾に手を伸ばし娘の下っ腹を鷲掴みにした。驚いた娘は「あいたっ」と叫び飛び上がった。

「おい、俺にもやらせろよ」

ふたつ隣に座っていた髷頭の男が鼻にしわを寄せる。そして、娘の裸足の両脚をつかむと大きく広げ、膝の高さまでずるずると持ち上げた。娘は必死に抵抗した。目に溜まった涙がこぼれ落ちる。

トノサマガエルのような歓声が部屋にわっと沸いた。

「見ろよ、あいつ。わはは……」

温めた酒を次々と運びながら、女将は気が気ではなかった。ようやく安堵したのは夜がすっかり明けてからだ。

スズメが高らかにさえずっている。床の筵《むしろ》は目も当てられないほどひどい有様だ。酒、大根の切れ端、唾や痰、タバコの灰——などがあちこちに散らかっている。ひとまず、部屋の片隅に座って杯の数を数えながら勘定してみた。その場でもらったのが八十五銭、つけが二圓（ウォン）ちょっと。女将は、現金八十五銭を両手で何度も念入りに数えた。

庭から、娘の甲高い挨拶が聞こえる。

「お気をつけて」

「ちゅうしてくれよ、ほら、ちゅっ！　ちゅっ！　ちゅう！」

「俺も」

ギーッ！　ギーッ！　ゴットン！

「杵《きね》が重くて脚が疲れるだろう？　……これくらいにしようかね」

「いえ、まだ。もう少しつかないと」

「ところであの子はどうしちまったんだろう……」

村に行かせたトットリは、日が暮れても帰ってこない。散らばった粟を拾い集めて臼に入れながら、女将はひどく気を揉んでいる。このところ寒くなってきたので、オオカミやトラが村まで下りてくることがある。夜の峠で出くわしたら最後、ひとたまりもない。

娘は杵をつき終わって踏み臼から降りてくると、箕で臼のなかの粟をすくう。女将は娘の頭をでると、自分の前掛けをかぶせてやった。十九歳といえば花盛りなのに、ぱさぱさの髪に痩せこけた顔、歳に似合わず老け込んでしまっている。ずいぶん苦労をしたのだろう。

華奢な身体で、てきぱきと休みなく仕事をこなす娘のけなげな働きぶりを見ていると、女将はなんとも愛しい気持ちになった。その傍らで不憫にも思えた。実の娘のように、自分のそばでずっと暮らしてくれたらどんなにいいことか。それが叶うなら、牛を一頭やると言われても決して娘を手放さないだろう。

息子との二人暮らしは途方もなく寂しい。それに、村人は皆余計なおせっかいを焼いてくる。年頃の息子を一生独り身にさせるのかと。暮らし向きが悪いため結婚なんて夢のまた夢だったが、今年の春になってようやく急ぐことになった。意外にもとんとん拍子に事は進んだ。あちこち噂が広まり、南の山に住むある家の次女と婚約したのだ。女将は、四里もの道のりをはるばる歩いて出向

き、婚約者の手をさすりながら、

「まあ、なんてべっぴんさんなのかしら！」

嬉しそうに何度も相手の親に繰り返した。

ところが、無理に借金をして婚需《ホンス》［婚姻に必要な婚礼衣装、家具、寝具、装飾品などの品物］まで整えたというのに、結婚式を二日後に控えて破談になってしまった。急に、先綵金《ソンチェ》［婚礼の際に新郎の家から新婦の家に送られる、絹などを買う金］として三十ウォンを寄こせと言われたのだ。借金三ウォンと家にある五ウォンで世話人に手間賃を払い婚需を揃えたので、たったの二ウォン——結婚式の宴代しか残っていないというのに、三十ウォンなどとうてい工面できるわけがない。その日の夜、女将は寝返りを打ちながら、まんじりともせずに朝を迎えたのだった。

「お義母さん！　お食事の用意ができましたよ」

息子の嫁にこう言われたら、どんなに嬉しいだろう。それが彼女の唯一の願いだった。

「脚が痛いだろう？　仕事ばっかりさせちゃって……」

夕方、女将は粟を臼に入れながら、小さな身体で懸命に杵を踏む娘をまじまじと見つめていた。杵は重く、思ったように持ち上がらない。か弱い身体には堪えるのか、娘は頬を真っ赤にして息を切らしている。チマもさることながら絹のチョゴリ［朝鮮の民族衣装の上衣。女性は胸からくるぶしまでの丈のチマ（スカート）を、男性はパジ（ズボン）をチョゴリと組み合わせて着る］もぼろぼろで、肩の辺りには手のひらほどの穴まで開いている。女将は、トットリが木綿を五尺でも持ってきたら真っ先にチマの下に着る肌着を作ってやり、あとは少しずつ揃えてやろうと思った。

「一緒に踏もうかね」

女将も空いているほうの踏み台の端に上った。そして、小屋の梁から吊るされた手すりを掴んだ娘の手を、気づかれないようにそっと握った。ちょうどこんな嫁がいればなにも望むことはないのに。娘と目が合うと、女将は恥ずかしくなって目を逸らした。

「わびしい景色だろう」と言いながら、女将は垣根の外を指さす。夜の訪れを知らせる夕焼けだ。セクトンチョゴリ［袖の部分に色とりどりの縞模様が入ったチョゴリ］を着たような夕映えの山に、ずっしりとした踏み臼の音がほのかに響き渡る。ギーッ、ゴットン！

女将は娘をたいそうかわいがった。貧乏な暮らしなりに服も貸し合って着た。そして寝るときは、まるで我が子のようにしっかりと抱きしめて同じ布団で寝かせた。それでも、自分のひそかな願望だけは口にすることができなかった。娘が聞き入れてくれればいいが、そうでなければお互い気まずくなるだけだ。

そうこうしているうちに、思いもよらない機会が巡ってきた――。娘がやってきて四日目のことだった。コムングァニ［現在の江原道春川市新東面八味里の辺り］のふもとに住むヨンギルの一家が、米つきを手伝いにきてほしいというのだ。何日も眠れなかった娘に、昼間くらいゆっくり休むようにと告げて、女将はひとりで出かけていった。

頭に白ぬかを被りぐったりと疲れて帰ってきた頃は、もう日暮れ近かった。女将は重い足を引きずりながら庭先に向かったが、ふと立ち止まった。娘がひとりで寝ている部屋にトットリがいるようだ。縁側の片隅に娘の小さなわらじがあり、その隣に乱暴に脱ぎ捨てられた分厚いわらじが見える。そして部屋からは、なにやらこそこそと低い話し声が聞こえてくる。女将は、思わず戸の隙間に張り付くようにして聞き耳を立てた。

「じゃあ、どうしてだよ。うちが貧乏だから？」

「……」

「母さんも良い人なんだ……今年うまくいけば、来年には牛も一頭買えそうだし、畑仕事だって頑張れば一年で米が四俵、粟も六俵……。これくらいあればじゅうぶんやっていける……それとも、俺が嫌なのかい？」

「……」

「旦那が死んだなら次が要るだろ？」服が破ける音。がさごそと物音が響き渡る。

「あぁっ、いやっ！　やめて！　離してください」

水を打ったような静けさが広がる。虚空に舞う落ち葉をはかなげに見つめていた女将の口元に、笑みが浮かんだ。足音をたてないように、そっと庭の外に踵を返した。

夕飯を片付けたあと、女将は素知らぬふりをして娘の顔色をうかがいながら口を開いた。

「若い娘さんが独り身で流れ歩くなんて大変だろうに。それに旦那だって……」

そして、こんこんと説得するように、うちへ嫁に来てくれないかと一気に打ち明けた。片膝を立てて座り、首をかしげて聞いていた娘は、チマの結び紐をくわえてうつむいた。そして頬を赤らめた。お嫁にもらってくださいと自分から言い出す娘がどこにいるだろうか。これなら合意したも同然だ。

婚需は前に用意しておいたものがあるので心配ない。チョゴリの身幅だけ直せばいいだろう。二ウォンで銀のかんざしと銀の指輪を買い、嫁に贈ろう。

善は急げだ。さっそく日取りを決めて結婚式を挙げた。その傍らではククス「結婚式などの祝いの席で振る舞われる素麺。細長い麺のように末永く幸せに暮らせるようにという意味が込められている」を作る。祝いに駆けつけた村女たちは、振る舞われたククスを食べながら口々に良い嫁をもらったとおだてた。

女将は喜びを隠せない様子で次々と祝い酒を飲んだ。お祭り騒ぎだ。大勢の人のあいだをせわしなく動き回り、てんてこ舞いの忙しさだ。

「ほら、お嫁さん！　ククスもう一杯お願い」

まだ呼び慣れない——もう一度、

「ちょっと！　お嫁さん、早くお願いね」

三十前になって晴れて髷［朝鮮時代、男子が髷を結うことは結婚した証であり、一人前の男であることの象徴だった］留めを挿し、得意満面の有頂天。トットリは初夜を明かして意気揚々としていた。ほかの者が稲束二つなら彼は三つ分、籾《もみ》をしごき落とした。しきりに手のひらに唾をつけ、肩をそびやかす。

「そーれっ！　引っ張れ、転がせ！　よーいしょっ！」

友人の手間替えの日だった。日焼けした若い農夫五人が、稲束を順に担ぎ上げていく。熱でもあるかのようにぜえぜえと息を荒げながら、臼に溜まった稲粒を勢いよくすくい上げる。

「おい！　結婚祝いにごちそうしろよ！」

「たいそうな美人だったぞ。うまいもの食わせろよ！　鶏か？　酒か？　ククスか？」

「ククス？　お前はそれしか知らないのか」

こんなことを言いながらふざけあう。皆ひと仕事終えて汗を服でぬぐう。谷風に白い穂波がたなびいている。隣山から下りてきた雉が、ばさばさと頭上を飛んでいく。熊手で稲わらをかき集めていたのっぺり顔の男が、急に手を止めにやりと笑って走ってくる。悪ふざけが始まった。みんなで寄ってたかってトットリの口にぼろ草履を突っ込む。トットリはじたばたと暴れる。今度はトットリの両耳を引っ張って稲わらの山に頭から放り投げたかと思うと、東西南北に深くお辞儀させる。

「おい、やめろよ！」

「いいや、だめだ。結婚したら山の神様にちゃんとご挨拶せにゃならんだろ。神様を怒らせるとトラがやってくるぞ」

みんなで大笑いした。新郎の服がなんというざまだ。尻には穴まで空いて……と、からかう者もいる。それでもトットリは、髷についた埃を払ってキセルをくわえると、にっと笑ってみせた。上等な服なら家にある。人絹のチョッキ、チョゴリ、真っ白な木綿地で作った袷《あわせ》のパジ。だが、大事にしている服だ。働くときはぼろを着て、家に帰って休むときはその服に着替えることにしている。寝るときも全部脱いで、汚れないようにきれいにたたんで枕元に置いておく。身なりが粗末だと人となりまでみすぼらしく見えるものだ。せっかくかわいい嫁をもらったのだから、心変わりされないように気は抜けない。実に二十九年ぶりに、黄ばんだ歯に塩を塗って磨いたのもこのためだ。

トットリが稲束をもう一度持ち上げると、隣村のトルセが駆け寄り手を貸す。

「なあ、トットリ！　明日うちで粟の脱穀を手伝ってくれないか」

「なんだと？」と声を張り上げながらも、目元は笑っている。

「だれに向かって言ってるんだ。うん？　こいつめ！」

この髷が目に入らないのか――

その日のことだった。奥の部屋でひとり丸くなって寝ていた女将は、驚いて飛び起きた。すべてが寝静まった真夜中だった。

「母さん！　嫁が逃げた。俺の服もなくなってる……」

「うん？」と短く叫び、女将は動転して、暗がりのなかを壁伝いに隣の部屋へ移動した。慌てふた

めいて明かりを灯すと、

「いったいどこへ行ったっていうんだい」

猛り立って訊く。すっ裸の息子は布団で前を隠し、座り込んだままぼやいている。隣には枕だけがぽつんと残っており、嫁の姿はどこにもない。訊くに、一日中働きに出て疲れ切っていたトットリは寝床に入るや否や眠りこけてしまった。そのときたしかに、嫁も服を脱いで同じ布団でぴったりと寄り添って寝たのだ。嫁はいつもとなんら変わらず、すまし顔で天井をじっと見つめていたという。ところが夜中、小便がしたくなりオマルをくれと言おうとしたところ、自分の腕のなかで眠っていたはずの嫁がいない。呼んでみても返事はない。それでふと、枕元に手を伸ばし、そこに置いてあった服を手探りで探した。なにもない――

きっと、寝ているあいだにこっそり着替えて、自分の服やポソンまで持って逃げたに違いない。

「どろぼう女!」

親子は松明《たいまつ》を手に取って部屋を飛び出した。台所と便所のなかを捜す。庭先の草むらもしらみつぶしに捜したが、なんの痕跡もない。

「やっぱり部屋のなかをもう一度見てみよう」

女将は、嫁を泥棒だと思いたくなかった。半ば泣きそうになりながら、部屋のなかに転がり込む。心を落ち着かせて捜してみると、なんと、嫁の枕の下から銀のかんざしが出てきた。逃げたのであれば、この高価なかんざしを置いていくわけがない。なにかあったに違いない。

女将は息子をつれて、大慌てで嫁を捜しに出かけた。

村から山道へと抜ける入口に生い茂った森のあいだから坂道が見える。ちょうどその下の絶壁の先にある紺碧の深い谷川は、いくつもの山を越えておおよそ一里先にある新延江《シニョンガン》［江原道春川市の北漢江支流。北漢江と昭陽江の合流地点から加平までのあいだを流れていた］の中腹に至る。半ば細砂に埋もれた大きく滑らかな岩が、川を囲むように両側に立ちはだかっている。そのあいだから、一本のつづら折りの道が延びている。とても歩けそうにない砂利道だ。川を何度か渡り、険しい山を越えて五里ほど行ったところで、やっと道らしい道に出た。そして、そこからさらに歩いた川辺に、ぽつんと佇む廃れたあばら家が見える。水車小屋だ。だがそこは今や、さすらう旅人たちの仮宿と化していた。

壁が崩れ落ち四本の柱しか残っていないその小屋のなかには、水車が虚しく横たわっている。その隣に、乞食が煎餅布団に筵を被って寝ている。苦しげなうめき声が響き渡る。うう……うう……ううん…！　垂木のあいだから冷たい月明かりが差し込む。時折、枯れ葉が風に舞う――

「あなた、寝てるの？　起きて、早く！」

女の声が聞こえると、男はもぞもぞと上半身を起こした。そして、ぼろぼろの単のチョクサム［裏地の無い一枚仕立てのチョゴリ］の襟を掻き合わせてぶるぶると震える。

「もう出発するのか？　ゴホゴホッ……」

げっそりとした顔で女を見ながら、男がたずねる。

十分ほど経った。乞食は立派な服に着替えていた。月明かりに輝く袷のチョゴリに身を包み、杖をつきながら水車小屋を後にした。よろよろと歩く男の身体を支えながら、女もついていく。飲み屋の嫁だ。

「服が大きすぎる。もう少し小さいのはないのか……」

「いいから先を急ぎましょう。早く……」

女は慌てて男を急かす。そしてしきりに後ろを振り返るのを忘れなかった。

二人は川道に向かって歩いていく。小川の向こうに突き出た山すその角を曲がろうとしたちょうどそのとき。遙か後ろのほうからかすかな人声が聞こえてくる。風の音にかき消されてはっきり聞き取ることはできないが、トットリの声であることはわかった。

「ほら、早く歩いて」

じれったくてたまらないと言わんばかりに、女は男の手首を摑んで先を急ごうとする。病体の乞食は引っ張られるがままに、よろよろと薄暗い山向こうに消えていく。川の水が山岩にぶつかり、銀白色の水しぶきをあげる。どこからともなく聞こえてくるオオカミの鳴き声が、あちらと言わずこちらと言わず、山々にこだましていた。

鼠火

서화

李箕永

イ・ギヨン 이기영

岡裕美 訳

1933

1

数日続いた厳しい寒さが、きょうは少し和らいだようだ。軒先にぶら下がったつららが融ける。風が吹く。

それでも年始（陰暦の正月）だから、山や通りには人影はまばらだった。氷の上に円座を敷いてコイを釣ることを生業にしていたチャじいさん［原文では「チャ僉知（チョムジ）」。僉知は高麗時代から朝鮮時代にかけての役職だが、転じて年配の男性の呼称として使われた］も最近は姿が見えなかった。

凍り付いた川の上にはいつ降ったものかもわからない雪がそのまま積もっている。冠帽峰《クァンモボン》の険しい絶壁の下を回って再び広大な平野に流れ込んだK川は、まるで白布を広げたようにまばゆい。時折平野から吹いてくる風は、旋風を巻き起こして空中に舞い上がる。狂風は再び川面の白雪を吹き上げ、川辺のこちら側に飛ばす。それは、まるで銀雨のように日光にきらめきながら空中を舞った。空は瑠璃のように青い。

「年初にしては珍しく天気がいいが……名節［民俗上の旧正月などの節句］だから退屈だな」

鼻歌を歌っていたトルスェは、にわかに顔を上げた。太陽がまぶしい。広々とした平野から空の果てまで延びる遙かな山を、雪が白く覆っている。無頓着なトルスェにも、そこはどことなく神秘的で崇厳な別天地のように感じられた。

とんびが冠帽峰の上へ飛んできて、川の上空をくるくると回る。

トルスェはこの山並みを好んだ。ここに上れば、遠近の山河が一望できる。この山のふもとを下ると、すぐに川を見下ろす断崖へとさしかかる漁区だった。

トルスェはトゥルマギ［韓服の外套］を後ろにはらって岩に腰掛けた。彼は煙草を一本くわえた。昨日花札で勝って手に入れたものだ。

額にナツメの種ほどの大きさの傷跡があるトルスェは、顔が平べったく口が大きめだった。一方で、熱を帯びた眼が彼の壮健な気質とあいまって威信ありげに見えた。若い女にしばしば惚れられるのは、おそらくそのせいだろう。

彼は朝食を食べてから、どこかに賭場はないかと川上の村にのろのろと向かった。そこも他と同じように寂寞としていた。若者たちが蠟マッチ［どこに擦っても火がつくマッチ］を賭けてユンノリ［すごろくのような遊び］をする声が、山守のチョじいさんの家からしゃがれたガチョウの鳴き声のように聞こえるだけだった。若者たちはみな仕事に出たようだ。誰もが暮らしに余裕がなさそうだった。

だから、トルスェはわらじ売りのナム書房《ソバン》［官職にない人の呼び名］の家に行き、一日中無駄話をして帰った。

そこでマッコリを丼一杯飲んだ酔いがまだ残っていた。

太陽は西の山に――夕焼けは天空を染め、雪山を美しく照らした。

ところが、だしぬけに光が山の下で閃いた。それはまるで地の上へ太陽がもう一つ昇るように
……光は見る間にどんどん大きくなった。すると、鬼火のような火があちこちから現れた。

「あれは何の火だ？」

トルスェは訝《いぶか》りながら見つめた。その瞬間、ある考えが稲妻のように頭をよぎった。

彼はその場からすっくと立ち上がり、大股で家に帰ってきた。

憂鬱な表情はたちどころに消え、生気にあふれて見えた。

トルスェが夕食を食べた後、先に出かけたソンソン（成先）の後を追いかけた時にはもう日が暮れていた。昼と同じ三日月が、ほの暗い西の空にぶら下がっていた。これまでの光景は一変し、火は平野の向こうの山すそをぐるりと取り囲んだ。真っ赤な火はまさに壮観だった。月は驚いたようにその細い眉をひそめて震えている。星はまぶしそうにまたたいた。

しかし、火はそこだけではない。広い野原を中心に、いまや東西南北がまるごと火に包まれている。

暗くなるにつれ、火はさらに赤く燃え上がった。それに呼応するように群衆の叫び声が上がった。

「火だ――鼠火〔野焼き〕だ！」

トルスェは思わず尻を揺らして喜んだ。

「そうだ！　今日は子日《ねのひ》だ！　おい、あの火を見ろ！　ハハ、神様の髭《ひげ》が燃えてなくなりそうだ！」

広い野原を囲んだ火の手は、空まで届かんばかりだった。空も赤い。

K川の支流を挟んで上ったパンゲウルの周りの村でも、子どもたちが鼠火を点けながら群れをなして下りてくる。

――火だ――鼠火だ！

昔は鼠火を巡る競争も大変なものだった。各々の町の若者たちは一斉に六面体のこん棒［捕吏が使った警棒］を腰に差し、脚絆を素早くつけて外に出た。そして、こちら側の火の手が弱い時には相手側の陣営に突撃する。互いに肉薄戦を繰り広げ、火を点けられないように妨害する。そうすれば双方から負傷者や火傷を負った者が多数発生し、ひどければ死者も出る。とにかく火の中で互いに転がり、こん棒で殴り、石を投げ、それどころか切羽詰まれば服を脱いで相手の火を叩いて消すのだから、危険きわまりなかった。トルスェの額にあるナツメの種ほどの傷跡も、幼い頃に鼠火を点けていて石で殴られた跡だった。

身長がまちまちの小僧たちは村の入り口の川岸の土手に火を点けながら下りてきた。手がかじかんでマッチがうまく擦れなかった。何回も苦労してようやく火がくすぶると、待ち構えていたように風が消した。そのため、彼らは畔《あぜ》の下に行ってはいつくばり、服のすそで覆って火を点けた。女の子がチマ［スカート］のすそで風をよけてやった。

しかし、大人はそんなことをしているわけにはいかなかった。彼らはこん棒に石油を塗ってたいまつにし、走り回って火を点けた。

村の前の野原は一瞬で火の海になった。乾いた草は、火が点くやいなやメラメラと燃え盛った。パチパチと面白いように燃える。

　小川の下であちらこちら固まって燃えているのは、町の人たちが点けた火だった。左側に雁の群れのように一列になり、ずらりと並んだ火はハンドゥルの方の人々――また、こちらからはるか遠くに見えるのはチャンドゥルの方の人々――ウェジャン谷、チョンジャ村、コンソジ、ウォントの方にも火！　火！……

　どこか遠くから風物《プンムル》〔農楽〕の音が風に乗って聞こえる。

「カン！　カン！　カガン――ジャーン……」

　若い女と髪の長い少女たちは村の入り口の前まで出てきて、激しい勢いで燃える四方の火を見ながらおしゃべりをした。そこにはカンナンの母、ウンサムの妻、アギ（阿只）の母、トスンも混じっている。

トルスェとソンソンを先頭にした十人あまりのパンゲウル村の人々は、町の方の火の手が強いのを見て追いかけていった。カンナンをおぶったトルスェの妻は、また誰かとけんかでもするのではないかと内心気が気でなかった。バンゲウルの人は、昔から町の方の人々と鼠火を巡って争っているからだ。

　しかしトルスェの一行はまもなく、がっかりしながら戻ってきた。彼らが追いかけていくと、鼠火を点けているのは全員小僧や子どもたちばかりで、とうてい相手にならないからだった。

　トルスェは、このような競争すら年々廃れていくのが残念だった。町の人々はなおさらだろう。農村の娯楽といえば、年中行事として巡ってくるこんなもの以外に何があるだろうか？　それなのに、今年は昨年と違って大人の姿すら見えない。鼠火ももうおしまいではないか！

　小正月〔陰暦一月十五日前後〕の綱引きが廃止されたのも、もう数年前のことだった。ユンノリも以前ほど盛り上がらなかった。トルスェは、それなら博打《ばくち》しかやることがないではないかと考えた。

彼はその理由を知らない。鼠火は官庁でも奨励しているというではないか？　それが本当かどうかは知らないが、鼠火を点けると畔の中にいた虫が全部焼け死に、穀物がよく実るという。それでも鼠火を点ける大人はいなかった。だが、鼠火だけの問題だろうか！　村人たちの暮らしは年々苦しくなっているようだった。

実際に、彼らは誰もが余裕がなさそうに見える。髭を五寸伸ばしても食べるのが両班《ヤンバン》［体面を気にせず食べることが第一だという意味のことわざ］だといっても、貧しい両班では意味がなかった。今年の正月に白い餅をついた家も数えるほどだった。ならば鼠火よ！　世界は次第に開けていくというのに、人の暮らしは年々困窮していくのはどういうことか！

まだ暮らし向きがよさそうなのは、川中の村の地主の家だけのようだった。

夜が次第に更けると、あちこちの火は勢いが弱まった。蛍の光のようにぽつりぽつりと火が点いた場所は、燃え尽きようとしている鼠火だろうか？　火を点けたまま放置していた人々は散り散りになったのか、さっきまで聞こえていた叫び声も消えた。

「ちくしょう！　こんなことになると知ってたらさっさと帰ったのに」

「そうだな、ああ――寒い」

トルスェとソンソンは、凍える足を踏みしめながら戻ってくる。トルスェは寒さにも負けず煙草を取り出してくわえた。

「おい、一本どうだ？」

トルスェは、ソンソンにも煙草を一本渡しながら訊いた。彼らは村はずれの飲み屋で一杯やっていてほろ酔い気分だった。

「集まれる奴はいないかな」

煙草に火を点けるソンソンが興味を示した。

「ウンサムとワンドゥクと……」

「ウンサムはやるかな？」

「もちろん、俺が誘えばやるさ」

「やろうぜ！」

ソンソンの目が煙草の火で光った。

「誰の家でやろうか？」

「そうだな……川上の村に行こう」

トルスェは顔を横に向け、博打をする場所を考えてみた。誰も思いつかないような場所、金を横取りする奴が追いかけてこられない静かな場所で心置きなくやりたかった。

もう月が出ている。星がきらめいている。刀風が耳元をえぐる。川面は闇夜にも明るく、神秘的な気を漂わせている。「ワン！　ワン！」村で犬が吠える声。山すそを回ってきたので風はあまり冷たくない。飲み屋の通りに入ると、そこではユッ〔ユンノリでサイコロのように使う棒〕で遊ぶ人々が騒がしい。

「歩いていこう――餅をおごってやるよ！」

「さあ、四が出るか？　何が出るか？〔ユンノリで遊ぶ際に歌われる歌〕」

「ソクドンムニ〔三つのユッを合わせて進める駒〕が死んじまったのか。ああ、俺たちはおしまいだ」

二人は飲み屋の前で歩みを止め、耳をすませた。中にはワンドゥクもいるようだった。

「さあ、それじゃワンドゥクを呼んでこい。俺はウンサムを捕まえてくるから」

トルスェはソンソンの横腹をつつき、そっと囁いた。

「ああ、わかった」

「気づかれないように！」

「わかったよ」

ソンソンはうなずいて飲み屋に入った。トルスェは、その足で自分の家に戻った。彼はまず元手を作らなければならなかった。門を開けて入ると、庭で寝ていたぶち犬が主人の気配に気づいてうれしそうに尻尾を振って走ってくる。トルスェは黙って部屋の扉を開けた。

＊

トルスェの妻、スニムはカンナンをおぶって鼠火の見物に出かけたが、寒くてすぐに帰ってきた。帰り道も彼女は、夫が何かしでかすのではないかと心配だった。数えで十二の時に許嫁《いいなずけ》としてこの家に入ったのは、もう十年も前のことになる。顔にそばかすが散り、少しあばたのある小柄な女だった。彼女は夫のことが怖かった。

「今夜も戻らないつもりかしら？　このごろは誰の家に泊まってるんだか！」

自分の部屋に入り、寝床を敷いて横になったスニムはつぶやいた。カンナンは乳を口に含み、寝ながら何度も吸う。

彼女は幼い頃は家事に追われていたが、夫のいる喜びを知るようになったかと思うと、夫は浮気をした。家で寝る日は月に何日もない。カンナンはもう数えで三つになるのに、まだ二人目ができる兆しはない。彼女は早く息子を産みたかった。

ある日、彼女は姑に黙って村の巫堂《ムーダン》［シャーマン］を訪れ、尋ねてみた。巫堂は指を折ったり広げたりしながら六十甲子［干支の表］を手に取ると、双方に煞《サル》［邪気］が取りついているせいだと言った。「わらじの煞が取りついているから出歩くのが好きなのだ。煞を取り除くためには大きな峠の城隍［村の守り神］が乗り移った木に行って、大掛かりなクッ［邪気を払う儀式］を行わなければならない」ということだった。

「どこで博打を打ってるのやら……本当にわらじの煞が取りついてるみたい！」

ウンサムの妻は目端が利くな。彼女はふとそんなことを考えた。突然孤独と寂しさを感じた。胸が動悸を打つ。

彼女は輾転反側《てんてんはんそく》し、人知れず思いわずらいながらようやく眠りについた……。

いつの間に夜になったのか、なにか冷たいものを感じて驚いて目を覚ますと、いつの間に帰ったのか夫が頭をつかんで揺らす。彼女は伸びをしながら手探りで男の太い手首をつかんでみた。それはいつも通りの夫の手だった。

「まあ……冷たい手！　どうしたんです？」

「トゥルマギはどこにある？」

「トゥルマギ？　またどこかに行くんですか？」

彼女は目を大きく開いた。部屋の中は暗いが、男の牛のような息づかいが暗い中で聞こえ、吐息が顔をかすめた。

「さっさと探してくれ！」

トルスェはマッチをすって煙草に火を点けた。

「ああ、面倒だわ！　夜中に何をしに行くのか……さっき向こうの部屋で脱いだんじゃないですか？」

スニムは下衣を引き上げながら起き上がり、夫が渡すマッチに火を点けて玄関に近い部屋に行った。寝起きの彼女の細い体と長い髪を下ろした後ろ姿は、結婚前の少女の頃の姿を彷彿とさせた……。トルスェは妻がいない間に目をつけておいた——妻の枕元に抜いてあった——銀のかんざしを取ってチョッキのポケットに入れた。

「はい、どうぞ！　こんな夜中にどこに行くの……」

妻はトゥルマギを布団の上に置き、もう一度マッチに火を点けると、蛇のように芯が長いエゴマ油のランプに火をともした。蛍の光のようなかすかな灯りが、二人の影を土壁の上に映す。夜は静まり返っている。

トルスェがすぐに立ち上がってトゥルマギを着るのを、妻はまぶしそうに片目をぎゅっと閉じて見つめた。

「どうして寝ずに座ってるんだ？」

トルスェは網巾《マンゴン》［ハチマキ状の頭巾］の上から防寒具をかぶった。

「まだ寝ませんよ。そんなに大騒ぎしてどこに行くの」

妻は不満をこぼしたことを夫が怒るのではないかと、最後に軽く笑ってごまかした。

「黙れ、俺がどこに行こうと勝手だろ！」

隣の部屋で寝ていた母親が、話し声で目を覚ましたようだった。

「帰ったのかい？　どこに行くの？　この寒い夜中に」

「川上の村にユンノリをしに行くんだ！」

トルスェは扉をばたんと閉めて外に出た。

スニムは、出ていく男の後ろ姿を座ったままでぼんやりと見送った。

彼女はようやく眠りについたところを起こされたからか、なかなか寝付けなかった。眠りはどこか遠くへ逃げてしまったようだった。外からはひゅーっと風の音がする。彼女はにわかに息苦しさを感じた。形容しがたい癇癪《かんしゃく》が湧き上がった。

彼女は台所に入り、冷たい水を飲んだ。氷がじゃりじゃりする。庭に立ってみると、広い野原に火がまだ燃えている。四方で燃え盛ったからか火は再び勢いを増し、野原のかたすみで火柱が高く上がる。真っ赤な火は、強風に飛び散る狂った波のようにあちこちを舐め、火花が空に上がった。

彼女はなぜだか、突然その火の中に飛び込みたい衝動にかられるのを抑えていた。

部屋に入ると、彼女はかんざしがなくなっているのに気づいた。

2

川上の村のチェ小使《ソサ》［官庁などで雑用をする人］の家では、石油ランプのかすかな灯りの下で四人が博打を打っていた。その横では髪を結った老婆が出っ歯を見せながら寺銭を取って座っていた。老婆は長キセルを吸っている。

トルスェは闘牋《トウジョン》モク［闘牋という賭博で使う、絵や文字を描いた紙牌］をとんとんと揃えてずらりと並べ、参加者の前に置いた後、一枚ずつ配ってから自分の牌を引くと、

「さあ、入った！」

と紙牌を山の上に伏せた。それから参加者たちに
「いくら賭ける？」

「一圓（ウォン）だ！」

ソンソンは紙牌を伏せ、五十銭銀貨二枚を取り出した。トルスェも一ウォンを賭け、再びワンドゥクに、

「おまえはいくらだ？」

「俺は五十銭にするよ」

「おまえは？」

「配牌がよくないんだが……ええい、一ウォンにしよう！」

ウンサムは躊躇した後、紙幣を一枚取り出した。トルスェは参加者全員が金を賭けた後、牌をもう一度ソンソンに配り、目をぱちぱちさせた。

ソンソンは牌を取って手持ちの牌と重ね、ぐいと持ち上げて両手で握ると、

「よし来た！」

その次にワンドゥクが取って握りしめる。

「入った！」

彼は一枚抜いて再び握った後、場に伏せた。

ウンサムの番だ。

彼もぶるぶると震える手で牌を取り、不器用に握ると
「俺も入ったぞ！」

と、もう一枚引いた。

トルスェは二枚を引いて大きな口をすぼめたかと思うとぎりぎりと音がするほど握り締め、もう一枚入るとにわかに勢いづいて叫んだ。

「さあ見せろ！」

「ソシ［六点］！」

トルスェはソンソンが前に置いた金をかき集めた。

ワンドゥクが三枚を場に出すと、一六八のチンジュ［五点］だった。

「俺は七点だぞ」

とウンサムも三枚を出しながら頭を掻くが、トルスェはおかまいなしにウンサムの前に置かれた金までもとんびがひな鳥をさらうようにひったくりながら、

「青山萬里一孤舟［中国の詩人、劉長卿の「重送裴郎中貶吉州」の一節］、七七五、帆柱のかぶ［原文「가보（かぼ）」は日本の花札用語「かぶ」から来ているといわれる］、来い！」

パッと裏返すと、それはまさに五七七のかぶ［最高点の九点］だった。ウンサムの両目が光を失った。七点でも勝てないのが悔しかった。

「こんちくしょうめ！　いかさまじゃねえか」

「いかさまなわけないだろう！　それならおまえが親になれよ！」

トルスェは親を譲ってやった。

ウンサムは蓬髪を再び掻きまわした。彼は網巾も被らず、まげを結っただけの姿で舎廊房《サランバン》［主人の居室で、応接間としても使われる］で寝ていたところを引きずり出されたのだ。

彼はトルスェと関わったせいで大晦日に牛を売った金の半分を持ち出し、ほとんどを失った。動悸がして目の前が真っ暗になり、もう賭場もよく見えなかった。

「おばさん、何か作っちゃくれませんか。食べねえと腹が減って」

「たいしたつまみもないよ」

老婆はぱっとつかんだ金をふところに入れ、出っ歯を見せて笑う。隣の部屋では子どもたちがいびきをかきながら寝ている。裏山の松林でふくろうが鳴いている。

「卵でもゆでて、豆腐を一丁焼いてくれ。つまみ代は俺が出すよ」

トルスェは卵と豆腐の代金を小銭の音が鳴るふところから取り出し、もう一度参加者に牌を配った。

「いくらだ？」

「ああ、くそっ！」

ウンサムは今回も配牌がよくなかったことに腹を立て、間抜けな声で独り言をつぶやいた。なぜか牌は「将［十］」でなければ「鳥の五」の文字が出てくるが、二枚では勝負にならず、三枚になると必ず点数が減った。はじめは高い点数が出るが、次第に減っていくのがなぜだかわからず、彼は訝しく思った。

その間に女将はさっき買ってきた酒を瓶ごと温め、膳を運んできた。大根のキムチが犬床小盤［脚が犬の足の形をした膳］に置かれ、小さな釜の中に豆腐が浮かんでいる。オンドルで温められた不快な土の匂いが、葉草のひどく焦げた匂いと、こくと酸味のある醤油の匂いと混じり合って一種の奇妙な悪臭を発した。

　ソンソンは酒瓶を傾け、まず老婆に一杯勧めた後に、

「さあ、飲めよ！」

トルスェは濁ったマッコリ一杯を受け取り、一息に飲み干した。

「ああ、うまい！　喉がからからだったんだ」

腕の太さほどもある大根の根元を持ち、葉っぱごとぼりぼりとかじる。

しかし、ウンサムは酒を飲む余裕もなかった。

「さあ、ウンサム！」

ワンドゥクが酒を飲み干し、また注いでウンサムに勧めるが、

「俺はいらねえ！」

「こいつ、一杯ぐらい飲めよ？　ちょっとすったからって酒も飲まねえのか！」

「おまえら、人の気も知らずに……明日ひどい目にあうと思うと……ああ、やりたくないって言ったのに無理やり連れてこられて……」

ウンサムは変わらず頭を掻きながら、何を言っているかわからない言葉を呆けたようにつぶやく。

「間抜けな奴だ。勝つか負けるか、二つに一つだろ。この野郎め、金をすったからって酒も飲まない腰抜けがどこにいる！」

トルスェは青筋を立てて怒鳴った。

「じゃあ俺はもうやめる！」

「まあ、飲めよ……こんな風に遊んだって楽しくないだろ？」

ウンサムは仕方なく盃を受けながら、

「いや、そんなに怒るなよ……俺は俺で大変なんだ……その……あの……それで……頼みがあるんだが……」

ウンサムは突然何かがひっかかったようにしゃがれ声を出し、つばを飲み込む。彼は震える手で盃を受けると、薬を飲むように飲み干した。

「嫁さんからお仕置きされるのが怖いんだろう、ハハハ……」

「そうなれば手籠めにしてしまえばいいさ」

「ハハハ……あいつがまともに×できるかわからないぜ！」

「くそったれども……」

＊

分け前をせしめることでは右に出る者のいないスンチルは、どうやって知ったのかチェ小使《ソサ》の家にやってきた。彼はさっき川下の村の飲み屋でユンノリをしている時、ソンソンが入ってきてまもなく二人で一緒に出ていくところを見て、

「あいつら、どこかでひと勝負するんだな！」

と少し後を追いかけていった。そうして川上から川下の村までそれらしい家を猟犬のように洗いざらい調べて回り、ついにチェ小使の家に彼らが潜んでいるのを見つけた。

彼ははばかることなく門を開けて入り、玄関の外から怒鳴った。

「おい、やめろ！　やめろ……こんなところにいたのか」

「あの野郎、とうとうここまできたか！」

「だから気づかれないように呼び出せって言ったのに……あの親父も野暮な奴だぜ」

トルスェはソンソンの言葉を聞きながら、戸を開けて入ってくるスンチルを見てにやりと笑う。

「こいつら、こんなへんぴな所まで来やがって。まあ一杯やろうや！」

彼はまず、つららが垂れ下がって半分白くなった髭をなで、ポソン［朝鮮足袋］の裏になすりつけてから箸を持って膳に飛びつく。

「まったくあんたも大したもんだよ、ここまでやってくるなんて！」

主の老婆が、酒を注ぎながら見つめる。

「だから天下のチェ・スンチルだってんだ、ハハ」

スンチルは盃を手に、我が物顔で振る舞いはじめた。酒の泡を飛ばしながら
「みんな呑んでるか！」

「はい、おじさん！　召し上がってください！」

スンチルは以前、清州《チョンジュ》［忠清北道の町］の兵営にいた。兵役中に酒と博打を習った。彼は今も若い頃の武勇伝を一方では自慢し、もう一方では懐かしむように話した。

「あの頃はそりゃあよかったよ、着るものも食べるものも心配ないし、肉や酒は余るほどあったし……ふん！　女は言うまでもなく……」

その時の話が出ると、彼は興に乗って鼻息を荒くしながら、若者たちに向かって大風呂敷を広げた。

冠帽峰の向こうの地主、イ参事《チャムサ》［朝鮮時代の官職。ここでは上流階級の人の呼称］の家が義兵隊と火賊［盗賊］に脅かされていたころ、スンチルはその家に清州の兵営から保護兵として派遣されていた。彼はイ参事の家で三年間過ごす間、毎晩一回巡察を行い、昼には銃を持って狩りをするのが職務だった。

当時、この山村では兵隊は珍しがられた。そのため村人たちは彼を恐れ、一方では好奇心を持って接した。そんな彼がイ参事の家にいるのだから！　果たして彼はぜいたく三昧で暮らしていた。

ところが、清州の兵営が解散して一介の平民に転落すると、彼はあちこちを転々とした末にイ参事をたよりに家族を連れてここに引っ越してきた。過去にそんな生活をしていたスンチルは、自然と賭場を渡り歩くようになった。彼はイ参事の家の数マジギ［田畑の大きさの単位。一マジギは二百〜三百坪程度］の田んぼを耕しているが、農業は副業のようなもので、本業は賭博だった。彼は賭場といえばどんな場所にも首を突っ込んだ。

酒膳を片付けると、再び闘牋が行われた。

騒がしいせいで、目を覚まして小便に起きた隣人たちがひとり、ふたりと集まった。わらじ売りのナム書房《ソバン》、山守のチョじいさんの息子、クンサムなどなど――。鶏はもう三回鳴いた。犬の鳴き声がうるさい。

「俺もやる！」

スンチルも闘牋に加わった。

「おじさん、金あるんですか?」

「ああ、もちろんさ」

「見せてくださいよ」

「あるって言っただろ」

「じゃあやりましょう。一枚(一ウォン)以下はだめですよ」

「賛成だ」

今度はウンサムが親になった。彼は、子になってばかりだったのが金をすった理由ではないかと考えたのだ。ふたたび博打が始まった。

「並べて……」

「チャング〔鼓〕を背負って、プク〔太鼓〕を背負ってノドゥル〔現在のソウル・鷺梁津(ノリャンジン)一帯の昔の地名〕へ……」

スンチルが手を伸ばして牌をめくると、チャングィ〔かぶの一種で、十点と九点の組み合わせ〕だった。

「一二六、かぶ!」

トルスェは一二六を場に出した。子は全員勝った。

「えい、くそっ……やってられねえな……」

ウンサムは、まるで熊手で芝生を掃くように長髪をぼりぼりと掻きむしりながらぶつぶつとこぼした。

「誰か牌を引いてくれ。俺は引かない!」

「まったく気まぐれな奴だな。俺が引いてやろう」

トルスェはぱっと牌をつかんだ。

それから、ウンサムはまた子になって勝負した。彼は目をぎょろりと見開き、気を引き締めて臨んだ。だが、もともと闘牋が下手な上に気が小さいウンサムは、次第に目がとろんとし、頭がぼんやりしてきてとても勝負にならなかった。闘牋をしながら時々魂が抜けた人のようにただ座っていたりして、隣の人から怒られた。出来が悪いと何をやっても怒られてばかりだった。

ついに彼は癇癪を起こして手持ちの金を放り投げ、

「おまえと俺と一対一で勝負しようじゃないか……こんなもの！　さっさと終わらせようぜ」

とトルスェに詰め寄った。

「ああ、いいだろう！」

トルスェは牌を取って手慣れた様子で揃え、ずらりと広げると
「さあ、置け！」

「さあ、置いた！」

「引け！」

「引いた！」

大勝負とあって、部屋の空気は緊迫した。分け前にあずかろうとする者たちは、場を囲んで凝視した。三枚を引いたウンサムの牌を握る手は、神将棒［巫堂が神を下ろす時に振る棒］を振るように震えた。彼はよほど切羽詰まっているのか、よだれを垂らし、額からは汗が噴き出した。

「ソシ［六点］！」

「くらえ！　ジャンパル［十八点］だ！」

トルスェは牌をめくると、自分の前に積まれた札束を素早くつかんでがばりと立ち上がった。

「ああ！　闘牋なんか二度とやるか！」

ウンサムは紙牌を破り捨て、拳で胸を叩きながらひっくり返った。

すると、人々はわーっとトルスェの方に手を伸ばしながら飛びついた。

「分け前をよこせ……俺も、俺も」

トルスェは両手をチョッキのポケットに入れ、押し寄せる人々をなだめるようにひじで押し返した。

「まあまあ！　渡すから静かにしてくださいよ。これじゃ落ちつきゃしない」

彼はふところから持てるだけの銀貨をつかんでそれぞれの手のひらに載せ、外に走り出た。彼は人々を足で蹴散らし、群衆をかき分けた。

「両手を出すなんて意地汚いぞ！」

スンチルやソンソンら数人はトルスェの後を追いかけた。気性が荒く、腕力の強いトルスェに、彼らはむやみに飛び掛かることなどできなかった。

3

トルスェは夜中になって、ぼたん雪に降られながら家に帰った。昨日はあんなに天気がよかったのに、朝から大雪が降り始めた。彼は酒に酔い、帰るやいなや部屋の中に倒れ込む。

妻は台所で夕食の準備をしていたが、駆け寄ってきてまず男のふところを探った。かんざしが出てくる。彼女は歓喜して、

「ああ、よかった！　お義母さん、かんざしありました！」

「どこにあった？」

髪を結ったパク・ソンニョがキセルをくわえて出てくる。彼女は冬になると肺病がぶり返し、今もごほんごほんと咳込んでいた。

「あの人のふところの中からです！」

トルスェは、にわかに両目を見開いた。

「この野郎、人のふところをひっかき回しやがって！」

「なんですって？　どうして人のかんざしを持ち出すの！」

「それがなんだよ！」

「なんで黙って持っていくのよ」

「まあ、見つかったならいいじゃないか。ところでおまえはどこに行ってたんだ？　ごほん！　ああ、しつこい咳だ……」

「どこに行ってたもなにも、正月だからあちこち遊びに行ってるんだよ。水持ってこい、のどが渇いてたまらねえ」

ペッ、彼は壁に向かって唾を吐く。妻が水を汲みに行く間に母親は息子のそばに座り、

「おまえ、ゆうべウンサムと博打を打ったのかい？」

「博打？　ああ……それがどうした」

「それが、さっきウンサムの母親が来て、おまえにそそのかされて博打をしたせいで牛を買う金をすってしまったと大騒ぎだったんだよ」

「そんなことで何を騒いでるのかしら」

スニムもうらめしそうに口を挟んだ。

トルスェは水を一杯ごくごくと飲み干してから
「そそのかしただなんて……自分がやりたくてやったんだろ！」

「それでもおまえに誘われたって騒いでたけど……それに、父さんも心配してたよ」

「あの年寄りめ、のうのうと……どれだけ出来の悪い子なら誘われて遊ぶ奴になるんだ！　俺にもそんな子どもができるんじゃねえか……こいつがあんな子どもを産んだらどうする！」

トルスェは血走った目をぎょろつかせながらスニムをなじる。体が勝手に揺れる。

「おかしなこと言うんじゃないよ、誰が好きでそんな子どもを作るんだい？」

「しかたねえだろう、大豆を植えれば大豆ができて、小豆を植えれば小豆ができる［物事はすべて原因によって結果が決まるという意味のことわざ］ものさ。それならおまえだって……ハハ」

「黙ってると思ってなんてことを言うんです。そういう自分はどれほどのものだと……」

スニムがふくれっ面で口出しする。

「えい、やかましい……ウンサムが大金をすったんだって？　三百両を失ったそうじゃないか」

「ちょっと待った！」

トルスェは新しく買ったウールのチョッキのポケットを探っていたが、

「財布、誰が持ってった？　財布！」

「そんなもの誰が持っていくんですか、ちゃんと探してみなさいよ！」

「ああ！　ここにあった。そう小言を言うなよ、スズメバチみたいに」

トルスェは財布を開き、札束を取り出して見せながら、

「小言ならいくらでも言えよ、小言を金と取り替えようというなら、いくらだって取り替えてやるさ。何を言われたって痛くもかゆくもねえからな……そうだろ、おふくろ！」

母親は金を見ると一歩近づいて、

「だけども、隣同士なのにそんなひどいことをするのかって大騒ぎするもんだから……」

「ハハ……このご時世、そんな話が通用するかってんだ。生き馬の目を抜く世の中だろうよ」

トルスェは上半身を支えられず、ぐらぐらと揺れながら金を数える。

「一、二、三、四、五……俺がそそのかしただって？　そそのかして何が悪い……一、二、三……俺が誘わなきゃ他の奴が先に誘ってたさ……一、二、三……他の奴がいい思いをするより、お隣さんの俺がいただくのが当然じゃないか……ちょっと待てよ、今何枚数えたっけ！　一、二、三……」

トルスェは金を数えながらぶつぶつ言い、ぶつぶつ言っては数を忘れて最初から数え直す。母親はもう一歩近づいて座りながら
「あんた！　一体いくらあるの？　貸しなさい、私が数えてあげるから」

「いいよ、俺が数える、おふくろに数えられるもんか、一、二、三……おふくろ、少し金やろうか？」

「ああ、少しおくれ。生活が苦しくてね」

「ハハハ……金もねえくせに博打を打つって文句を言うのか。博打でもしなけりゃ、俺たちみたい

な奴らがどうやって金を稼ぐってんだ……スニムとおふくろが一日中木を伐って売りに行っても十五銭も稼げねえし、力仕事をするわけにもいかんだろう。それが、博打なら一晩で数百ウォンが動くんだ。一年中小作農をしたって何も残らないじゃねえか。俺だって昔は真面目に農作業をしていたけど……考えてみれば、やればやるほどこんなに愚かなこともないって気づいたんだ。とにかくこの世は金さえありゃいいんだから、どんなやり方であれ金を稼ぐのが一番だよ。だから俺もスンチルおじさんから博打を習ったんだ、それがどうしたってんだ。ええい！　また忘れちまった、一、二……」

「あなた、私にも一枚だけくださいな。そんなことしてたら失くしてしまうわ」

妻は金に欲が湧いたように覗きこみながら立ち上がり、にっと笑って男の隣に座る。

「おまえが欲しがる立場かよ……ふん！　まったく金が好きだなあ。俺が金を手に入れたってうわさを聞いたら、会う人ごとにちょっかいを出してくるだろうな。普段は牛や鶏を見るようにしてた奴らも、さも親しそうにまとわりついて『やあトルスェ、金ができたらしいな、一枚くれよ！』とか、『トルスェ兄貴！　金が入ったそうですね！　ちょっと分けてくださいよ』とか、年始のあいさつに行くからお年玉をくれとか、金を貸してくれとか……まったくやってられねえぜ。それだけじゃなく、あの飲み屋の嫁は金を巻き上げようと色目を使ってくるはずだ……ハハハ……」

「そうさ、あの女にたくさん貢いだんだろう」

「あんな奴に貢ぐかよ、あんな臼みたいに太った女に！　ハハ……」

トルスェは母親の質問を鼻であしらった。

「何言ってるの！　あそこに泊まってきたんでしょ！」

「それがどうした、一人前に焼きもちも妬くのか」

「誰が焼きもちよ。あんな女に金を使うから」

「ハハハ。焼きもちじゃなくて金を使うのがもったいないってか、ハハハ、こいつ、言うじゃねえか……どれ、接吻でもしてやろうか！」

「何考えてるの！」

トルスェが耳を引っ張るのを、妻は冷たく振り払った。

「ハハハ、おふくろ、俺が酔っぱらってるように見えるか？　だから金ってのは大切なのさ。この世は金を持ってる人間が一番なんだ。金がありそうな奴がいりゃ、なんとしてもそいつの金をせびり取ろうとするのさ。俺が一晩で数十ウォンを手に入れたと見れば、誰もがおこぼれにあずかろうと飛びかかってくるんだから。おふくろもこいつも……それなら俺がウンサムの金を巻き上げて何が悪い。違うか、おふくろ？」

トルスェは次第にろれつが回らなくなり、体を支えられなくなる。

「ハハ……まったくその通りだよ。世間の人はみんな金に目がくらむのさ」

「二十ウォンぐらい残ってるはずだが……どうなってるんだ、一枚、二枚……」

トルスェはこれまでに数えた金を一枚ずつ床の上に並べる。母親と妻の目には、菊の花のチヂミのように見える。視線は札の上を行ったり来たりする。トルスェは一ウォン札を全部置いてからもう一度五ウォン札を取り出し、

「これで十三ウォン、こうすれば十八ウォン……」

「ちょっと！　十八ウォンだって？」

母親は尻を浮かせながら息子を見る。

「十八ウォンといえば！　百八十両じゃないか。おまけに小銭まであるし！」

トルスェは再びふところを探った。

「あんれまあ……たくさんあるじゃないか！　おまえ、そんなに酔っていたらいくらか失くしたんじゃないか？」

トルスェは五十銭銀貨、紙幣、銅貨を取り交ぜて二、三ウォン分を置き、

「失くすはずないだろう。俺がそんなに間抜けに見えるのか、何のために博打をやってると思ってんだ」

妻と母親の顔はさらに緊張した。

「おまえ、何か食べたかい？　豆もやし汁を作ろうか！」

「豆もやし汁？　それよりも肉でも買って、酒を持ってきてくれよ。もう一杯飲んだらおやじにも飲ませて、さあ、この五ウォンで米を買ってこいよ。それからこれで酒と肉を買って……それから……家族は何人だ、一人一枚ずつで五枚だろ？」

「何言ってるの、カンナンも入れて六人でしょう」

「そういうところは抜け目ないな。さあ、六枚！　これで元手になるだろう。商売は元手がないとできねえからな」

トルスェは分け前をくれてやった後、残りの金は財布に入れてチョッキのポケットに――

「持っていけよ、俺は少し寝るから！」

「そうしなさい！」

母親が震える手で金をつかんで隣の部屋に行くと、トルスェは妻の膝を引き寄せて横になった。カンナンはアレンモク［オンドルの焚口に近い、温かい床］で寝ている。

「巻き煙草を巻きましょうか？」

「うん！」

「ああ、お酒臭い……」

「おまえがいつ酒を注いでくれた？」

妻は煙草に火を点けてやると夫の網巾を脱がせ、戸の前の物掛けに手を伸ばして掛けてから、まげの下に月代《さかやき》を作った頭をかきまわしてシラミをつかまえた。

白いふけのようにシラミの卵が落ちているのを爪でつぶすと、プチプチと音がした。

「それ、全部シラミか？　ああ、すっきりした」

「全部シラミですよ」

妻は笑った。

彼女は、夫のずっしりと重い体をのせた脚が温かい体温に包まれる心地よい感触を感じた……。

男は、煙草に火を点けたままいびきをかき始めた。

*

キムじいさんが夕食を食べに戻ると妻は喜び、待ちかねたように息子が金を稼いできた話をした。

実際のところ、彼女は五十年の人生でそれほどの大金を一度に手にしたことはなかった。そのため、彼女は年来の咳で衰弱した体にもかかわらず、にわかに力が湧いてきて行ったり来たりしながら、「あの子らはどこに行ったんだろう！　トルは少しも家にいないから手伝いを頼むこともできない。私が元気なら行くけれど、とうてい無理そうだ、ゴホンゴホン……、ああ、寒い！　どうしてこんなに雪が降るんだか、今年は豊年になるかと思ったのに、雪がたくさん積もって……ちょっと、スニム！　何してるんだい？　早く出てきなさい！」

こうしているところにじいさんが帰ってきたのだった。彼女は今日こそ夫に大きな顔ができると、自慢気に息子の話をくどくどとした後、彼の耳にもう一度静かに囁いた。

「二百両も稼ぎましたよ」

濁った目に目やにがたまり、両頬がこけた老婆は、下あごをもごもごさせながら頭を揺らす。それは、夫に息子を責めるなとそれとなく暗示を与えているかのようだった。

キムじいさんはくぼんだ目に銅のように赤黒く光る大きな顔を白髪まじりの細いまげの下にぶらさげ、トゥルマギの袖で腕を組んだまま座り、妻の話をじっと聞いているだけだったが、

「うむ、どこに行った？　寝てるのか？」

「今はぐっすり寝てますわ」

キムじいさんは舌をチェッ！　チェッ！　と鳴らした。

妻は夫の気持ちがわからなかった。息子が働きもせずに遊んでいると腹を立てていたくせに、いざ大金を稼いできたら喜ぶ気配も見せず舌打ちをするとは、どういうことか！　もっとも、博打で勝った金を他人に自慢することもないが、だからといって喜ばない道理はないだろう！　妻は夫の

顔をじっと見つめた。まるでこの年寄りが内心では喜んでいながら、表向きは無表情を装っているのではないか？　とでもいうように――。

「金もいいが……隣同士でそんなことをするのはあまりに不人情じゃないか？　金を貸してくれと言うならまだしも……」

　キムじいさんは若い頃は骨牌《コルペ》［麻雀］も闘牋もやり、金を奪ったりすったりもした。だが、彼はあの時代は今の時代とは違うと言った。昔は暮らしに余裕があったので退屈しのぎに賭け事をしたが、今は誰もが金ばかり追い求め、互いに奪い合おうとよこしまな心で博打を打つから根性がねじ曲がったのだと。

「あなた、いいかげんにしてくださいな。うちみたいな貧乏な家に金を貸してくれる人がどこにいるんです。それに賭け事をするのはあの子だけですか！　イじいさんのところみたいな両班《ヤンバン》［朝鮮時代の上流階級］でも博打をするんだから、ゴホン！　ゴホン！」

「ふん！　あんな奴は博打をしたって地位があるから目立たんが、うちみたいな庶民が賭け事をすれば後ろ指を指されて当然じゃろう！」

　キムじいさんは長キセルをはたき、葉煙草をがさがさと詰める。

「人間なんてそんなもんですよ……貧乏はうんざりだから、ご飯さえ食べられるならなんだってやるわ。泥棒以外は」

「それなら息子に博打でも教えろよ、こんな牛みたいに鈍臭い女がどこにいる」

　じいさんは妻を横目で見て大声を上げる。

「教えなくたっていいでしょう。見逃してやりなさいよ！　ゴホンゴホン」

妻は咳をするだけでも息苦しいのに、腹が立ってさらにはあ！　はあ！　と肩で息をする。

「生まれつきの泥棒がどこにいる。針泥棒が牛泥棒になる［嘘つきは泥棒の始まり］ように、そんな所にばかり出入りするから心が荒れて人でなしになったり、一歩間違えば監獄暮らしをしたりする。それを見て見ぬふりをしろってのか？」

「博打をしない人だって同じですよ……全部自分のせいでしょう。自分だって毎年農作業をしても借金ばかり作って食べてもいけないくせに、偉そうなことを言って」

「なんだと……けしからん女め」

キムじいさんは急にくわえていたキセルを置き、灰皿で妻の背中を殴った。

「あれまあ、なんてことを……」

妻は驚いて声を上げ、朽ちた木のように倒れる。

「このばあさんは、自分が産んだ息子だからって肩を持つのか！　うまくいかないことは祖先のせいにするくせに、なぜ貧乏をわしのせいにするんじゃ！　おまえはどれだけいいご身分だからってわしみたいな奴に嫁いだんだ。この女め」

キムじいさんは興奮して虎のような声を上げ、キセルを逆さに持って再び妻に食らいつく。

「あらまあお義父さん！　やめて、やめてください」

台所で夕食を作っていたスニムはその場に飛び込み、震える手でキムじいさんの袖をつかんで取りすがった。

「お義父さん！　こらえてください！」

彼女はぶるぶると震える体で二人を引き離し、涙声で哀願する。

キムじいさんはまるで猫が鼠を狙うように妻をにらんでいたが、戸を開けて出て行ってしまう。トルスェは依然として何も知らずにいびきをかいている。

＊

キムじいさんは、イ参事《チャムサ》の家の田んぼ十マジギを借りて耕す小作人だった。

毎年年貢を納めて租税を払うのに加え、農作業でできた借金を弁済しなければならず、割に合わない商売だった。以前は四チム五ムッ［租税を計算するための土地の単位］や五チムにしかならなかった租税が数倍にも上がり、年貢も五石ほどだったのが今は十一石になった。

地主は土地を売るたびに年貢の率を引き上げる。すると土地の買主はやせた土地の年貢を上げる。彼らは自分の土地だからと、年貢を勝手に引き上げて小作人から徴収した。それでも、土地不足にあえぐ小作人は泣く泣く耕すしかなかった。

キムじいさんが耕す十マジギでさえも、土地の名義が変わるたびに年貢が上がったのだ。それはイ参事の家が数年前に田んぼを新しく購入したからだった。

キムじいさんは五十を越えた今も筋骨隆々としており、トルスェも同様だったので農作業はいくらでもできた。しかし、年々土地不足がひどくなり、小作農のキムじいさんにはなかなか土地の順番が回ってこなかった。

そのため、キムじいさんは一年の生計の大半を他の副業で埋めようと、チャじいさんについていって釣りをしたり、山に登って木を伐り、町で売ったりもしたが、全く金にならなかった。夏には葛を切って作った縄を売り、冬には莫蓙を編んで市場で売る。ある年はまくわ瓜を売り、またある年は養豚をし、ここ数年間は養蚕もしたが、なぜかどれも手がかかるばかりで、残るものはわずかだった。どれも二束三文だった。

キムじいさんはトルスェが博打打ちになったと非難するが、実際にこんな環境の中で疲弊する若者からすれば、なかなか心を入れ替えることができなかった。

＊

キムじいさんはチャじいさんの家を訪れ、二人の老人は世を憂う話を交わした。チャじいさんはわらじを編んでいた。

「この世の中はいったいどうなっていくんじゃろうかのう？」

4

トルスェが博打をしてウンサムが牛を売った金数百両を手に入れたといううわさは、その翌日の昼前にパンゲウルとその周辺の村に広がった。

このうわさは人々に少なからぬ衝撃を与えた。彼らは人に会うたびにこのことを話題にした。パンゲウルの周囲の集落に住む約百戸は、ほとんどが零細の小作農だった。彼らは大部分が冠帽峰の向こうに住むイ参事《チャムサ》の土地で耕作をしている。トルスェもその中の一人だった。

どちらにせよ、自分たちと同じ境遇のトルスェが一晩で数百両の金を稼いだことは、奇跡のように驚くべきことに違いなかった。数百両といえば、一年中死ぬ思いで農作業をしてやっと稼げる大金だった。こんな大金を一晩で稼いだということは、実に途方もないことではないだろうか？　金ができるときはそれほど簡単にできるものかと、彼らは今さらながら金に対する欲が生まれた。だから、彼らは表向きはトルスェは悪い奴だと陰口をたたいたが、内心密かにその金を欲しがり、トルスェの幸運をうらやんだ。博打のやり方を知っていれば、自分も一度やってみたかった。にわかに博打を習いたがる人もいた。

昔、この近くで金鉱が出た時、谷間の村の住人が金鉱を発見し、貧しかった人が突然百ウォンも手にしたというわさを聞くと、ここの村人は誰もが槌を持って高い山をさまよいながら金脈を探した。黄色い塊を見ただけでも、あっ！　あれは金塊じゃないか？　と胸をときめかせた。

まるでその時のように、村人たちの目の前に札束がちらついた。十ウォンの赤い紙幣——カムトウ［官職にある人が被った黒い冠］を被った老人の肖像が描かれた札束——が人知れず転がっていそうだった！

彼らにとって、市が立つ日に町に出る清人《チョンイン》［中国人］の反物屋や商売人でなければ銀行や金持ちしか見ることのできないものが、同じ境遇のトルスェにも回ってきたことは、自分にもそんな幸運が訪れそうな、一筋の希望の光が差すできごとだった。このような空想と羨望と焦りに影のようにつきまとう餓鬼の脅威は、再び絶望と悲嘆の古巣へと帰った。その分彼らはトルスェをねたみ、陰口をたたいた。

「あいつは人でなしだ。金を稼いだのに一銭も分け前をよこさないなんて……」

＊

面書記［面（行政区域の一つ）で事務を担当する役職］のキム・ウォンジュン（金元俊）はきょうも出勤し、夕刻に帰った。面事務所［村役場］はこの村からわずか〇・五里［約二キロ］しか離れていない冠帽峰の向こうにあった。

ウォンジュンは、夕食を食べている時に話の流れでそのうわさを聞いた。

ウォンジュンは博打に目のない人物だ。彼もウンサムが牛を売った金があることを知り、なんとかして彼を賭場に誘い出そうと密かに機会を狙っていたから、トルスェに先を越されたことが悔しくてたまらなかった。しかし、彼はその代わりに他の欲を満たす機会が来たことを喜んだ。彼は胸を躍らせた。

＊

ウンサムの妻、イップンは今年二十歳になったばかりの色白の女だった。彼女の実家はすぐ近くにあり、両親は今もそこに住んでいる。彼らは、ウンサムが白痴であることを知りながらも農地があるというので恩恵にあずかろうと——やはり貧しいせいで——幼いイップンを嫁にやった。イップンが数えで十一歳になった時、父の前を歩かされて見知らぬこの村に来た。

　イップンは成長するにつれ、その名のとおり美人になった［「イップン」は「美しい」の意］。十四でウンサムと婚礼を挙げた時にはすっかり成熟していた。ウンサムはその時、十七歳。

　村人たちはみなウンサムを白痴だとこき下ろした。イップンはそんなことを言われるたび、白痴と一つ屋根の下で暮らす自らの境遇が幼心にもやるせなかった。彼はどれほど頭が足りないのか、腹を立てるということを知らなかった。四六時中口をぽかんと開け、いつもよだれを垂らしていた。イップンは今でも初夜のことを思い出すと顔がほてった。彼は十七歳にもなって女というものをよく知らないようだった。

　ところがどうしたことか、その後からは一日中彼女の尻から離れようとしない。遊びにも行かず、部屋の隅にばかり閉じこもっている。彼女はその様子がいっそう憎らしかった。だから、ことあるごとに蜂が刺すように小言を言った。そうすると、ウンサムはやはり白痴じみた笑いを浮かべてとぼけた目付きで見つめる。のろのろと力の抜けた声で、

「そんなに怒ることないだろ！」

「怒るなですって……このうすのろ……ああ、こいつったらいつになったら死ぬのかしら」

　舌打ちして横目でにらんだ。

「俺が死んだら他の男のところに嫁ぐんだろ！」

「それがどうしたのよ！　この間抜けがバカなことを言って……いつまで家の隅っこで暮らすつもりかしら」

イップンは男をあまりに憎んでいるせいか、まだ子どもを産んでいない。

ある日の朝、ウンサムは朝食中に不意に母親を呼ぶ。じっと見つめながら
「母さん、どうしてうちには子どもができないんだろう？　川上の村のカプソンには息子が生まれたっていうのに……」

「この子ときたら！　そんなこと私にどうしてわかるっていうんだい！」

イップンは飯匙を口に入れようとして吹き出してしまい、外に走り出た。彼女は腹をかかえて大笑いしたが、後にはそれが涙に変わり、一日中憂鬱に過ごした。

「やれやれ！　あいつをどうしたものか……」

そうするほどに彼女は男が憎らしくなった。食べても肉がつかなかった。もしこの世の中に法律がなければ、彼女はとっくにウンサムに毒を盛って殺していただろう。

こんなことを考える一方で、トルスェに情を注ぐようになった。トルスェは彼女の家に舎廊房があるのでよく遊びに来た。昼夜を問わず仕事を持ってきてウンサムと一緒に縄をなったり、わらで器を作ったりもした。

この村はどこもそうだが、男女間の内外《ネウェ》〔男女が顔を合わせるのを避ける習慣〕がないので、彼は家の中に自由に出入りした。トルスェはイップンの姑をおばさんと呼んだ。そのたびにイップンはトルスェに秋波を送り、人知れず胸を焦がしていた。

――トルスェの男らしい風采と巧みな話術に惚れてしまったのだ。

だが、舅はもう亡くなったものの姑がいつも家にいて、ウンサムが部屋からなかなか出ていかないせいで、彼女の恋い慕う気持ちはちぎれ雲のように空虚な心の中に浮かんでいた。

昨年の秋のことだった。

村人たちは刈入れに忙しい時期だった。ウンサムの家でも家族は全員野良仕事に出て、イップンが一人で家事をしていた。義理の妹のウンリョン（應龍）はまだ学校から戻っていなかった。近所の子どもたちも皆田んぼに出ていた。

ちょうどその時、何の用事があったのかトルスェがウンサムの名を呼びながら入ってきた。その時、イップンはトルスェを見て笑った。彼はほおずき笛を吹いていた。

今もそのことを思い出すと胸が躍った。彼女にとっては、それが初恋の毒杯だった。

そのあとから二人のうわさが広まっていった。トルスェはたびたびウンサムの家に現れた。イップンも何かといえばトルスェの家を訪れた。彼女はトルスェの妻のスニムとも親しく、トルスェの両親を尊敬していた。そしてカンナンのこともとてもかわいがった。

「おまえも早く息子を産まなきゃならないのに、どうなってるんだ？　まだよい知らせはないのかい？」

イップンがカンナンを抱いて頬ずりをしたり、口づけをしたりしていると、トルスェの母はこんなことを言いながら彼女を見つめた。

「もう、おばさんったら……よい知らせだなんて！」

イップンは顔を赤らめた。そんな時、トルスェの母はにこにこと笑いながら内心では、

「あいつは病気なのか？　種なしか……？」

だが、こうして疑っているのはトルスェの母だけではなかった。彼女はイップンに同情した。馬鹿は馬鹿同士で一緒になるべきなのに、あまりに不釣り合いだ。まるで皮膚病のロバに胡馬

［立派な馬］をあてがうようなもの［釣り合わないことのたとえ］ではないか……？　トルスェの母はこんなことを考え、また笑った。

イップンはトルスェの家に行く時には銀のかんざしを挿し、銀のカラクチ［二つセットになった指輪］をはめた。

ウォンジュンも二人の関係に感づいていた。

熟したユスラウメの実のようなイップンの美しい唇を、彼も一粒つまんで口の中で転がしたかった。

*

ウォンジュンは夕食を食べてからウンサムに会いに行った。ウンサムは家にいた。

ウンサムは今日、家族にさんざん悩まされたせいで、それでなくてもぼんやりしているのに魂が抜けたようになっていた。

「ウンサム、いるか？」

「どなた！」

ウンサムの母はウォンジュンが入ってくるのを見て、喜んで出迎えた。

「あらあら、よくいらっしゃいました！　今日も面事務所に行ってらしたの？」

彼女はウォンジュンに対して当然目下に対する言葉遣いをするべきところだが、彼が面書記という官職についてからは敬語を使った。

「どうも、夕飯は召し上がりましたか？」

「どうぞお入りになって。寒いでしょう」

ウォンジュンは部屋に入って明るい笑顔を作り、まず室内を見回してみる。イップンは部屋の入り口に座った。

ウォンジュンは外套の裾を後ろにはらって座り、まず火鉢で煙草の火を点けながら、

「ウンサムが昨晩大金をすったそうですね！」

「そうなんです。ああ、あの子ときたら気でも触れたのか、トルスェみたいな博打打ちと賭け事をするなんて」

痛む傷口を刃物でえぐられるように、ウンサムの母は改めて悔しがった。

「おい！　君はいったい何を考えてるんだ。トルスェと博打をすれば、あの人の金を手に入れられるとでも思ったのか？」

ウォンジュンは落ちついた口調で言い、気の毒そうにウンサムを見つめた。

「た……た……退屈しのぎに……や……やろうって言うからやったのに……あ……あ……あいつがわざと……」

ウンサムは、間抜けのようにどもりながら頭を掻く。彼はやはり口をぽかんと開けている。イップンはその顔を土足で踏みつぶしてしまいたかった。その面に唾を吐きかけたかった。

「ハハハ……まったく。でも、おばさんもどうして金を渡したんですか」

「誰が渡すもんですか。夜中に忍び込んで盗んでいったのよ」

「ハハハ、おそらくトルスェがそそのかしたんですね！　誘われたんだろう？　ウンサム！」

ウォンジュンは煙草の煙を美味しそうに吸い込み、口から鼻へと吐き出しながらウンサムの方を振り返る。ウンサムは雑にまげを結った頭をぽりぽりと掻く。彼は何と言えばよいのかわからない様子で口だけぱくぱくさせた。

「この馬鹿は、誰かがやろうと言えば断れないんですよ。でもトルスェもひどい男で、隣同士なら誰かと博打を打つっていえば止めるところを、自分が博打をして金を巻き上げるんですから」

ウンサムの母は考えるほどに悔しくなり、声が震えた。彼女は、ウォンジュンに訴えればなんとかならないだろうかと媚びへつらった。

「そんな人間に言ってどうなるんです。博打をする場所が見つからなくて心配しているでしょうに。どちらにしてもこの村はえらいことです。年々博打打ちばかり増えていくんですから、善良な人たちも自然と悪い方に染まるんですよ」

「その通りよ……博打打ちなんて、根こそぎ捕まえてくれればいいのに……あなたも面書記なんだから、なんとかならないかしら？」

「どうしたものでしょうね。告発すればウンサムも罰せられるでしょうし、博打をしたのが間違いでしたね。おい、もう二度とするんじゃないぞ！」

「だからあんな大金を……どれだけ腹が立ったか、もしトルスェがいれば、この子が殺すなり私が殺すなりしようと追いかけるところよ。いないものだから家族にさんざん文句を言ったけれど、そんなことをして何の意味があるでしょう？」

「そうですね。告発したって金は戻りませんから。それでも、見せしめのためにも一度お仕置きをしなきゃなりません！　ああ、けしからん奴らだ！」

「そうできればどれほどいいか！」

奥の部屋で彼らの話を聞いていたイップンは、ウォンジュンの顔をじっと見つめた。彼も――今は村で博打はしないが――町では博打が強くて料亭や飲み屋に出入りし、飲む打つ買うの三拍子揃っているといううわさだった。月給をもらっても家には一銭も入れずに自分のことしか考えない男が、人の揚げ足取りばかりしているのが我慢ならなかった。

「そうだ、あなたはこの村で一番博識だし、面事務所でも働いているから、うちのウンサムの面倒をみてくれたらいいんだけど。あなたがそうしてくれたら他の人が誘う隙もないでしょう？」

ウンサムの母は、少し言いにくい頼み事をするように訴えてみた。

「ええ、そりゃあ僕の言うことだけ聞いてくれれば、悪いようにはなりませんよ」

ウォンジュンはウンサムの方に顔を向けながら、横目でイップンを盗み見た。

ウンサムの母はその言葉に喜んで姿勢を正し、

「それじゃあなた、面倒かもしれないけれど、あの子と一緒に遊んでやって、よく言い聞かせてちょうだい。ああ、それなら私も安心だわ」

彼女は突然涙を浮かべた。

「村の中でも信じられる人なんていません。あの子はもともとうすのろだし、父なし子で甘やかされて育ったから、何も学べなくて……。ほらウンサム、これからは他の人の言葉なんて聞かないで、この書記さんの言うことをよく聞きなさい！　うん？」

母親はすぼめた口を開けてもどかしそうに言うが、ウンサムはぼんやりしたまま、母が話し終えるやいなや、

「わかった！」

と、また頭を掻いた。

イップンは突然顔を背け、口を覆って言った。

「このごくつぶし！　とっとと死んじまえ！」

＊

この日から、ウォンジュンはウンサムの家に頻繁に出入りした。彼は家に入るたびにウンサムを呼んだが、いつも横目でイップンを盗み見ていた。彼の切れ長の細い目でじっと見られるのはなんだか気味が悪く、イップンは身震いした。彼女は、ウォンジュンの怪しい行動に密かに恐れを抱いた。澄んだ川の水のようにそのたくらみがはっきりと見える――少しも与《くみ》しやすいところのないウォンジュンが自分の家によく来るのは、必ずその裏に何かが隠されているはずだった。どういうことだろうか……？

水鳥が田んぼの水路に来るのは、メダカをついばむためだ！

イップンはウォンジュンが来るたびに恐ろしかった。彼は、彼女から何事かを探り当てようとするように意味ありげな目を向けた。何かを言おうとしている表情だ。

何か不吉なことが起きそうな予感が、日増しに彼女の心を駆り立てた。だが、ウォンジュンは途切れることなく出入りした。それにつれ、トルスェとは疎遠になっていくようだった。トルスェは、ウンサムと博打を打ってからは一度も来なかった。母親に怒られるからか、それとも他の理由があるのか……？

イップンは、一本橋を渡る時のように危険を感じた。

彼女はウォンジュンとトルスェの間に何かことが起こるのではないかと、はらはらして気を揉んだ。

そんな中、満月が近づいていた。

5

トルスェの家でも、小正月になると妻と母親はとうきびをすりつぶして煎餅《チョンビョン》［粉を水で伸ばして焼いたクレープのような料理］を焼き、米を碾《ひ》いて餅をついた。トスンは横で彼女らを手伝った。彼女は今年十四になるが、背がひょろりと高く大人びていた。澄んだ目は大きく、鼻筋が通っている上にかわいらしい口をしていた。トスンは、豊かな髪に真っ赤なサテンのテンギ［おさげ髪の先につけるリボン］を巻いていた。彼女が駆け回るたびにテンギがコイのように跳ねた。

村にはエゴマ油のにおいが広がった。裕福な家の子どもたちはおろしたての服に着替え、買い食いをして回る。名節らしい雰囲気が漂った。

小正月は子どもたちの祝日だ。そして女たちの祝日でもあった。

嫁たちはもちろん、若い女たちもこの日ばかりはおしろいをきれいに塗り、新しい服を着た。貧しい人もできる限り――婚礼衣装を保管していれば一年に二度、この日と秋夕［中秋節、旧暦八月十五日に祖先の祭祀や墓参りをする］には必ず取り出して着た。

彼女たちの装いは各人各様だった。真っ赤なチマに薄緑色のチョゴリ、紺色のチマに黄色のチョゴリ、薄緑色のチマに薄紅色のチョゴリ……。文字通り色とりどりに着飾って出かけ、彼女たちはアヒルのようによたよたしながら群れをなして歩いた。糊をきかせた木綿の服を着た人は、歩くたびにバサバサと音を立てた。

子どもたちはノルティギ［シーソーのような伝統遊び］をしたり、ユンノリで負けた子のパジ［ズボン］を脱がせ合う遊びをしたりして遊んだ。正月気分は十三日から濃くなった。余裕のある家は、この日までに小正月を祝おうと市場で買い物をした。あばら家でも家がある人は、木を伐って売ってでも干しスケトウダラの頭と昆布の切れ端を買ってきた。

以前は、小正月にも牛をさばいた。だが、今は川の上流から下流までを合わせた百戸あまりの村ではどこも牛一頭を食べつくすことができなかった。今年の正月にも牛一頭をさばいて食べたが、それは肉のほとんどを川中の村の地主の家と面書記のウォンジュンの家で食べるからだった。肉一切れも手に入らない家も少なくなかった。

十四日の朝から、子どもたちはきびの茎を麦に見立てて灰の山に突き刺した。それを夜に脱穀するように打って今年の農作業の豊年を占うのだった。この日は誰もが飯を九杯食べ、自分の仕事を九回ずつするのだ。木こりは木を九本、学者は文章を九回。裕福な家の子どもは木の実を噛み砕き［小正月の明け方に木の実を食べるとできものができないという言い伝えがある］、年寄りは紅糸を伝って受け皿に垂らした酒を何杯も飲んだ［耳が遠くならないように飲む習慣がある］。

トルも学校から帰ると、トスンときびの茎で麦の形をこしらえて挿した。

この日は夜に寝ると眉毛が白くなり、夜中に空から彦星が縄を伝って下りてきて寝ている人を持ち上げるといって、子どもたちは小さな胸を震わせながら眠気をがまんしていた。トルスェが幼い頃はこんな風習が村全体で流行し、彼が寝て起きるとやはり眉毛が白くなっていた。今は公州《コンジュ》［忠清南道の町］に住む叔母が密かにおしろいを塗っていたのだった。そして大人たちに眉毛が白くなったとからかわれた。ある年などはこの日の朝、誰かから暑さを買わされ［小正月の早朝に誰かに声をかけ、その人に暑さを売ればその年は暑気あたりをしないという習わし］、腹が立ってヒック！　ヒック！　と泣きながら帰ったこともあった。この日に暑さを買えば、その年の夏に暑気あたりをするというのだった。それはトルスェがごく幼いころのことだ。夜には子どもたちが集まって馬跳びをし、わら人形で遊んだ。大人たちは愛おしそうに彼らを見守り、ついて歩きながら見物した。その年一年間の厄除けをこの日の夜にするのだった。

しかし、こんな風習も子どもたちにとっては鼠火や綱引きと同様に、今はただ形だけが残っているにすぎない。村人たちはみな生気を失っていた。誰もが黄ばんだ顔で老人のように部屋の片隅にばかりいた。そして、身の上を嘆いてため息をつく人が増えた。

トルスェはこんな雰囲気に包まれて息苦しかった。まるで狩人に追われた獣がほら穴に閉じ込められたようだった。なぜ彼らは以前のような勢いがなくなったのだろうか？　そのせいで、名節も以前のように活気に満ちて過ごすことができないのだろうか……？

彼は日増しに憂鬱になっていった。だが、この憂鬱を解消する薬は酒と博打しかなかった。

「みんな貧しいから元気がないんだな！」

＊

トルスェは夕食を食べてから丘の上へ行ってみた。彼は今もむなしい気持ちだった。たくさんの人に囲まれていても孤独を感じた（それはトルスェに限らず、貧しい村人たちは皆そんな気分だった）。

丘の上にある書記の家の庭にはもう隣人たちがたくさん集まっていた。老人たちはキセルをくわえ、家の上り口にしゃがんで座った。そこに父親とチャじいさんも向かい合って座り、何か話しながら笑っていた。父親も以前ほどの元気はなかった。彼は年々沈鬱さを増し、家にいるときはめったに笑顔を見せることはなかった。彼も貧しさに疲れていた。

この村では、書記の家の敷地が一番広かった。舎廊房が二部屋あるのもこの家だけだった。主人のキム・ハギョ（金學汝）は村の富農で、賭地牛［年に一定の穀物を納めて借りる牛］が五頭もおり、土地も二ソムジギ［一ソムジギは一マジギの十倍］ほど持っていた。彼も文盲の常民《サンノム》［平民］だったが、息子が普通学校を飛び級で卒業し面書記になったおかげで、村人たちは書記の家と呼んだ。

明るく丸い月が、冠帽峰の裏山に顔をのぞかせた。うろこ雲が花嫁のベールのようにそれを半分覆った。夕焼けを突き抜けた月が、山の上から見下ろしている。大きくて丸い月は霜柱と重なり、まるで泣いた女の眼のように赤かった。

どこかの家の犬が吠えている。

子どもたちは月に浮かされたように丘の下で騒いだ。それでも生気があるのは子どもたちだけだった。

ぴょん！　ぴょん！

庭から飛び跳ねる音が聞こえた。若い女たちが周囲をぐるりと取り囲んだ。

イップンとアギ――この家の主人の娘――がノルティギをしている。イップンは素服［白い生地の衣服］を着ていた。月の下で飛び跳ねる二人の姿はあでやかだった。月に向かって立ったイップンの体が空中に飛び上がるたび、色白の顔が月光に映えた。彼女は、ざくろの実のような口の中を見せながら笑った。アギは緋緞《ビダン》［絹］の服をまとっていた。天女が舞い降りるというのはこんな女のことを言うのではないか？　トルスェは酔ったように彼女たちを見た。

ウォンジュンも庭に腰かけた。彼は酒に酔った様子だった。何を飲んだのか、にやにや笑っている。

「俺もやってみようか。おばさん、俺も飛びます」

アギが飛ぶのをやめて下りてくると、トルスェはソンソンの妻の袖をつかんだ。

「まあ、みっともない。男がノルティギをするなんて！」

「どうして男がノルティギをしちゃいけないんです。誰でも遊べばいいじゃないですか」

「フフ、遊び方を知らなきゃね。上手な子と遊んだら？」

ソンソンの妻は、イップンを振り返って
「このおじさんと一度飛んでみなさいよ」

イップンは恥ずかしそうに後ずさりする。

「いやだわ、お姉さん！」

イップンはか細い声で叫んだ。すると、ソンソンの妻はイップンが高く飛び跳ねられるように距離を調節してやった。二人は踏板を踏んでみた。イップンが先に飛び跳ねると、トルスェは落ちそうに不安定な両足でなんとか着地した。彼はあまり高く飛び上がれなかった。見物人たちは吹き出した。トルスェがもう一度タン！　と踏むと、イップンは空中に高く飛び上がる。見物人たちは、はらはらしながら見守った。だが、イップンは少しも姿勢を崩さず、美しい足の形で踏板を踏む。トルスェは再び中腰で綱渡りをするクァンデ［伝統芸の役者］のように飛び上がった。見物人たちはまたも爆笑した。トルスェが着地すると、イップンはさっきよりもっと高く飛び上がった。

「わあ、怖い」

「ほう！　上手いもんだ」

ツバメのように敏捷な動きに、人々は感嘆の声を惜しまなかった。実のところ、イップンはトルスェが力強く踏んでくれるおかげで楽しく飛び跳ねていた。彼女は踏板に集中しながらも、心の中で叫んだ。

「この人、力も強いこと！」

ウォンジュンは庭から見ていたが、下りてきて

「どれ、僕もちょっとやってみようか！」

とトルスェがいた場所に上った。イップンはどうしていいかわからず、もじもじした。

「さあ、いいからやってみなさい！」

イップンはしかたなくウォンジュンとノルティギをした。ウォンジュンは力いっぱい踏板を踏んだ。だが、イップンはさっきトルスェと飛んだ時の半分も飛び上がれない。イップンが着地して踏板を踏むと、今回はウォンジュンが高く飛び上がって支点の横に落ちる。そのせいで踏板が傾き、

二人はごろごろと地面に転がった。

「ハハハ……」

見物人たちは一斉に大笑いした。イップンは恥ずかしくて顔が赤くなる。彼女はウォンジュンをにらんだ。

「家の中ではそんなやり方しちゃだめよ……ホホホ」

「私、もうやらない」

イップンは腹を立ててソンソンの妻を見る。

ウォンジュンは尻をはたいて起き上がり、立つ瀬がなくなったのかこそこそと外に出てしまった。

「へへ、しゃしゃり出たら恥をかいちまった！」

ソンソンの妻はトルスェを見て改めて舌を巻いた。

「力が強いのね。どうしてこんなに強いの！」

イップンが興ざめしたせいで、見物人たちも興味を失った。彼女は服が台無しだと言い訳しながら片隅に行って人々の中にまぎれた。それから、ノルティギの順番は再び子どもたちに回った。

トルスェは、トスンがアギとノルティギをするのを見るとその場を離れた。

トルスェは、父親に小言を言われてからしばらくは賭博場に行かなかった。だが、あんなに文句を言った父も、自分が賭け事で手にした金で買ってきた酒や肉を食べた。もしあの金で米を買わなかったら、これまでどうやって食べてこられただろうか……？　こんなことを考えるトルスェは、なんとなく父親のことが馬鹿らしく思え、世事が奇妙に感じられた。

しかし、冷静に考えてみると、彼はやはりウンサムに悪いことをしたと気づいた。いや、ウンサムにというより、その妻のイップンにだった。彼女は自分の情婦ではないか？　それなのに、彼女の夫をそそのかしてその家の金を巻き上げるなどとは、いくら自分の立場しか考えないとしても恥知らずなことだった。トルスェは実のところ面目なく、その後ウンサムの家に行けなかったのだ。

それが今夜、思いがけず書記の家で彼女に出会った。一緒にノルティギもした。彼はさっき彼女と向かい合って飛び跳ねたことを思い出し、にわかに胸がつまった。涙らしきものが両目ににじんだ。彼は何気なく月を見上げた。月の光はさっきより明るく雲の間から顔を出す。彼は酒が飲みたかった。誰かとけんかでもしたかった。力が湧いてきた。

「どこへ行こうか……？」

トルスェは憂鬱な気分を振り払えず、川上の村へ向かう道へと一歩踏み出した。小川を渡り、井戸の前を過ぎるころだった。背後から誰かが呼ぶ。

「あなた！」

振り返ると、月に照らされた顔は意外にもイップンだった。トルスェはなぜかすがすがしい気持ちになった。

「どこに行くんですか？」

トルスェはその場で手を振り回して叫んだ。

「シーッ、人に聞かれたらどうする……」

「そんなに怖がってどうしたんです」

イップンはトルスェの後を追うとにっこり笑いながら彼を引き止め、谷の方に上っていった。

氷の下に広がる山の水がさらさらと音を立てて流れる。彼らは上流に上り、丘の下の岩の前に座った。氷から漂う冷たい空気がさわやかだった。

四方は静まり返っているが、明るい月に向かって座り、静かな水音を聞いていると、なぜか心が沈んだ。二人はしばらくの間何を言えばいいかわからなかった。

一瞬、トルスェは喉が詰まって何かが込み上げた。彼は震える声で、

「ああ！　おまえには悪いことをした。本当に合わせる顔がない……」

「この人おかしくなってしまったのかしら……何を言ってるの！」

イップンは次第に下がるトルスェのあごを持ち上げた。

「いや……本当に……許してほしい。俺は本当にひどい奴だ！」

トルスェは拳で涙を拭う。

「いったいどうしたんです。あなたが悪いって誰が言ったの？」

イップンは何のことだかわからず、面食らった。

「そうじゃなくて、俺がしたことを考えたらおまえに間違ったことを……ああ」

「ちょっと、今さらそんなこと言うなんてあなたもひどい人ね、馬鹿みたいに何を泣いてるんですか？」

イップンは切なげにチマの裾で涙を拭う。

「私だってあなたが正しいことをしたとは思わない。でも私はそんなことで少しもあなたを恨んだりしないわ」

イップン自身も悲しみが込み上げ、声が刃のように鋭くなる。

「それを言うならおまえにも過ちはあるだろう……どっちにしたっておまえの夫なんだし」

「私だってわかってるわ。でも、正しくないことと自分らしく生きられないことは別でしょう。私……どうしても生きたいの！」

イップンはいきなりトルスェの膝の上に顔を伏せ、しくしくと泣く。ウンサムの不細工な姿が浮かんだ。

「どうしたんだ！　さっきは俺が泣くのを責めてたくせに……」

「ぐすん！　ぐすん！……殴り×されても文句を言えないのは××みたいなうちの親よ、どうして私をあんな家に……！」

トルスェはイップンを抱き起こしながら、

「おまえの親もよっぽどのことがあったんだろう！　おまえはもう飢えも忘れたのか！」

「いっそ飢えのほうがましだわ……」

「ふん、それはおまえが何も知らないから言えることさ。おまえはまだ俺がウンサムと博打をした事情を知らないようだな！」

「博打をした事情？」

イップンは何のことだかわからないというように眉根を寄せて見つめる。

「そうさ！　それじゃ、おまえは俺をただ博打に狂った奴としか見てないわけだ。だが、俺はそうやって博打にばかりうつつを抜かしてる奴じゃねえんだ。今だって博打打ちにはなりたくない……家に食べ物がないからさ。木は山に登って伐ってくればいいが、米はどうやって手に入れる？　農作業を毎年したって、穫れる米は税金を納めるにも足りないほどだ。毎年借金ばかり増えていく。極寒期に妻子と両親、弟妹が飢え死にしそうになった。俺はこのまま手をこまねいているわけにはいかなかった……泥棒以外は何でもやる！　いや、泥棒だってできるものならやってやる！　だったら博打でもやろう！……それで俺はウンサムを誘ったんだ！　それなのにおまえは……」

「ああ、やめて……やめて……」

イップンは片手でトルスェの口をふさぎながら、苦しそうに叫んだ。彼女はトルスェの張りつめた表情が恐ろしかった。

「……私だって、そんなことはよくわかってます」

彼女はやっとのことで途切れた言葉を言い終えた。

「冠帽峰の向こうのイ参事みたいな金持ちがする博打と、俺たちみたいな奴らがする博打とは種類が違うのさ。あいつらは退屈しのぎにする博打だけど、俺たちは生きていけないからする博打なんだ」

「イ参事も博打をするんですか？」

イップンは驚いたように尋ねる。

「当然だろ……昔は金持ちと花札をやって数百ウォンを稼いだそうだが、スンチルおじさんはそこから十ウォンも分け前をせしめたじゃないか」

「ああ……だから貧乏は……そうだ、私があなたを呼んだのは話したいことがあって……」

イップンはようやく話を切り出した。

「何だ？」

「ああ！　月も明るい。あのね、今後はウォンジュンに気をつけてください」

イップンは再び声を潜めて、

「様子を見てたら、どうもあなたの後をつけてるみたい。もし見つけたらただじゃおかないって雰囲気よ」

イップンはトルスェのふところを探って煙草をくわえると、ウォンジュンが自分の家に初めて来た日の夜に姑と話したことと、その後から毎日出入りしておかしな行動をすることをおびえたように話した。

「あんな奴が俺に何ができるってんだ。少しでもえらそうにしてみろ、足をへし折ってやるからな」

トルスェはにわかに逆上して叫んだ。

「俺のことは心配するな。俺よりもあいつがおまえに妙なことをしようとしてるみたいだから、おまえも気をつけろよ！」

トルスェはなぜか不安を感じ、イップンにこんな注意をした。トルスェは突然嫉妬の炎を燃え上がらせた。

「あいつが私に何をするっていうの！」

「惚れてるかもしれないだろ？」

「もう！」

イップンは恨めしそうにトルスェを見つめる……涙が月明かりに光る。

「あなたは私のことそんな風に思ってるの？」

「おい、何だと！」

「もう帰りましょう」

イップンはむなしかった。彼女はこのまま別れたくなかった。彼女は何度も後ろを振り返り、トルスェが川上の村へと坂を上っていくのを見ながら力なく下ってきた。

井戸を通り過ぎる時、彼女はその中に飛び込んで死んでしまいたいと思った。イップンが家のある通りに入ると、後ろで誰かが大きな咳払いをする。彼女の心臓が縮みあがった。ウォンジュンだ。

*

正月もいつの間にか過ぎ、村人たちは再び冷たい現実に直面しながらそれぞれの生活に追われていた。まさに各自図生〔生きるために自ら努力すること〕だ。彼らは、まるで腹をすかせた獣が雪の積もった山中を徘徊するように、四方八方に金策に走った。村でも順番に食糧が底をついていった。トルスェも目を血走らせて再び賭場を探し回らなければならなかった。チャじいさんはまた釣りを始めた。彼は魚を捕ると、それを町で売るのだった。

キムじいさんはせっせと莫蓙を編んだ。毎年葛でひもを作って売り、残りくずで夏の間に縄をより、冬には莫蓙を作って売るのだった。

ところが、ウォンジュンは彼らとは全く別世界の住人のように悠々自適の暮らしをしていた。彼は面事務所から帰ると、ふらふらと遊びまわった。まるでにおいをかぎつけた猟犬のようにあちこちの家に寄って回る。彼は引き続きウンサムの家を頻繁に訪れた。

二月の初めだ。寒さは続いていたが、もう冬らしさはなかった。冷たい風も春の気配を漂わせて胸元に吹きこんだ。日なたの丘の下には青い草が芽吹いていた。それが吹雪くと凍り、日差しが差すと再び目覚めた。草も、この村の人々と一緒に厳しい寒さと戦っていた。

田畑では、早くも山菜を摘む子どもたちがかごを背負って回る。麦畑にはノミノツヅリ、イヌナズナ、ナズナ、ヒメニラの芽が顔を出した。

ウンサムの家では朝食の後、母子で川上の村にある地主の家の水車小屋に穀物を搗《っ》きに行った。ウンサムは新しい牛を買う金を博打で失ったせいで稲を搗いて売り、その分の金を補わなければならなかった。今年も農作業をするためには大きな牛が必要だった。ウンリョンはトルと舎廊房の前の庭で遊んでいたが、どこに行ったのか姿が見えなくなった。

この時、イップンはひとりで裁縫箱を前に置き、ポソン［足袋］につぎを当てていた。男物のポソンを見ただけでも憎らしくなった。彼女はあれこれ考えながら動かしていた針を何度も止め、ため息をついた。

ところが、そこにウォンジュンがウンサムの名を呼びながら入ってくる。今日は日曜日だった。ウォンジュンはいつものように外套の**「えり」**に首を埋め、ピカピカと輝く黄色い靴を履いて入ってきた。

「いません！」

イップンは驚いて立ち上がり、扉を開けて外を見た。彼女はわけもなく動悸がして、顔がほてった。

「どこに行ったんですか？」

ウォンジュンはにこにこと笑いながら庭に立っている。

「杵つきに行きました」

イップンは部屋の入り口のそばに立って体を半分隠し、ようやく答えた。

「おばさんも一緒ですか？」

「はい……」

煙草中毒とあだ名されるウォンジュンは、また煙草を取り出してくわえる。

「マッチありますか？」

「はい……どこだったかしら！」

イップンは急いで部屋の中を見回し、ウォンジュンの前を通ってマッチを探しに台所に入った。

彼女はかまどにあるマッチ箱を振ってみてそろそろと両手を伸ばし、ウォンジュンに丁重に差し出した。彼女は恥ずかしくてまた顔を伏せ、さっきのように部屋に入って入り口の柱に隠れて立った。

「……そうだ、あなたに聞きたいことがあるんだが」

ウォンジュンは少しためらった後、ぎこちなくこんな言葉を口に出してイップンを見つめる。

「はい……何でしょう……」

イップンは隅に隠れた。彼女はウォンジュンの尋常でない行動に次第に不安を感じはじめた。ウォンジュンは依然としてにこにこしている。

「あなたの家族はだませても、僕のことはだませませんよ？」

「……」

イップンは胸が震えた。何のことだろうか？　十四日の夜のことか？　そのことが稲妻のように頭をよぎる。

「僕はもう全部知っていて聞くんですから、正直に告白しないとあなたが損をしますよ。あなたは先月十四日の夜、どこに行きましたか？」

「どこにも行ってません」

イップンは、思わず絶望に震える声が出た。あの日の夜、あとをつけてたんだわ！

「どこにも行かなかった……？　話したくないなら、無理に聞きはしません。それはあなたが考えればわかることですから……僕はあなたのために言っているんだ。もし僕があなたのお義母さんに一言話せば、どうなるかわかりませんよ？」

「……」

ウォンジュンはそのすきに敷居に腰掛けた。

「まあ、あなたの行いを考えれば、こんなことを耳打ちしなくても、あなたのお義母さんに言った方がいいのでしょうがね。でもそうなれば、将来のあるあなたにとって不幸なことではありませんか？　僕の言うことを聞きますか、聞きませんか？」

ウォンジュンは次第に興奮し、息を切らせる。

「何のことですか。身に覚えがあれば聞きますし、なければ……」

イップンはやけくそになり、怖いのも忘れてウォンジュンをまっすぐに見据えた。だが、ウォンジュンは変わらずにっこり笑いながら、

「ここまで言えばわかるだろ……？」

イップンは突然頭を壁にもたせかけ、しくしくと泣き始めた。彼女は本当にウォンジュンが知っ

ているか怖くなってそうしたのではなく、彼の行動がしゃくに障るからだった。

——彼が本当に人格者なら、見なかったふりをするか私に説教をすれば終わりではないか？　それなのに私の過ちをとがめてつけこみ、その代価で自分の欲を満たそうとするのが憎たらしくてならない。あんたにやるなら犬にくれてやる方がましだ！　という考えがイップンの心を満たした。

「出て行ってください！　あなたこそ昼間から何をしてるんです？」

イップンは突然大声を上げた。

この意外な返答に、ウォンジュンは驚いてぱっと体を起こす。

「あなたは……こんなことをしていいと思ってるのか！」

ぎょろりと目をむいて見つめる。

「それがどうしたんですか！　さっさと出ていってください。出ていかないと大声を上げますよ」

イップンは烈火のごとく怒った。彼女は自分のどこにこんな勇気があったのかと、内心驚いた。

「それがどうしただって？　本当にいいのか？　後悔しないだろうな！」

「どうぞご勝手に。告げ口して追い出されたからってそれがなんだっていうの？　死んでしまえばおしまいでしょう……？　よくもこんなことができるわね！　あなたは面書記だからって、人のことをこういうふうに見下すの？　学がある人はみんなこんなふうなの……？」

ウォンジュンはたき火をかぶったように顔が熱くなった。彼は恐ろしい目でにらみながらしばらく立っていたが、しかたなしに出ていった。

イップンはその場に倒れ、麦飯が炊けるほどの長い時間泣いた。どれだけ泣いても気が収まらなかった。

――あいつはこの村で一番よい暮らしをしているからって、誰に向かって権利を振りかざすのか？　彼女は、考えれば考えるほど傍若無人な彼の行動が腹立たしかった。そんなことを考えていると、前後の事情をすっかり吐き出せばどうなるのかやってみたくなった。彼女のすべての苦難は白痴のような夫を持ったせいであり、見下されるという運命を嘆くことで自分を納得させるしかなかった。

しかし、悔しさの程度ではウォンジュンも決してイップンに劣らなかった。彼は、イップンにそんなふうに侮辱されるとは全くもって意外だった。そうやって弱みにつけこんで脅迫すればたいていの女なら言いくるめられると思っていたが、こんな小娘のくせに肝が座っていることに驚きを隠せなかった。そのため、彼はそれからウンサムの家とは関係を絶ってしまった。

ウォンジュンはその足で川中の村に住む区長の家を訪ねた。地主の家で家庭教師をしていたイ生員《センウォン》［年配の人の呼称］は、数年前に冠帽峰の向こうのイ参事《チャムサ》のあっせんで郷校《ヒャンギョ》［高麗時代から朝鮮時代にかけて各郡に設けられた学校］の掌議《チャンウィ》［主席の儒学徒の意だが、ここでは先生のこと］を務めていたために、今もカムトゥを被って出てきた。

「おや君、どうしたんだ？」

区長はウォンジュンを舎廊房に迎え入れた。

「今日は面に行かなかったのか！」

「はい！　日曜日ですから」

「そうだ、うっかりしてたな。今日は休日だった」

「先生に少しご相談したいことがありまして」

ウォンジュンは以前、書堂《ソダン》［漢文などを教える庶民向けの私塾］に通っていた時に区長から漢字を習ったことがあったので、先生と呼ぶのだった。

「うん！　どうした？」

区長は縄をよりながら尋ねる。

「この村では賭け事をする人はいないんですか？　うちの村では、博打が流行って大変なことになっているんです」

「初耳だな。最近もやってるのか？」

「やるも何も、この前ウンサムが牛を売った金三十ウォンをすったと先生もお聞きになったでしょう。あの鼠火の夜です」

「それは聞いたよ！」

区長の尖った顎に生えた山羊のような髭が、話すたびに上下に揺れる。

「その金をトルスェがせしめたっていうんですよ。その時もウンサムの母親が告発すると大騒ぎするのを、隣同士でそんなことをするなと止めたんですよ」

「そうだろう、そんなことをしてどうなる」

「ところが、その人たちがまだ心を入れ替えられなくて……近ごろはもっとひどくなっているんですよ。それだけならまだしも、風紀が乱れて子どもたちの成長に大きな影響を与えています。このままでは村が滅びてしまいますよ？」

ウォンジュンは、大変なことが起こったかのように緊張して叫んだ。

「だからどうしろと言うんだ。博打をするのだって一人や二人でもないのに、どうやって対策を取るっていうんだ。どいつもこいつも！」

区長も多少腹を立てたように、よっていた縄を横にどけて煙草をがさがさと詰める。

「私たちのような若者の言葉は聞いてもらえません。ですから、先生が振興会長と相談なさって、早いうちに洞会〔地域の問題を協議する集会〕に諮《はか》って何か制裁を下すのがよいと思います」

区長は少し何かを考えていたが、

「それは難しいことではないが、それで効果があるだろうか？」

「確実にあると思います。彼らを呼んで厳しく懲戒し、万一これから賭け事をする人がいたら罰金を払わせるとか、そういった規則を作っておけば実行できるでしょう。それでも博打をしたければ他の村に行くかもしれませんが……」

「そうだな、一度話してみよう……おまえは心を入れ替えて面書記にまでなったのだからこれ以上言うこともないが……うちの村にはどうしてこんなに博打打ちが多いのか……まったく嘆かわしいことだ！」

「僕らはもう二度とそんな遊びはしませんよ。以前は分別がついてなかっただけで」

ウォンジュンはきまり悪そうに顔を伏せ、頭を掻く。

区長はキセルを灰皿に置いて座り、プカプカと吹かしながら、

「話ついでだが、博打がこうやって広まったのは必ずしもイ参事だけのせいだろうか。村というものは普通、町の姿にならうものだが、イ参事のように人望があって有力な地位に就いた人が博打をするようになるのだから、学のない人間は言うまでもないだろう……しかも近ごろの世の中のように暮らしが厳しい中で……ハハ……」

区長はシラミに食われたのか、いきなり腹を出してぼりぼりと掻く。白い垢が出る。

「そうですね、上濁下不浄［上流の水が濁れば下流の水も汚れる］というところでしょうか……」

ウォンジュンは自らの顔に唾を吐いたようで、口をつぐんで再び頭を垂れた。

6

その二日後、所任《ソイム》［村の下役］は川下から川上まで村の家々を回り、夕方に地主の家に集まるよう伝えた。なかでも博打打ちとされる人には、一人残らず直接訪ねて言い聞かせた。村人たちは突然のことに何事かとささやきあった。

夕暮れ時になると、集会場所のチョン主事《チュサ》［官公庁の職級の一つ。男性の尊称としても使われる］の家には一人、二人と人が増えていった。

時計が八時を指した時には家の中が人であふれ、縁側にまで座らなければならないほどで、川の周囲の村のほぼ半分が集まった計算だった。

そこにはこの日の会合の中心人物であるトルスェはもちろん、ワンドゥク、ソンソンも来ていたが、どうしたことか博打打ちの大将、チェ・スンチルは来ていなかった。

「みんな来たようだな。それでは話を始めよう」

上座に区長と並んで座った振興会長のチョン主事は、人々を見回して言った。思い思いに座っていたカラスの群れのようにまくし立てていた人々は、一斉に話をやめてそちらに顔を向けた。川上の村のナム書房《ソバン》、墓守のチョじいさんも来た。

チョン主事の息子、チョン・グァンジョ（鄭光朝）は奥の部屋でウォンジュンと向かい合って座った。

「では、始めましょう」

ウォンジュンはチョン主事と区長を見た。

「先生が先にお話しください」

「いえ、会長が話してくださらないと……ハハ……」

「洞会ですから区長がお話にならないと……それじゃお好きなように！」

チョン主事はキセルを置き、髭をなでながら話し始めた。彼も税務署の主事だったので、剃り上げた頭にカムトゥを被っていた。

「今夜、村のみなさんをこうしてお呼び立てしたのは他でもなく、わが村でよからぬことが起こり、その対策を講じなければならないからです。そのよからぬこととは、これから川下の村のキム書記が報告しますから、みなさんはよく聞いて忌憚なきご意見をくださるようお願いします。そして、わが村も風紀を粛清して立派な模範となるよう、みなさんが互いに助け合うことを願ってやみません」

チョン主事は区長を見て、

「以上か？　他に言うことは？」

「こんなところでしょう」

区長は先生をしていた頃の習慣のまま、上半身をゆらゆらと動かした。

「ではキム書記、報告を！」

「はい！」

　チョン主事が言うやいなや、ウォンジュンは答えて立ち上がった。彼は両手据地［おじぎをしてから両手を地面につけてひれ伏す動作］をしてから、

「えー、今夜報告することとは、いま振興会長がおっしゃったようにわが村の乱れた風紀を『改良』しようということです。えへん！　みなさんもすでにご存じのように、わが村では賭博が最もはびこっています。その証拠に、まず今年の正月——まさに鼠火の日の夜に——賭博が行われたことが証明されました。その日の夜に賭博をした方がいまこの場にいらっしゃるようですから、誰とは言わずともみなさんご存じのことでしょう。しかも、その日の夜に少なからぬ金額を失った人が少し足りない不幸な隣人であるというのは、同じ博打といえども度が過ぎていると思います……」

　ウォンジュンはまるで勝利の快感を味わう人のように有頂天になり、トルスェをちらちらと横目で見ながら叫んだ。

　しかし、トルスェはすでにこの日の集会の意味をよく知っていたため、特に驚きもなかった。彼は、昨日ウォンジュンがイップンに対して取った行動について詳しく聞いていた。そのため、今夜の集会がウォンジュンの策動だと見当がついていたのだ。それだけに、彼は歯を食いしばって「今に見ていろ！」と決心を固めただけだった。

　ウォンジュンは手を口に当てて数回咳払いをした後、再び話を始め
「えへん！　ところがその方々はその後に少しも反省の色がなく、今も博打を続けています。これがひとつ。えへん、もうひとつは」

「なんだ、それがどうかしたのか」

「もともと博打はみんなやってただろう。さっさと対策を取るべきだったんだ」

「まったくその通りだ。頭がいいな」

「親父よりはましさ。あいつの家は前途洋々だ！」

聴衆の間でこんな言葉がささやかれると、区長はキセルを持って静粛にするよう命じた。

ウォンジュンはさらに勢いづいた。

「えー、もう一つは神聖な家庭の風紀を乱すことです。おそらくこれも、みなさんは大方察しがつくだけのうわさを聞いたことでしょう。それでは、話は以上にして最後に一言申し上げたいのは、このような好ましからざることを放置するのは、三綱五倫［儒教の基本となる道理。三綱は王と臣下、親子、夫婦の間で守るべき道理を、五倫は君子間の義理、父子の愛、夫婦の分別、長幼の序、友人間の信義を指す］の美風良俗が失われ、村が滅びていくことですから、みなさんはその対策をよく考え、責任者に制裁を与えてでも村を正してくださるようお願いします」

ウォンジュンは演説調の話を終え、その場に座った。彼は多少興奮して息を荒くした。

「それではどうしますか？　みなさんの意見をお聞かせください！」

チョン主事は人々を見回す。

ウォンジュンは再び立ち上がって、

「私が考えるには、まず問題の責任者がそれぞれ良心に照らしてこの場で謝罪をした後、今後はこのような好ましからざる行動を取らないと誓い、それからみなさんは万一の場合に備えて罰則を決めるのがよいと思います」

これまで黙って座りながらにこにこ笑ってばかりいたチョン・グァンジョが、突然沈黙を破った。

何人かは、今夜の集まりが洞会であるだけに彼が真っ先に口火を切ると思っていたが、むしろこれまで何も言わずにいたのがおかしいと思うほどだった。なぜかといえば、彼は東京に留学したからだった。彼は肺病にかかり、昨年末に一時帰国したのだ。

「この集まりでは私にも発言権がありますか？」

グァンジョは人々に向かって訊いたが、視線はウォンジュンに向いていた。彼はウォンジュンの「三綱五倫」や「神聖な家庭」という言葉をこっけいに感じた。

「はい！　洞会ですから、誰でも発言できます」

ウォンジュンが答えた。人々は同意する。グァンジョは立ち上がり、最初に頭を下げて礼をした後、再び腕組みをしてから、

「えー、いま報告のあったお言葉を聞くと、一つ目も二つ目も抽象的な気がします。昔の言葉にも『明其為賊、賊乃可服』［十八史略の一節で、原文は「明其為賊、敵乃可服」。悪いことを明確にすれば敵が降伏するという意味］とあるように、その罪を明らかにしてこそ刑罰を決められるのではないでしょうか？　それならいまは、その報告をもう少し詳《つまび》らかにする必要があると思います。すなわち、誰がどのような過ちを犯したということを本人はもちろん、第三者にも確実に伝える必要があると思います」

グァンジョは話を終えると座り、人々は意外な発言に首を傾げた。

「ああ、そうだ！　そうだとも！」

「はい！　それは……」

ウォンジュンは再び立ち上がる。彼は不安げな表情を浮かべた。

「……すでにみなさんはよくご存じの事実ですから、わざわざ指摘する必要はなさそうだと考えたのです……それに、罪を憎んで人を憎まずという古賢の言葉にもならい、なるべく寛大な処分を下

すのがよいのではないかと思い、先のように報告しました」

　グァンジョは再び立ち上がった。

「えー、それではこの報告を正当な事実と認めるという前提で私の意見を少しお話しします。私も聞いたうわさを総合して申し上げるのですが、まず賭博といえばわが村の若者でやらない者はいないと承知しております。しかし、博打打ちの大将というべき者が今夜は来ていないことは大変遺憾に思います。（聴衆が一斉に笑う）二つ目の神聖な家庭の風紀を乱すという項目においては、問題を漠然と取り扱っているようです。家庭とはおおよそ結婚に基づくものとみることができますが、こんにちの社会の結婚制度というものはどうでしょうか？　みなさんもよくご存じのように、いわゆる二性之合［結婚］の百福之源［すべての幸福の根源］という人間の重要事であるにもかかわらず、夫婦の何たるかも知らない乳臭い子どもたちに早婚をさせたり、当事者にはその気もないのに両親が強制結婚をさせたりというのがこんにちの社会の結婚制度ではありませんか？　しかし一度振り返って例の文明国を見れば、そこでは青年男女がそれぞれ自らの意に沿った配偶者を選んで理想的な家庭を築いているのです。そうすることで『神聖な家庭』になりえるでしょう。本来結婚とは当事者同士がするもので、第三者が独断で決めるものではありません。ですから、この社会の不合理な結婚制度には多くの弊害があります。男は妾を囲って外入［配偶者以外の女性と関係を持つこと］します。女は夫を毒殺して淫奔［男女が道理に外れた関係を持つこと］し、駆け落ちします。これはすべて強制結婚と早婚の弊害です。そのため、さっき二つ目に報告した事実というのも、結局この社会の結婚制度の欠陥から生まれざるを得ない弊害だと思います。それなら、このような制度の犠牲になった人々にはむしろ『同情』する点が多くあると考えます」

ウォンジュンは、不意の攻撃にどうしていいかわからなかった。彼は再び立ち上がって、

「しかし、われわれはこの制度を一朝一夕に変えることはできません。ならば、われわれは従来の慣習に従う義務があると思います」

「それでは話になりません。われわれが生活する上で何か間違いを見つけた時、われわれはすぐにそれを正す義務があります。そうでなければ、われわれはその間違いをいつまでも正すことができなくなってしまうでしょう」

「そうだ！　その通りだ」

聴衆の誰かが叫んだ。それは、トルスェからあの日の分け前をせしめたナム書房だった。

「それなら問題を簡単に落着させるために、もう一度確認しましょう。さっきのキム書記の報告をみなさんは間違いないと認めますか？」

グァンジョはもう一度立ち上がって尋ねる。

部屋の中は、しばらく水を打ったように静まり返った。

すると、トルスェがいきなりぱっと立ち上がった。彼はさっきから言いたいことがたくさんあったが、筋道立てて話す自信がなくてためらっていたところだった。だが、グァンジョの言葉に勇気が出た。

「最初の博打のことで言うと、私……私がもちろん間違ってました。けれども、私だってもともと博打打ちになりたくてなったんじゃねえんです。どうすりゃいいんですか？　一年中農作業をしたって食っていけず、家族も多いのに飢え死にさせるわけにもいかず……鼠火の日の夜にウンサムと博打をしたのだって、実際はこんな理由だけじゃなく、ウンサムが牛を売った金があることを知っ

て博打をしようとそそのかす人が多いと思って、それなら他の人に取られるわけにはいかねえから、あの日博打をしたんです。それはいますぐウンサムを呼んで聞いてもらえればわかります。それに、博打は一人で打つもんじゃないでしょう！　冠帽峰の向こうのイ参事のような人も博打をなさるじゃありませんか」

「博打はさておき、家庭の風紀を乱したことについての弁明はないのか？」

チョン主事は丁重に尋ねる。彼は両班であるため、目下の者に対しては言葉遣いに差をつけた。

「はい……？　二つ目はどういうことですか？　それも私だけが特に間違いを犯したわけじゃありません。それもありのままに話しますから、ウンサムの奥さんを呼んで聞いてみてください！」

人々はみな、この新たな事実に驚いた。

「いったい誰だというんだ！」

チョン主事の言葉に、トルスェはウォンジュンを指差した。

「ウォンジュンです」

「おい、何を言う、俺が何をしたっていうんだ！」

ウォンジュンはみるみる顔を赤らめ食ってかかる。

「おまえは誰もいないところを見計らって、昼間にウンサムの家に行ったじゃないか」

人々の視線はウォンジュンに集中した。トルスェは再び緊張して叫んだ。

「え？」

「今夜こうやって集まったことが誰の仕業か、私はよく知ってます。私をこの村一番の不良にしようとしてるみたいですが、実は誰かの悪だくみなんです。さっきこのお宅のだんな様がおっしゃったように、若い男で外入しない男がどこにいますか？　はい！　私の罪については当然罰を受けるつもりです。でも、罰を与えるなら公平にお与えください」

トルスェの言葉に、数人は後ろめたさを感じた。誰がトルスェに石を投げることができるだろうか？

「ふん！　ふん！」

区長は突然、キセルを手にさっと出ていった。ウォンジュンに裏切られたことに憤ったからだった。

「どうして出て行かれるんですか？」

「この修羅場で出て行かない奴がいるか！」

チョン主事の問いかけに、彼はこう言い捨てて出ていってしまう。

彼は鼻の穴をひくひくさせた。

「ハハ、まったく。こんなことになるとは！」

「糞まみれの犬が糠まみれの犬をとがめる［目くそ鼻くそを笑う］だな！」

人々の視線はウォンジュンに集中した。

会合はめちゃくちゃになり、何人かはあきれた笑いを浮かべて三々五々に帰っていった。ウォンジュンはいつの間に逃げ出したのか、去り際も見られなかった人が多かった。

グァンジョは会心の微笑を浮かべた。彼は神聖な家庭の風紀の乱れ（？）が行き場を失って消えてしまったことが痛快だった。自由恋愛万歳……！

トルスェが裏山の尾根を越えようとしたところで、後ろから誰かがはあはあと荒い息を吐きながら追いかけてくる。

「誰だ！」

「私よ！」

「どうしたんだ？」

それは意外にもイップンだった。

トルスェは驚いて大声を上げた。

「しーっ、私も見物に行ってたんです！」

「ああ、全部聞いたのか？」

「ええ、どういうことか気になって追いかけてきたの」

イップンはトルスェの手首をぎゅっとつかんだ。

「チョン主事の息子の話の意味はわかったか？」

「私、なんのことだか詳しくはわからないけど、あなたの肩を持ってたみたい！　そうでしょう？

私、離れのわらの山に隠れてたのよ！」

イップンは再びトルスェの手首をぎゅっとつかんだ。

「そうか！」

「この世の中には、私たちの味方をしてくれる人もいるのね！」

イップンは死んだ人が生き返ったかのように珍しいことだと考えた。

「そうだよ！　人は元気に生きていかなきゃ。もし罪を犯したとしたって、人間らしくあるべきだからな」

「どうしてあの人はあんなことが言えるんでしょう？」

「日本に行って、大学で勉強したそうじゃないか！」

二人の対話は暗い中でひそひそと親しげだ。イップンはトルスェに全身を預けるようにしてもたれながら歩きだした。

「この世の中には、私たちが知らない別世界があるみたいね？　あの人（チョン主事の息子）はそれを知ってるんじゃないかしら！」

トルスェは考えにふけっていたが、何気なくこんなことを言った。

「本当に、俺たちもそんな世界で生きられたら……」

彼らはしばらくの間、何も言わずに歩いた。

模範耕作生

모범경작생

朴栄濬

パク・ヨンジュン　박영준

小西直子　訳

1934

「おおーい、こんどは俺の番でいいかぁ？」

「うんにゃ、ギオク（基億）にやらせてやれ。さっきから歌いたくってうずうずしてるんだから」

「おいギオク、怒るな怒るな。ほうれ、ひと声聴かせてくれや」

田植え歌を歌いながらせっせと動かしていた皆の手が止まった。苗を脇に置き、ギオクの顔を見つめる。

声がよくないからといって一度も歌わせてもらえなかったことにむかっ腹をたてていたのか、ギオクはこの機を逃すまじ、とばかりに思い切り声を張り上げた。

水は流れていくものなれど
五臓の汚水、噴き上がるばかり

ミナリコク［農作業のときによく歌われる労働歌］だ。同じ田で働いていた農夫たちが、「ほいきた」とばかりに加わって、また順繰りに声を競い始める。

いつもいつもふざけてばかり
明かしてごらんよ、その心

歌っていると興に乗り、知らぬ間に仕事がはかどる。だから田んぼでは、笑い声か、それでなければ歌声が絶えることがない。

苧麻《からむし》の胴巻き、麻の胴巻き思い思いに身に着けて
あっちの田んぼ、こっちの田んぼ、声高らかに歌おうぜ

ソンドゥ（成斗）の田んぼで働く人たちは、みな少なくとも一度ずつは、声を張り上げて歌った。ばしゃん、ばしゃん、水音を立てて、苗床からつかみあげた一握りの苗を小分けにし、田に植え付けてゆく。何としてでも後れはとるまじ。口は歌いながらも、彼らの手はすばやく動く。とはいえ、まだ十四歳のソンドゥの弟などは、いまだ手際が悪いうえに、歌まで歌ったりするともう、ただでさえ遅れがちなのが、一歩、また一歩と遅れてしまう。

「おい、歌はやめて、苗を植えろ。おまえのせいで仕事が終わらなかったらどうする？」

弟の分まで植え付けてやりながら、ソンドゥが言う。

「おーい皆の衆、今度は『愁心歌《スシムガ》［恋しい人への思いを歌った、もの悲しい旋律を持つ平安道民謡］』やろうぜい。これはソンドゥがやらなき

やなぁ」

働いているのが若者ばかりという気安さもあってか、他の者たちも口をそろえてけしかける。

「そうだ、そうだ。愁心歌っていやあソンドゥさ」

「いや、俺は、歌い出し役はちょっとあれだから……誰か先に歌ってくれや、続いて歌うから」

「ぐずぐず言っとらんと、ほれ早く」

はじめは遠慮していたものの、皆の勧めについには折れて、声を張り上げ歌い出す。

ちょうどそのときだ。自動車が来るぞ！　隣の田んぼから叫ぶ声。そこで働く人たちは、かがめっぱなしの腰を伸ばして近づいてくる自動車を眺めている。

「ギルソ（吉徐）、帰って来るんだよな。あの車かな」

「ああ、そうかな……」

そのとたん、ソンドゥの弟が田んぼから飛び出ていった。畑を越え、新作路《シンジャンノ》［車が通れるぐらいの新しく広い道を指す］へと駆けてゆく。隣の田んぼからも何人か上がってきて、車止めに大きな石が置いてある道の端っこに集い、囁き声で立ち話をしている。

「あーあ、いいご身分だな。こっちは汗水たらして朝から晩まで働きづめだってのに、誰かさんときたら、お気楽に自動車でお越しかい」

自動車が来ると聞いて、ギルソのことを思い浮かべたギオクがそんなことを言う。とはいえやはり羨ましいようで、目が自動車を追っている。

夏の土埃を白く舞い上がらせて走ってきた自動車はしかし、待っている人々の前では止まらず、そのまま走り去ってしまった。村の西の方角にあるちっぽけな山の裾を回ってぐんぐん遠ざかり、ついには視界から消える。そのときになってようやく人々の群れはばらけ、各々の仕事に戻っていった。またもひそひそと囁き合いながら。ソンドゥの弟が戻って来るのを見て、皆は声を抑えて言い合う。俺があいつだったら、おんなじように新作路まで飛び出してってたろうよ。他人事じゃあないものなあ……。そしてまた田植えが始まった。

「今日は戻るって言ってたしなあ、来ないわけはないだろうが……」

苗の束を左手でつかんでソンドゥが言った。

「うーん……来るだろうけどな……いま苗を植えられなけりゃ、今年の賞は取れんだろ?」

傾いてゆく陽を眺め、チンドお父が応じる。

「何もおまえが残念がることなかろう。あいつが賞をとったところで、おまえにゃマコー［Macaw、一九三〇年代の大衆的な煙草。朝鮮総督府専売局製造、十本入り、六銭］一本のおこぼれもねえよ、そうだろ?」

ギオクがつっけんどんに言う。

「だけど、来るって言ってたんだし……」

ソンドゥがつぶやく。口には出さずとも、早く戻らぬものかと内心待っているのだ。

ギルソは、このあたりの農民たちから村で一番偉いと思われている。もちろん彼を妬み、腹の中では小面憎くさえ思っている者もいた。従兄に当たるギオクがその筆頭だ。とはいえ、小学校を卒業したのも郡庁や面《ミョン》［郡の下の行政区画］の役所に出入りできるのも、この村ではギルソただひとり。そのうえ高等教育を受けた識者にも劣らぬ才覚でもって村人たちに種々雑多な知識を授けてくれる指導者格だ。仕事は真面目で金も毎年しっかり稼ぎ、貯蓄もしている。まだ若いのに、村の振興会だの早起会だの、会という会の会長を兼ねてもいる。そんなこんなで、無学で人の好い農夫たちは、ギルソのことを立派な人物と当然のごとくみなしていた。

そんなギルソがソウルで開かれる農事講習会に参加することになり、ソウルに向けて旅立った。郡で三人しか行けないのだが、そのうちのひとりに選ばれたのだ。それから一週間。村ではギルソを褒め称える声がますます高まっていた。

村人たちは、ギルソがソウルから戻るのを今か今かと待ち焦がれていた。平壌にさえ行ったことのない彼らだ。想像もつかないような物事をソウルで山ほど見聞きしてくるだろうギルソから土産話を聞くことを思うと、もう居ても立ってもいられなくなるのは当然のことだろう。

ソンドゥの田んぼで働いている農夫たちは、畦に上がって煙草を吸うことにした。今日は昼飯のあと、いちども休んでいない。農村ではふつう午後にいちどひと休みして、そのときに間食を摂る。けれど、ソンドゥの村ではそんな慣習など忘れ去られて久しかった。食い物はないが、せめて体だけは休めようというひと休みだ。

彼らの村では、ギルソの家を除いてみな小作農だ。夏場には麦飯も思うさま食えない。そんな彼らにとって間食なぞ、思いもつかぬ贅沢だった。

「ああ、俺も金さえあったらなあ。そしたら死ぬ前にいっぺんソウル見物するのになあ」

ごろりと寝そべってプンデンイ［頭や頬を保護するために主に男性がかぶる防寒用の帽子］を顔に載せ、チンドお父が言った。

「俺は平壌でもいいや。生きてるうちに行ってみてえなあ」

喜煙《ヒヨン》［朝鮮総督府専売局製造の廉価の巻き煙草］を新聞の切れ端で包み、唾をつけて葉巻もどきを作りながらソンドゥが笑った。

「あーあ、空から金が降ってこねえかなあ……」

腹ばいになり、草を手でむしっていたギオクが独り言つ。

夏の空は雲ひとつなく晴れわたり、穀類が芽吹いた野原は、まるで染料で染められたかのように青々としていた。

「なあ、どうかなあ。ギルソんとこみたいに金肥《かねごえ》を買って田んぼに撒くってのは……。ギルソはさ、畑に化学肥料って言ってたか？　アンモニアを撒くんだとさ。いっぺんやってみたいんだがなあ、今年……」

ソンドゥがそう言うと、チンドお父がガバッと起き上がり、草の上に座った。

「そりゃ駄目だ。コルメ村じゃな、金を借りてそいつをやったところがとんでもねえ、豊作どころか借金しか残らなかったたっていうぜ」

「そうそう！　上手の村のニトゥクのとこも大損だったらしいぞ。よしんば上手くいったところで俺らにとっちゃ、たいした得になるわけじゃねえ。小作料が上がりゃそれまでさ……」

ギオクが腹立たしげに言った。

「こないだ地主んところに行ったんだがな、ニトゥクのことを褒めそやして、俺らは金肥を使わないから駄目なんだって、そんなふうに言ってたけどなあ……」

「うーん……金肥ってのがまた、頭の痛えもんなんだよ。どんな奴が作りだしたのか知らんが、そいつぁきっと金持ちにちげえねえ。俺らみたいな小作農なんざ、ただでさえ食ってくのもしんどいってのに、借金までしろってか？　それじゃ生きていけんわい」

ギオクが興奮してしゃべりたてている間、何やら考えに耽っていたチンドお父が、ふっと口を開いた。

「そりゃあギルソはな、金はあるし土地持ちだから、できないことなんてなかろうさ。それに普通学校から欲しいだけ融通してもらえるもんな、利子なしでよう……」

「普通学校か……俺も通えたらなあ。模範耕作生になって、金を借りて……いいよなあ、そんなことできたら。けど、普通学校なんて雲の上だもんなあ」

ソンドゥは半分がた苗を植え終わった田に目をやった。そんな意味でも、彼らはギルソのことを羨んでいた。自分の土地がそこそこなければ、模範生になどなれない。そのうえ普通学校にも通えない分際でそんな夢を見るなんて、身の程知らずもいいところ。ギルソみたいにただでソウル見物をするなんて、思いも及ばぬ。そんな現実が悔しくてたまらなかった。

「おーい、明日はうちの粟畑に来てくれよぉ。三度目の草むしりだからな」

ギオクが立ち上がり、伸びをしながら言った。

「俺は市場に行って、豚の相場を見てこにゃいかん……。あいつを売って地代を捧げ、ウィスクにテンギ［刺繍などの施された装飾用のリボン］も買ってやらんと。もうじき端午の節句だからな」

そう言ってソンドゥが立ち上がる。思い思いに座っていたほかの農夫連中も、みな田んぼに戻っていった。ソンドゥは黙々と苗を植えながら考えていた。これが見る間にすくすく伸びて、今すぐ稲が実ってくれたら……。それか、一年にせめて二回、米を収穫できたらなあ。あの豚を売らなくてもいいのに、と。

長くなってきた陽は、ようやく傾きかけたかと思っているうちに、いつしかふいに沈む。西の山に姿を隠してゆく赤い夕陽を振り仰ぎ、ギオクが打令《タリョン》［嘆きを主なテーマとする民俗歌謡］を歌うような調子で声を張り上げる。

「さあ、さっさと植えちまって夕飯にしようぜい」

皆その声に応え、クッ［神を憑依させ、お告げを行う祭儀］の終わりに激しく舞う巫堂《ムーダン》［シャーマン］よろしく、威勢のよい声をあげて気持ちを盛り上げながら苗を植えていく。

野は闇に包まれてゆく。マガモの群れが騒々しく鳴き交わしながら飛んでいく。ソンドゥの田から大きな堤を越えたところへ草むしりに言っていた彼の妹のウィスクが、ククス屋［麺料理の店］の娘のヤムジョンと連れ立って、まだ仕事の終わっていないソンドゥの田の畔に差し掛かった。

「おい、早く帰って晩飯作れよ。今日はずいぶん遅くなったな」

ウィスクを見たソンドゥの弟が言う。

「ああ、うん……」

ウィスクが顔を向けて返事をする。そこへギオクが声をかけた。

「おい、気の毒したなあ、ギルソが帰ってこなくてさ」

そう言っておいて、今度はヤムジョンに話しかける。

「今夜はおまえんとこに行くとするかな。どうだ？」

ウィスクとヤムジョンはそろって目を伏せて歩を進めるが、ウィスクのほうだけは顔を赤らめている。

堤に遮られて自動車は見られなかった。けれど村に入れば。家に帰るまでにギルソが名を呼んでくれるかも、と心の内で願っていたウィスクだった。

背中を伝う汗に濡れ、赤く染まった埃まみれの一重チョゴリ。陶土をこすりつけたように汚れたチマが、歩を運ぶたびにはためいた。

「ねえ、ギルソ、まだ帰ってないって？」

ヤムジョンが話しかける。

「うーん……どうなんだか」

「無理することないよ。涙が出そうなら泣いちまえばいいの。そういうときはね、泣くもんなんだよ。あたしだったら思いっきり泣くよ。誰に何と思われようと」

名前こそヤムジョン［おとなしいの意］だが、実は村一番のはねっかえり。嫁入り前なのに男と情を通じたなどとも囁かれている彼女のそんな言いっぷりが、ウィスクは嫌いではなかった。

ギルソに一日でも会えないと、胸がジリジリするようで切なくなる。なのに一週間も会っていない。でも今日はついに、と思っていたのに……そんな心をヤムジョンだけがわかってくれているようにも思えた。

「あのさあ、愛ってなんだと思う？　一緒に暮らしもしないで愛し合ってるなんて言える？　それでもギオクを……」

思ったことを何でも口に出すヤムジョンは、言わずもがなのことを言いながらも、いつになく真の思いを口にした。

「そんなの……わからないよ、誰にも」

「でもあんたはさあ、ギルソさんと愛し合ってるんでしょ……」

「いやだ、ヤムジョンたらもう」

村は静まり返っていた。

暮れてゆく野では、虫たちが声をそろえて鳴いている。昼間の暑さを忘れ、呑みこんだ埃を吐き出そうとでもするかのようだ。

ウィスクとヤムジョンは、草取り鎌を家に置いてやってきた井戸端で、また顔を合わせた。瓢《ひさご》で水を汲んだウィスクは、その水をちょろり、ちょろりと流しながら片手で顔を洗い、髪についた水滴を払ってから、泥で赤く汚れたコムシン［ゴム靴］と足をすすぎはじめる。ちょうどそのとき、水がめを小脇に抱えた村のおかみさんがやってきて、ギルソの帰りを伝えてくれた。

「ねえ、ギルソさんだって！　犬が吠えてるもん、きっと帰って来たんだよ」

ヤムジョンは、まるで見てきたふうに言う。

声が大きく、近くなるほどウィスクの胸は高鳴った。コムシンを洗うのもそこそこに水がめを頭に載せて家に向かいながら、もしかして途中で会えるかも。そんな期待に胸がそわそわした。家に戻ってからもすっかり上の空で、豚のエサを入れた瓢を抱えて豚小屋に行くときなども、ひょっとしてギルソがすぐ隣にいるのじゃないか。そんな思いに胸をときめかせもした。けれど、やかましく騒ぎ立てる豚にエサをやり終え、しょんぼりと踵を返したときには、会いに来てくれないギルソのことが、いっそ恨めしくてならなかった。

ところが。表門のほうに回って家に入ろうとしたそのとき、耳になじんだ咳ばらいがウィスクの足を止めさせた。ギルソだ。間違いない。

この前の夏、ウィスクがギルソにときめきを覚えてから、二人は村で知らぬ者はないほど近しくなっていた。とはいえ、双方の親や親戚、村の年寄りたちなどに正式に明かした間柄ではないから、二人は庭の脇にある稲むらの山の陰に隠れ、ようやく向かい合った。

「元気にしてたか？」

「はい……」

「自動車で来るつもりだったんだが、何時間か歩けば七十五銭も節約できるのに、わざわざ乗ってくるのもと思ってな……。早くお前の顔を見たくはあったけど」

ウィスクはろくに答えることもできない。胸は早鐘を打つようで、顔をあげてもいられず俯いたままだ。

毎日のように会っていれば、ふとしたときに笑いもする。何かひとこと言葉を交わせば、それだけで喜びが胸の奥から湧き上がる。そんなウィスクだが、何日も会えなかったからか、ただただ胸をうち震わせているばかりだった。

その晩、村の人たちはギルソ宅の庭に詰めかけた。ソウルの土産話を聞くためだ。牛に草を食ませに行っていた子どもたちなど、晩飯もそこそこに駆け付けて、茣蓙《ござ》の上に陣取っている。庭に張られた洗濯ひもに吊るされている石油ランプが風に吹かれてふらふら、ゆらゆら、今にも消えてしまいそうな風情だ。

いくらギルソの家でも、ふだんユンノリ［双六のようなゲーム］をするときなどは、石油ランプなど使わない。そんないつもと違うようすに、村人たちも口数少なに座っている。

ランプの明かりにかすかに照らされているひと隅。そこに座った女たちも、おのおのギルソに挨拶をする。

「ギルソさん、お帰りなさい……」

ヤムジョンのとりわけ大声の挨拶に、縮こまって座っていたウィスクの顔が、さらに俯《うつむ》く。

「それで、どうだった？　ソウルってのは、どんだけでかいんだ？」

ギルソの向かいに座った長い髭の年寄りが笑みを浮かべて口火を切る。

「ソウルにはですね、この村なんかよりもっと広い土地に建った家が、それはもう数えきれないほどです。総督府なんて数万人は住めそうでしたね」

ソウルで目にした驚きの風景を、ギルソはひとつ残らず伝えた。

電車は数百台にも及び、自動車は何千台も走っていて、外を歩くと耳が痛いほどだったとも。気圧されたように聞いていた人々が、はあっと大きく息をしようとしたちょうどそのとき、ギルソはすっくと立ち上がり、演説口調で話しはじめた。

「今からは、講習会で学んできたことを少しお話しします。農業の方法なんかは普通学校で学んだことばかりでした。私がいま畑で野菜を作っているのとおんなじなので、特に話すことはありません。ただ、ひとつ学んだことといえば、鶏を飼うときにですね、レグホンという白い鶏をソウルで買って育てるといいかもしれません。そいつが卵を実によく産むそうです。それぐらいかな」

そう話をしめくくっておいていちど咳ばらいをし、一段と声を張り上げてまた話し始める。

「講習会でもいちばんよく言われていたことですが、私たちが必ずや知っていなければならないことがひとつあります。それは他でもない、時局というものについてです。何よりも怖ろしいものです。うっかりすれば、死をもって償うしかないような罪を犯しかねず、働かないで遊び暮らすことばかり考えていたりしたら、農業を営むこともできなくなる。不景気、不景気と言いますが、それはそんなに長く続くものではなく、ひと山越えさえすれば、好景気が巡ってくるものです。聞いたところ、このごろ牢屋に入れられている罪びとたちの多くは、働くのが嫌だからと他人まで働かせまいとした輩だそうです。いわゆる共産主義者です。訳もわからず、うっかりそんな奴らの話に乗ったが最後、これまで通りの生活さえできなくなるかもしれない。つまり、そんなことになったら、損するのは私たち農民だ……」

聴衆はギルソの顔を見つめ、ただぼんやり座っていた。

「それに、また戦争が起こりそうな兆しもあります。上から命じられた通りにしなければ、私たちがどうなるかもわからない。ですが、どうせやらなきゃならんことなら、ひたすらまじめに命じられた通りに生きるべきだ。そうです。まじめに働くんです。そうすれば、飢え死にすることはない。何かで名を挙げた人たちは、皆まじめに働いていた。だからこそ偉くなれたのです。私たちもよく知っている通り！」

話を終えても、しばらくは立ったままでいたギルソがやおら腰を下ろすと、隣に座った老人が額をぽりぽりと掻きながら訊いてきた。

「ソウルに行って来たと思ったら、えれえ難しいこと言うようになったなあ、え？」

ギルソはただ笑みを返す。興味深そうに聞く村人たちの姿に、ギルソがいっそう立派になったような気がして、ウィスクも鼻が高かった。

「ところで、好景気とかなんとかいうのはいつ来るんだって？」

長い静寂をギオクがだしぬけに破った。ギルソは答えに窮し、長いこと考え込んだ末に、「じきに来ると……聞いたんだがな」と答えたが、不景気だの好景気だのってもんは、なんで起こるのか。そう突っ込まれたときには、わからんと正直に答えるほかに術がなかった。農民たちの生活が日増しに苦しくなっているのは不景気のせいなのかと問われたならば、その通りだと自信たっぷりに答えたろうに。

「いくら好景気とやらになったからって、売るもんがあってこその好景気だろが。売るもんがねえ奴に、そんなもの何になる？　好景気になりゃ、米がどっさり獲れるってわけでもなし……」

何の気なしに言ったようなギオクのそんな言葉のほうが、ギルソの演説よりもよっぽど村人たちの心に響いた。好景気というものが、米を大量にもたらしてくれるものではないことをよく承知しているからだ。

不景気、不景気と言うが、ここから一里ほど離れた村の真ん中あたりに住む在村地主の徐《ソ》氏などは、長男に嫁をとらせ、瓦屋根の豪邸などを建ててやっている。

米の値段が少し上がればコムシンの値も少し上がり、米の値段が下がれば物の値段も下がる。それをよく知っている彼らは、不景気だの好景気だの、そんなことは自分たちとまったく関わりがないことのように思われ、不景気だからといって金持ち連中が土地を売ったという話はついぞ聞かないから、景気というものがどだい何なのか、まったくわけがわからなかった。にもかかわらず、やっぱりギルソだな。難しい言葉をよく知ってるなあ。そんな思いを抱いて帰路についたのだった。

翌日、ソウルに着ていった黄土色の洋服から木綿のチャムバンとチョクサム［チャムバンは股上が膝のあたりまであるズボン、チョクサムはチョゴリのような形の上着で、どちらも一重］に着替え、田植え作業をして帰宅したギルソは、陽が完全に落ちた頃合いを見計らって、ウィスクに会いに行った。ウィスクの家の裏手、道の隅っこで二人は向かい合う。

嬉しくてもそれをなかなか口に出せないウィスクだが、この日ばかりはおのずと笑みがこみあげ、心の内をすっかり明かしてしまいたい気持ちになっていた。ソウル土産だと言ってギルソが青い石鹸を握らせてくれたとき、ウィスクはギルソへの思いがあふれんばかりの瞳をし、彼の手をぎゅっと握った。石鹸で顔を洗ったことなど生まれてこのかた一度もないウィスクだ。そんなこともあり、踊り出したくなるほど嬉しかった。石鹸で洗ったら、日焼けした自分の顔も白く、美しくなりそうで。

「こんど日本に行ったら、もっといいのを買ってきてやるよ」

「日本に？　いつ？」

「秋だな。うちの道《ド》から三人だけ選ばれて行かせてもらえるっていうんだが、さて、選ばれるかどうか」

「選ばれますよ、きっと」

すっかり信じ切った口調でウィスクが言ったそのとき、暗がりの中、犬が激しく吠えながら飛び出してきた。人の声が聞こえたせいか。犬ではなくて恐ろしい虎にでも出くわしたかのように、二人は一目散に煙突の後ろに逃げこんだ。

「あの犬畜生が、驚かしやがって……」

ほっと息を吐いて立ち上がった二人の手は、しっかりとつながれていた。

ギルソを見送ったウィスクはそっと家に入り、石鹸を櫃《ひつ》の奥深くにしまい込む。また取り出して眺める。そしてまたしまい込んでから、庭に出た。母と兄と弟が茣蓙に座っている。そこへ一緒に座ったけれど、ウィスクの心はギルソで占められ、その胸に抱かれたことが頭から離れない。

「じゃあ、四圓（ウォン）と八十銭で売ったってことかい？」

母親が言っている。ソンドゥに向けた言葉だ。

「じゃあ、どうすればよかったんです？　手持ちの金がないんですよ。どんな値でもとにかく売って、金を作らないと。いいですか、地租もたまってる、いま食べるぶんの麦も買わんといかん。刈り取りはまだずっと先なんですから。それに、端午の節句だってもうじきですよ。どれだけ物入りの時期なのか、お母さんだってよくわかってらっしゃるでしょう?」

「そりゃあ、わかってるよ。わかってるけどさ、まとまった金が入るようにって育ててた豚だよ、それをこんなに早く……」

「じゅうじゅう承知してますよ、そんなこと。豚ってのは、夏には飼うのが楽だ。冬と違って餌はそのへんの草を刈って食わせればいいし、肥しもよく出してくれてありがたい。そうやって秋まで育ててから売りゃ、かなりの金になる。わかっちゃいますよ。でも、しかたがないでしょうが」

ソンドゥの表情には、身を切られる思いがそっくり現れていた。

「でも兄さん、祝言はどうするんです、兄さんの。豚を売ってしまって……」

傍らでウィスクが言う。気持ち咎めるような目をしながらも、それでも笑みを浮かべている。

「そうそう、ウィスクの言う通りさ。それが言いたかったんだよ、あたしも」

口に出すに出せなかったことを言ってもらえて、母親は、胸のつかえが下りたと言わんばかりだ。

朝早く起き出したギルソは、ジャガイモ畑で虫を取り、桑の苗木を植えた畑をぐるりといちど見回った。それから、ソウルに着ていった黄土色の洋服を着こんで村の中心へと向かった。

まず会いに行ったのは、普通学校の校長だ。自分の手で作った箒を五本、まず贈り、本題に入る。田植えが終わったから、こんどは肥料を買わないと。そう訴えて二十五ウォンを受け取った。そして次は、桑の苗木の話をしようと面《ミョン》事務所へ向かう。

「おお李《リ》さんじゃないか。こりゃ、今日の昼飯は李さんの奢りかな、ん?」

ギルソの顔を見るや声をかけてきたのは面書記だ。税を払えない者に厳しいことで知られている。

「奢るのは昼飯ですからね、それは後にして、まず苗木ですよ。いつ買ってくださるんですかね。

うんとよく育ってますよ。今年はちょっとばかり奮発していただかないと」

「奢ってくれるってんならまあ、考えてみるかな。ありがたく思うんだぞ、李さん、儂《わし》のことをな。値段なんか、こっちの言い値だ。誰も何も言えないさ」

面書記は笑った。冗談めかしてはいても、その豪快な笑いは絶対的な自信にあふれている。いつも頭をぺこぺこさせて、こちらの言いなりの農夫など、どうとでもできるという自信。

「日本行きの人選も、面長にうまいことやらせるから。奢ってくれさえすりゃな」

「いや、それはご心配なく。だいたい、ひと瓶飲めばいいご機嫌になっちまうじゃないですか、いつだって。そんな何度も言わなくたって、奢りますよ、それくらい。あははは」

本音を言うと、接待したいのはギルソのほうだった。苗木さえちゃんと売ってもらえれば、予算外の金が数十ウォン入ってくるはずなのだ。そのとき、太った体を野暮ったい服に包んだ面長が入って来て、ギルソと向かい合った。ギルソはまず挨拶をし、ソウルでの講習会の報告をする。

報告を聞き、ご苦労だったとねぎらいの言葉をかけたかと思うと、面長はおもむろに税の話を持ち出した。

「ところで、こんどの戸税［かつて世帯ごとに徴収していた地方税］だがね、君のところの村も、も少し多めに出してもらわにゃいけなくなった。普通学校を六学級に増やすことになってな」

長くもない髭をなでおろしながら言う。

「それは私の一存では……」

「いやいや、君のところじゃ君さえ承諾すればそれまでだろう？　だからって、君が損するわけでもなし」

「はあて……」

ギルソは面長の言葉に何とも答えることができなかった。万が一にも失言をして、相手が気分を損ねたりしたら最後、自分も村の小作農と同じ生活を強いられることになる。三度の飯も食えずに暮らすように。それは充分わきまえている。日本行きはともかくも、まず苗木を売ってもらえなくなるだろうし、またそんな話が普通学校の校長の耳に入ったりすれば、金も借りられなくなってしまう。

そうなったら、苗木を植えていた畑に栗を植えるしかなくなるばかりか、面事務所の事務員や学校の先生に売っていたジャガイモやネギも腐らせてしまう羽目になる。

たかだか三百坪の田んぼだ。肥料をたっぷり撒かなければ、米穀品評会に出品できなくなる。そんなことになったら、賞金をもらえなくなるばかりか収穫じたい四俵ぐらいが関の山となってしまうだろう。

そうなったらもう、一年の糧にもならない。村の小作農たちと同じになってしまうではないか。

「君のところじゃ、特に事もなく穏やかに暮らしているようじゃないか」

面長がまた話を切り出すと、ギルソはすぐさま答えた。

「もちろんですとも。そりゃ心配事がまったくないわけじゃないでしょうが、まずまずなんじゃないでしょうかね」

稲穂はいまや黄色く染まっている。稲がまとまって実っているところは、あたかも黄金の塊だ。なのに、眉間にしわを寄せていない者は誰一人としていなかった。

ウンカ（稲の茎に付いて食い荒らし、枯らしてしまう害虫）にやられて、収穫がいつもの半分になってしまったからだ。

ギルソのところだけは去年よりむしろ出来がよい。平壌で買ってきた鱈《たら》の油をひと缶そっくり撒いたからだ。しかし他の田は、あちこち毛の抜けた黄牛［東南アジアを中心に主に農耕用に飼われる黄褐色の牛］の背中を思わせるような有様だった。

虱《しらみ》の子ほどのちっぽけな虫にまで苦しめられる境遇が恨めしい。夏じゅう汗水たらして働いたというのに、我が手には何も残らない。そんな思いに、もう涙があふれてきそうだ。

そんな彼らは致し方なく、ソンドゥの提案に従って、ギルソを訪ねた。今年だけ小作料を少し下げてほしいと地主の徐氏に頼んではもらえないかと。ところがギルソは断った。自分とは関わりがないことであるし、小作料というのは決められているもの。それを収穫が少なかったから下げてくれというのは正しいことではない。あちこちで起きている小作争議と同じことだと。そう言い放った彼は何日か後には、視察団に選ばれたといって日本へ行ってしまった。

村人たちは、どうしたらよいのかわからなかった。今年の冬には何としてでも婚礼を、と思っていたソンドゥなどは、時に涙が出そうだった。万策尽きた彼らは一念発起し、みんなで地主のもとを訪ねて訴えた。聞き入れられるわけがない。息子の祝言のせいで物入りだ何だと、むしろ愚痴を聞かされる始末。

「そっちの都合を何だっていちいち聞いてやらにゃならんのだ、だったらもういい。田んぼを返せ、土地は貸さん」

そう言われては、もはや返す言葉もなく、行く道よりもさらに力なく戻って来た。途中、彼らはギルソの田の脇を通りかかった。立ち止まり、模範耕作と書かれた杭を羨望の眼差しで見下ろす。稲の茎がぐっと太く、稲穂がぎっしりと実っているのが、どうにも羨ましくてたまらなかった。また一方では、自分たちの頼みをけんもほろろに断ったギルソのことが忌々しくもある。話がうまく信望も厚いから、うまく交渉してくれるのではないかと期待したのに。

「俺だってなあ、自分の土地があって、肥料さえたっぷりやれりゃ、この二倍、三倍は穫れるんだよ。何だ、これぐらい、チッ……」

ギオクがペッと唾を吐いた。何日かして、彼らをまたも驚かせたのは、彼らとしては知ったことではない桑の値段が途方もなく上がったこと、そして十三等だった戸税が十一等に上がったことだった。

そして何よりも、ギルソのところだけは、これまで通り十等なのだ。これはまた、どうしたことか。だいたいギルソのところは去年、利子付きで金を貸せるぐらい稼いだ一方で、他の村人たちは凶作に遭い、食べていくのも危ういありさまだ。なのに戸税は上がった。いったいこれは何事か、皆は開いた口がふさがらなかった。

いったい何をもとにして戸税を決めているのか。どうにも納得がいかない。

凶年、なのに小作料は変わらず、そのうえ戸税まで上がった。彼らの先行きは、もはや真っ暗だった。

「これはもう、北間島《プッカンド》［現在の中国吉林省延辺朝鮮族自治州のあたり］か満洲にでも移り住むしかないか……物乞いにでもなって」

ソンドゥはひとり考えていた。彼ら村人たちは、もはや村への愛着を失っていた。我が故郷だなんて考えたくもない。何だ、こんな土地……。

村人たちはのちに知った。ギルソの目論み。そのせいで、自分たちの戸税まで上がる羽目になったのを。もはや彼のことを好意的に見る者はいなくなった。村を捨てるしかない。ギルソのせいだ……。兄にそう言われ、ウィスクは涙を流した。それでも心の内で願った。ギルソはそんなことをしていない……。

日本から戻ってきたギルソは、自分の田んぼの畔を見るなり、胸が冷やりとするのを感じた。「キム・ギルソ」と書かれた立て札はどこへ行ったのやら見当たらず、「模範耕作生」と記された杭は、粉々にされていた。

悪戯坊主の仕業かと思おうとしたけれど、その状況からみて、どうもそうとは考えられない。何か事が起こったとしか……。村に足を踏み入れると、村の大人たちの姿がまったく見当たらない。

地主の徐氏を訪ねて行ったきり、もう夕方なのにまだ戻ってきていないという。それを聞いたギルソの心、ソウルに行ってきたときよりも尚一層意気揚々としていたギルソの心は、音を立てて砕けた。

見たことはおろか、名前さえ知らなかったバナナというものを持って、夜更けにウィスクを訪ねたが、ウィスクは彼から顔を背け、ただただ泣くばかり。ギルソの胸は、張り裂けそうだった。誰かが棒切れを手にして後をつけてきているのではないか。その息づかいが聞こえるようで、動悸が激しくなった。目の前にありありと浮かぶのは、不吉な兆しだ。

目を血走らせたソンドゥが下の入り口から飛び込んできたそのとき、ギルソは裏門から逃げ出した。土産のバナナを持ったまま。

芳蘭荘の主

방란장 주인

朴泰遠

パク・テウォン 박태원

小西直子 訳

1936

それはまあ主《あるじ》の職業が職業だからして、売れるあてもない油絵らしきものなんぞは四方の壁のあちこちに掛かってはいるが、室内装飾といえるものはそれだけ、まあたかだか三百圓の資金で始めた商売であることだし、カフェらしく飾りたくともそれは無理というもの、テーブルだの椅子だのというカフェの必需品からして素朴極まりないものでそろえ、蓄音機は「子爵《チャジャク》」にもらったポータブルで済ますなど、とにかく何から何までがそんな調子、もちろんそんな手軽に過ぎるインテリアでもって、上手くすれば一儲け、など、そんな分不相応な考えはゆめゆめ持ち合わせてもいなかったし、同じ町に住む、同じく不遇な芸術家仲間たちにも、商売するとかいうのではなくて、みんなのための倶楽部にしたい、そんなことを言って彼らを感激させたものだから、「子爵」はというと、ここ二、三年愛用してきたポータブル蓄音機と二十枚余りの黒盤レコードを気前よく寄付するわ、「晩成《マンソン》」はといえば、いつの間に集めたものやら大小の灰皿を七つも八つも持ってくるわ、さらに「水鏡先生《スギョンソンセン》」などは、まだ屋号も決まらぬこの店へ、自宅のささやかな庭園を飾っていた蘭の鉢植えをひとつ抱えてやって来て、カフェの名前はうむ、たとえば芳蘭荘《パンナンジャン》だとか、そんなのはどうかねと提案するわ、まあこのカフェの誕生の裏にはそういった類の心温まる美談が少なからずあったのだが、そんなことはさておいて、主の美術家のほうは、商売に一家言あったりするわけでは当然なく、単に茶を一杯出したらその代金で煙草をひと箱買い、酒を頼む客がひとりいたら、それで米を一升買い、というふうにして、どうにかこうにか暮らせたら、というある種悲壮な思いで店を出したわけだったが、それがまあ何ということ、店を開けたその日から、昼に夜に客が訪れるのだが、それが決して少なくない数、いったいこの辺りの人間たちは、芳蘭荘のどこに惹かれて足を運んでくるものやら、いくらなんでも、さして器量も良くない、また特にしとやかでも愛嬌があるわけでもないあの「ミサエ」に会いに来るだとか、そんな可能性は皆無だし、まこと、何を考えているやらわからぬと、貧しい芸術家たちは質素極まりない店内を改めて見まわしたりしたものだが、それはことによると「子爵」が思いついたように、素朴に過ぎるカフェの雰囲気がむしろこの都市のはずれに住む人たちの嗜好に少なからず合ったのかもしれぬ、うむうむ、それも確かに一理があると、みな何となく納得をし、まあ如何なる理由で客がこのカフェにやって来るのであれ、客が多いのには何ら不平不満などあるわけがなく、万一、本当にこの辺りの人たちが飾り気のない雰囲気を好むというのなら、まったく持ち重りというもののしない財布、その底を叩いてお膳掛け一枚でも買ったほうがいいか、などと考えていたのが、なんだ、なら要らぬではないかとばかりに画家は、最初の月の稼ぎでもって、かねてから秘かに計画していた通りテーブルに乗せておく電気スタンドをいくつか買ったりはせず、ある晩遅く、仲間たちを引き連れて新宿にスキヤキを食べに行ったのだったが、それも今となってはやはり一夜の儚《はかな》い夢となり、どうしたことか、その翌月からは、営業成績は右下がりの一途、商売など何ひとつ知らぬ芸術家たちはうろたえ、もしかして、カフェなぞ一軒たりともなかったところへ何やらひとつできたものだから、言うなれば一種の好奇心から足を運んでみたものの、今や飽きてしまったのかもしれぬ、もしそうなら、この先どうしたらよいものか、彼らがその方途を頭からひねり出せてもおらぬ間に、芳蘭荘からわずか二、三十間かそこら、線路の敷かれた堤の向こうに、総額千七百圓也を投じたというライバル店「モナミ」ができるや、芳蘭荘が受けた打撃は予想以上、それ以降は、ひところの戯れ言が現実になったとでも言おうか、それはまこと、カフェというよりは、何人かの不遇な芸術家たちのたまり場という感がどうにも否めず、だからといって貧しいこの身、「モナミ」と豪華さを競おうなどとは思いも及ばず、そうそう、この世のことは所詮なるようにしかならぬもの、それでもどうやらこうやらやってきて、いつしか二年ということで、世俗に疎い「子爵」なぞは、兎にも角にも二年も生き長らえてきたことからしてたいしたものだ、後はひたすら現状維持で、さしあたって不都合はなかろう、そんなことさえ言っていたものだったが、最近どうもこのカフェに借金取りが足しげく通ってくるようになるにつれ、これまでの我が負債というものが、己が漠然と思っていたより遥かに多額だということを悟らされ、遅まきながら呆然としたこの頃の主は、さしもの楽天家も泰平な気分ではおられず、寝床で独りひそかに「モナミ」の一日の収入が平均二十圓だということは、この貧相な芳蘭荘が開業当時に十圓かそれぐらいにはなっていたのから推して量るに事実だろうが、自分としては、そんな高収入を望んでいるわけではもちろんなく、せめて一日に五圓でも売り上げがあって、そしたら、三かける五で十五、そう、ひと月に百五十圓あれば、それはもちろんゆとりがあるとは到底いえぬとしても、それでもどうにかこのまま商売を続けながら自分と「ミサエ」、二人が何とか食べてゆけるのではと思いながらも、それにしてもだ、いくら閑散とした都市の外れとはいえ、仮にもカフェを名乗る店が一日に二、三圓しか売り上げられず、それをもって半年もたまった店の家賃に食料品店その他の付けに、そこへ電気代に瓦斯《ガス》代に、そうだ「ミサエ」の月給に、等々、そういった細々とした支出を数え上げてみては、いったいどんな手立てがあるものかと、何とも渋い表情を浮かべるのが常、これは本気で何らかの手を打たねばならぬ、芳蘭荘の若い主はおのずと顔を引き締める、これまた常のことだが、とはいっても、打つ手などだいあるのかと、いつもの癖で息まで止めてじっと天井を見上げてみても、それなりに悪くない手立てなどというものがふいと頭に浮かぶわけは無論なく、そんなときにふと、目の前にちらつくのは思い出したくもない借金取りどもの下卑た顔、顔、顔で、とっさに眉をしかめる主、何よりまず大家の奴だ、癪に触って仕方がない、つい昨日も朝っぱらから押しかけてきて、人の店に腰を据え、あれやこれやの手続きをするだの何だのと、居丈高に言い立てて帰って行ったことが頭に浮かぶと、ろくすっぽ金にもならない商売にいつまでもこだわり、何とかせねばと昼に夜にあれこれ頭を悩ませていないで、これを機に、もうきれいさっぱりカフェだろうが何だろうが投げ出してしまい、この身一つになってしまえ、そしたらもう「晩成」の言う通り、いざとなったら「支那そば」の屋台を引いてもよい、まさか飢えて死ぬことはあるまいよ、と彼はもういきり立ち、しばらくその考えに耽っていたが、そうはいってもやはりそれも難しいのが現実、もしも自分ひとりなら、かろうじて道を探すすべがないこともなかろうが、親兄弟も帰る家も何ひとつない「ミサエ」、彼女のことはどうするのだ、そこに思いが至ると、彼は詮方なく萎れてしまい、「ミサエ」、彼女の去就を定めるのが絶対優先、自分のことはそのあとだと、知らず知らずのうちにひそやかなため息まで漏らすのも決して故なきことではないのが、もとは「水鏡先生」の家の女中だった「ミサエ」を、カフェにはどのみち若い女が一人はいなくてはならぬし、ならばまったく知らぬ者よりは、やはり実直で信頼のおける見知った女がよかろうと、正直なところ、どこをどう見てもカフェの女給にはふさわしくない「ミサエ」を、年長の友の推挙を受け入れ、月給を十圓と定めて雇うことにしたのだったが、カフェの仕事というのは実はさして忙しいものではないのは確か、だからと言って、主のほうは如何なる仄《ほの》めかしもしていないものを、主婦も女中もいない主の家を、いつしか彼女が一人で取り仕切り、いまだ独り身の主の身の回りの世話に誠意を尽くしていたのだから、何とも申し訳ないこと極まりなくもあり、一方では有難くもあり、口には出さねど心から感謝はしつつも、極貧ともいえるこの身に依然光の見えぬ商売、こんな有様では如何ともしがたく、そんなこんなで、最初に決めた月給に三を掛けて、「ミサエ」の働きに報いようと決めたのも、ただただ心の内でだけのこと、実行には移せず、だいたい十圓ずつでもどうにか渡せていたのもカフェを開いてせいぜい三、四か月かそこらだけ、その後は、ただ状況が許す限り、時に二圓、時には三圓くれてやり、そして残りは翌月、翌月、とやり過ごしてきたのもいつしか二年、たまった未払い分だけでも二百圓は確実だろうが、にしてもしかし、いくら素朴な田舎娘といっても、いったい何を考えているのか、親子の間でも云々かんぬんと言われる金銭問題を、これまでただの一度も口に出したことがないばかりか、心の内で考えて見たことすらまったくなさそうなのが、ただひたすら主のために心を込めて働いているのを見るにつけ、若き芸術家としては恐縮せざるを得ないもの、そこでついつい、どこか別の働き口を探す気はないか、もしやあるなら自分も、また「水鏡先生」も、力を尽くして後押しする意があるがと、向かい合って座りながらもそっぽを向くようにして絞り出したその言葉を、この愚直な田舎娘が聞き分けるに、自分が何か大きな過ちをしでかして、それで暇を出されるのではないかと、かくの如き勘違いが如何にすればできるのやらわからぬが、みるみる顔を真っ赤に染め、生来話し上手とは縁遠い女が、今にも泣き出さんばかりにさんざん言い淀んだあげく、何やら訳のわからない謝罪をして、人生経験に乏しい画家を狼狽《うろた》えさせたりしたもので、以来、彼はそういった類の話を「ミサエ」の前ではとうてい言い出せなくなり、あれこれ思い悩んだ末に、「水鏡先生」に相談をしてみようか、ことによると思いがけぬ妙策でもあるかもしれぬと、ちょうど風呂屋で顔を合わせた先生にそのことを詳しく報告したうえで、年長者の意見を問うたところ、彼はまた何を考えてのことか、うだうだ言っておらんと、これを機にいっそ結婚してしまえと、自分ははなからそれもいいのでは、と思っていた、これぞ良縁よ、もしもじかに口にしにくいというならば、自分が今すぐにでも「ミサエ」に会い、話をつけてやろうと、一人であれやこれやとすっかり決めつけ、せっかちに言うもので、若き美術家はあたかも少女のように頬まで染めて、いや、どうかそればかりはと懸命に押しとどめつつ、ふと、「水鏡先生」は自分と「ミサエ」の間に何かあると勘ぐっていて、それでそう言うのではないか、そんなところへ考えが及ぶやいなや、彼は遅まきながら狼狽《ろうばい》し、あの人格円満な「水鏡先生」までもがそんな類の疑惑を抱かずにはいられないというならば、いわんや町の軽薄な輩どもにおいてをや、ありとあらゆる怪しげな噂がとうの昔からその口の端に上っていたのかもしれないと、今度はそれこそ耳たぶまで真っ赤になっておろおろしたのだが、といっても考えてみれば詮なきことか、仮にそういった噂が生じたとしても、若い男女が二人きり、こんなにも長くひとつ屋根の下で暮らしておいて、その間に何事もなかろうと思えというほうがむしろ無理なのやもしれぬ、とはいえやはり現実とは如何ともしがたいもの、自分が「ミサエ」に欲情だの愛情だの、そんな俗な情を抱くどころでなかったのは、まずはそうそう返せなかろうと思われる多額の負債、そんなものを抱え込んでいるがゆえに、彼女の顔を見るたびに心の荷がずしりと感じられたためなのやもしれぬ、が、そんなことはともかく、本心を暴露すると、今となっては、仮に支払うべき給料の全額をそろえられたとしてもだ、それを払い、そうれ、どこへでも好きなところへ行けと、そういうわけにはいかないようでもあり、一方の「ミサエ」のほうも、あ、そうですか、ならそうします、とさっさと出て行きそうもない、というところまで思いが至ると、次は必然的に、ならどだいこの女は、自らの将来について如何なる考えをもっているものか、それをまず明らかにせねばならぬ、となるのだが、しかしどうにも「ミサエ」には、そんな方針だの計画だのといったものは皆無のようにしか見えぬ、そんなことは主だの「水鏡先生」やらが示してくれるものであり、自分は従っていさえすればよいというふうに、何となく、否、必ずやそう考えている節があり、となるとこれはもう、嫁ぎ先を世話してやるなりなんなりせねば、或いは自分が生涯を共にすることになりかねぬなどと、ややもすれば、思考が思いもかけぬ方向へ膨れ上がり、彼はしばし唖然呆然、天井ばかり眺めていたのだったが、ふと、たとえば万が一、「ミサエ」としても何ら異論がないというならば、だったらもう何てことはない、小難しく考えず、いっそこれを機に二人、一緒になってしまったら良いのではないか、そのうえで新たな道を切り開くなりするしか、他に道理はないのではないか、そんな気がしてくるや、風呂屋での「水鏡先生」の言葉が思い浮かぶとともに、それは「ミサエ」は小学校しか出ておらず、決して聡明でも美しくもない、けれど、もしかしてだ、芸術家にとってはむしろそんな女のほうが妻としてふさわしいのかもしれないし、傍から見たらどうだろうと、あの女は少なくとも己一人を幸せにしてくれる才は充分に備えている、などと、いつしか彼は、「ミサエ」の持つ美徳を心の中で数え上げていたのだが、そこでふと思いついたのが、ならば自分は彼女を幸せにしてやれるのか、改めて己を顧みたところ、その経済的な無能さが今更のように骨身に沁み、昨日押しかけてきた大家の思いのほか強硬な態度から推して、ひょっとすると明日にでも家を空けろと言われる怖れ無きにしも非ず、そうなったらもはやゆく当てのない身、道端に座る羽目になるやもしれぬ、そう思い至ると、そんな己がしばしの間とはいえ「ミサエ」と結婚するだの、そしてどうするだのと、空しい夢物語を描いていたのに我ながら呆れ、なかば自嘲のような笑いをフッと浮かべたところでふと気づく、いつしか暗くなりかけている部屋の中、いつの間にとハッと驚き、ようよう体を起こして気だるく階下に降りてみれば、店には「ミサエ」一人、今日は晩にでも寄るつもりなのか、「子爵」も「晩成」も見当たらない店内が、いつにも増して侘しく感じられ、顔も洗わぬそのままに、「ミサエ」に頼んで取ってもらった杖を振り振り黄昏の野を歩き回っているうちに、ふと一週間以上も顔を見せていない「水鏡先生」に思いが至り、新しい小説にでも取り組んでいるのだろうか、思いを馳せつつ彼の家に向かう道すがら、ふと、カフェなどにかまけている間、己が心は怠惰に沈み、今や画筆に手を伸ばしもしないことを思うと、このままでは絵らしきものなど永久《とこしえ》に描けなくなるのでは、との思いがふいに芽生え、すると今度はそんな自分と引き比べ、何といってもまず衣食に支障がなく、整頓された部屋でもの静かに過ごし、いくらでも己の芸術に精進できる「水鏡先生」がとてつもない幸せ者に思えてきて、羨む気持ちさえ湧いてくるのだったが、そんな彼が年輩の友の家に着き、黒い板塀の外に立ったときのこと、これまたどうしたことか、確かに彼の細君にヒステリーの気があると、それは噂で聞き知ってはいたことだけれど、いざ我が目で見るその光景はというと、壮絶そのもの奇怪至極、何やらぶつぶつひっきりなしにつぶやきながら、手当たり次第に物を投げつけ、壊し、引きちぎる中年の細君の狂態を前に、「水鏡先生」は怖気づいて体をすぼめ、謝罪の言葉らしきものをひたすら口にしつつ、その狂乱を鎮めようと骨折るようすが、閉められた障子の、やはり女の仕業と推測される、桟折れて破れた隙間から、あまりに赤裸々に見えるものだから、芳蘭荘の若き主はたちまちいたたまれなくなり、ほとんど駆けるようにして立ち去らずにはいられなかったのだが、そのときふと、黄昏の秋の野のただ中、己一人では如何ともしがたい孤独を彼は、その身いっぱいに感じて、

草亀《남생이》

玄徳《ヒョン・ドク　현덕》

カン・バンファ 訳

1938

虎が小さな港の片隅に向かい、頭をもたげて座しているような丘。その西南の一帯にはなだらかな坂を取り巻くようにして、莚《むしろ》戸の付いた土塀の家が所狭しと並んでいる。ほとんどが部屋ひとつと台所だけ、庭なるものは道にもなれば玄関でもあり、部屋の入り口でもある。蟻の巣のように入り組んだ道の所々に積まれた灰が、のべつ煙たい粉塵を飛ばしている。割れた陶器の尿瓶が転がる庭の陽だまりで、干されたぼろが日がな一日はためいている。

鍋一つと幾つもない器が伏せ置かれたわびしいかまどに陽が差している。誰もいないのかと思いきや、ゴホゴホと老人めいた咳が聞こえてくる。咳は次第にひどくなり、やがて細くなっていくと、部屋の戸がバタンと開く。陽射しを胸下に受けながら、皮ばかりの足を敷居に引っ掛ける。細い首、荒れた頬、室内の闇を背負った顔は恐ろしいほど冷たい。

「ノマ［男の子を指す方言］」

力ない声だ。返事はない。もう少し声を張り上げる。三度目にはしかめっ面をつくってがなるが、やはり返事はない。またもや込み上げてくる咳に、両手で口を覆う。

道向こうにあるヨンイの家の土塀のたもとで、ノマはその声を、コンボ［あばた面の人を指す］の父がコンボを呼んでいるのだろうぐらいに思って聞き流す。そのとき、ヨンイが台所の戸の脇に立って両手を背に隠し、

「これなーんだ」

さきほどヨンイのばあさんが新聞紙にくるんだ餅を買ってきたことと、ヨンイがねだっていたことまで知っていたノマは、その手に何があるのか疑うまでもなかった。だが、

「ビー玉だろ」

「ぶー」

「吸い口だろ」

「ぶー」

「石筆だろ」

「じゃーん」

ついにヨンイは自分のほうが驚いた顔をして、ノマの前にきな粉餅《インジョルミ》を差し出す。ノマはたちまちぎこちなくなる。二、三度肩を揺らすと、後ろ手に組んだ手をそっとほどいて受け取る。

ヨンイより早く食べ終わらないよう少しずつ噛み切ってゆっくり食べながら、ノマはようやく、コンボを呼んでいた声は、実は父が自分を呼ぶ声だったことに気づき始める。だがあえて返事をしないことが、喉を下りていく餅よりも小気味良い。

父というよりも母への反抗だ。母は毎朝出しなに、ノマにこう言う。

「そばについてちゃんと世話しとくれよ。父さんの機嫌を損ねないようにね」

だがそれは母がすべきことであって、ノマの知ったことではない。自分の仕事をノマに任せて、母は一日中楽しい所で気ままに過ごし、日が暮れてから戻ってくる。それまで父やノマがどれほど自分を待っていたか、その日がいかにつらい一日だったかなど気にも留めない。ただただ、袋に今夜の米を持ち帰ったと偉ぶっている。さらに、風で障子紙がはがれたことまでノマのせいにしてにらみつけるのだから、恨めしいったらない。こんな母の言い付けを破ったからといって、そう怖がることもないのだ。

だが、ノマ自身は気づいていないが、母だけがわが家に似つかわしくもない人絹《じんけん》や柄入りのシルクの服を着て歩き、波止場に出かけてみんなにちやほやされることへの反感と妬みは大きい。母はいわゆる「港の酒売り《トゥルビョンジャンス》」だ。

ノマはこんな母を見かけた。こっそり母のあとを追って波止場に向かったのだが、波止場の広場で見失ってしまった。再び母を見つけたとき、ノマは驚いた。木船に積んだ稲俵の上で、母は四、五人の男たちとふざけ合っていた。朝鮮のパジ［民族衣装のズボン］に背広をはおり、肩を組んでもたれかかる男の口元に母が杯を近づけると、相手は一度手で遮りながら首を振る。それから酒を飲んだ男は、またも杯に酒を注ぐ母を自分の膝に座らせようとし、母はそれを拒む。残りの人たちも皆、母を中心に楽しげにたわむれているのだった。ノマはそんな母を夢にも見たことがない。母はそこで子どものように甘えながら、ノマ自身も身に覚えのないほどの寵愛を受けているではないか。母がこんなに貴い存在だとは知らなかった。ノマはふと、自分までわくわくしてくるようだった。みんなに自分と母の関係を知らしめてやりたくなった。ノマは母を呼んだ。二度、三度。だが、手びさしをしてじっとノマを見ていた母の顔は、じわじわと、家の台所で見るいつもの渋面に変わっていった。

その顔でノマを倉庫の陰へ引っ張っていくと、無言で頭を小突いた。ちょうどそのとき、背後から、船にいた背広の男が現れてくれて幸いだった。彼は母を抱いて後ろに押しやり、背広から栗を出して、ノマの上から落としてやりながら笑った。赤ら顔の、いが栗のようなトルボ［毛深い男の意］だった。

家にいるときの母は貝のように押し黙り、にこりともしない。ノマを叱るときも口より先に手が出るほうで、黙ってつねるか小突くばかり。いつも不機嫌で、無愛想に口をつぐんでいる。夫に呼ばれると、返事はせず顔だけのぞかせる。彼女が相手では父もなすすべがない。ひょっとすると父は、母の前ではわざと病の重いふりをしているのかもしれない。壁のほうに寝返ったり布団を引っかぶったりして、できるだけ母のほうを見ないようにする。だが母が出て行くと、起き上がって布団を畳み、ノマを相手に話もする。

「ノマ、ノマ」

落ち葉がカサカサと転がっていき、屋根の向こうから父のか細い声が聞こえてくる。部屋の中から吊り窓に向かって叫んでいるのだろう。ノマは忍び足で前へ回る。おそらく尿瓶を洗ってこいと窓の外へ出しているはずだから、そっとゆすいで戻る作戦だ。なぜなら、ノマは尿瓶を洗うのに気を取られていただけで、決して自分を呼ぶ声を無視していたわけではないという言い訳にするためだ。ただでさえ父は最近、ノマを片時もそばから離そうとしない。おしっこがしたくて立ち上がっただけで、すかさず「どこへ行く？」と訊き、ヨンイとも誰とも遊ぶな、毎日父さんと一緒に部屋にいてくれと言うのだ。そんなわけで、ノマは父が寝入る隙をうかがわないわけにいかず、しかし目覚める前に戻るのはたやすいことではないので、度々こっぴどく叱られる。

ノマは、胸をはだけて座り、陽に当たっている父に出くわす。骨の浮き出た、痩せた胸だ。その胸を見られると無性に腹を立てる父のことだ、ノマはまたひとつやってしまったと思い、早くも泣きっ面になって指をくわえる。だが父は、

「ノマ、おいで」

とノマの顔を上げさせて鼻の下を拭いてやると、

「そこへ座ってごらん」

坂を切り崩してつくった猫の額ほどの赤い庭に素焼きの甕がいくつか置かれ、ククの木が立つ側には木漏れ日が差している。息子を地面に座らせておいて、父はじっと辺りを眺めるばかりだ。ジャンドク［醤油や味噌などを貯蔵する甕］の後ろで一株のススキがそよ風に揺れ、どこかでコオロギも鳴いている。気づかなかったが、古里のわが家の庭によく似ている。

秋夕《チュソク》［日本の旧盆にあたる中秋節］も近いある晴れた日、よちよち歩きの幼いノマが陽だまりに座って泥遊びをしているかのような、かぐわしい土の香まで漂ってくる。妻は今、昼飯を入れた吊り籠を背に下げて、裏山へクズの蔓取りに出掛けているのだろう――。

「ノマ、古里の家を覚えてるか？」

「うん」

「お前も帰りたいときがあるか？」

「うん」

そこは寺の跡地のある小さな村で、今は畑の裾野に柱石だけが残っていた。墓地には木々が茂り、ひと所にまとまってはいないものの土壌豊かな田、暮らしは貧しくとも恥のない生き方があり、ナ

ツメの木が多く、秋には夜食にお腹いっぱい食べた。第一に、そこには頼りにできる顔見知りの隣人がいて、道端の石ころや畑の堤、小川ひとつとっても、子どものころの名残りに出合える地だ。だが数年前は、今のここのようにうんざりさせられていた地であり、当時は、今いるこのろくでもない場所を忘れようにも忘れられなかったのではなかったか。

　実のところ、ヨンイの家のばあさんの手紙を信じることがなかったなら、あんなふうに後先を顧みず、地主の見ている前で小作管理人でもあるキム伍長《ごちょう》の胸ぐらをつかむことなどなかっただろう。

　おかげで、他の小作人たちはかかった肥料代を地主から受け取り、いつものように小作管理人の畑に借り出されることも免れたが、自分はそのせいでただちに土地を奪われてしまった。今思えばその全てが、手紙のとおりに事が運ぶよう、わざわざ自分で自分を追い込んだようにも思えた。

〈波止場は儲かるよ。日に二、三圓（ウォン）稼ぐこともざらにあるし、真面目に働く人の中には、子どもを学校に行かせ、土地を買った人だって少なくない〉

　その言葉を鵜呑みにしたわけではないが、土地がなくては暮らしていけない身であり、そんな無様な姿をキム伍長に見せるなんてまっぴらだった。もっとも、来たばかりのころは手紙にあったとおりだと思わないでもなかった。

　波止場に出て、塩を担いで運んでいたときがそうだ。百二十キロ入りの籠を背負い、引き受けた時間内に運ぶために、幅の狭い板の上をひょいひょい走って渡る。その作業を五日以上続ければ一人前だと言われる苦役を、ノマの父は立派にやり抜いた。もともと真面目なだけが取り得で、その働きぶりは監督の目に留まるところとなり、毎日仕事をもらえていた。その頑張りは、自分以外にも働き口を狙っているひもじい者たちに脅かされてのことではない。ヨンイのばあさんの手紙にあったように、息子を学校で学ばせ土地を買おうという、古里を離れるときの初心が目の前にちらつき、彼を突き動かしたのだった。

しかし、息子に学帽を買ってやろうと意気込んでいたノマの父は、体をやられてしまった。次第に、船から陸へ渡る板が自分のときだけ揺れるような気がし、その下の真っ青な水が怖くなった。下から見上げる白い塩の山に、登る前から気がくじける。腰は膝に手をつかねばならないほど曲がり、進まぬ歩みが人の行く手をふさいで責められる。夜は冷や汗で布団が濡れ、ケホケホと空咳が出た。

最後となった日、彼はいつものように塩の山に登り、十能《じゅうのう》を突き刺した先によろめいた。さらに、体を折って塩を掻き下ろす作業では体を起こすことができず、そのまま前のめりに倒れて、けっこうな距離を滑り落ちた。体は無傷だったが、少しも力が入らず、手足を動かすこともできなかった。誰かにえいと腕を引っ張られると、そのままよろよろと身を預けた。そうして間もなく、ノマの父は波止場との縁を切った。過労だろうから数日休めば平気だろうと思っていたが、病状は悪くなる一方だった。

「ノマ、塩の波止場に行ってみたか？」

「うん」

「中国の胡塩［中国産の粗塩］の船は来てたか？」

「うん」

「塩を運ぶ人たちでいっぱいだったか？」

「うん」

しばしノマを見下ろしていた物寂しげな顔が曇り、

「もういい、もういいからあっちへ行け」

自分から先に席を立ってじめじめした部屋に引っ込むと、戸を閉める。だがほどなく、ノマを呼び入れる。父は無駄口ばかり叩く。

「ヨンイのばあさんは家か？」

「うん」

「ヨンイも？」

「いるよ」

「何してる？」

「遊んでる」

「一緒に遊んだんだろ？」

「……」

「パガジの声まねをするのはどいつだ？」

「水道屋のコンボだよ」

「どこの家の子だ」

「水道屋だよ」

「水道屋はどこにある？」

「……」

昨日もおとといも訊いたことをまた訊く。

「パガジ」というあだ名はパクという名字だけに由来するものではない。顎のしゃくれたしもぶくれ顔、おまけに鼻もぺちゃんこでパガジ［ふくべの意］そっくりなのだ。彼は独り者だ。ノマの家から屋根二つほどの高さを上ったところにある穴蔵のような家、傾いた戸にはいつでも鍵が掛かっている。彼はトゥルマギ［朝鮮の丈の長い外套］の中に散髪用の器具を隠し持って波止場へ出掛ける。足を引きずるのは大きくて重たい靴のせいだというように、曲がらない足でゆっくり歩く。だが、波止場に出てあまたの人々の中から客を選び出す腕は見事だ。それらしい人を見つけては、倉庫の裏や桟橋の下などのひっそりした場所へ連れて行って髪を刈る。彼には坊主にする以外の技術はない。だが五銭、十銭［銭はウォンの百分の一の単位］ともらえるだけの金で商売をする。人からぞんざいな扱いしか受けられない代わりに、彼もまた、人にさほど丁寧な物言いはしない。

腕を組み、素直に頭を預けて座っている黒いチョッキの男が、器具を持つ手を動かしているパガジに話し掛ける。ノマの母の話だ。

「トルボのやつは何だい？　あいつが亭主なのかい？」

「まさか、立派な旦那がまだ生きてるってのに。それに、トルボひとりなもんですか。波止場の男という男に手をつけてるよ」

「あんたがあの女と結婚するってのは本当かい？」

「ふふふ」

ところが、パガジとノマの母は犬猿の仲だ。

役夫たちが寝起きする部屋の外に男のゴムシン［朝鮮伝統のゴム靴］と女の白いゴムシンが置かれていれば訊かずともわかるはずだが――パガジは恥を知らない。空に突き出した戸を土足で蹴る。

「オムル里《り》のキムさんはこちらにいらっしゃいますかい？」

自分も男に用があると言いたいのだろうが、散髪したい人を連れて行くのに、叺《かます》を積んだ倉庫の隅やら餅屋の裏の下屋《げや》といった、ノマの母がいそうな場所を選んで邪魔立てするものだからタチが悪い。意地悪な者は、わざとパガジをそこへ追い立てもする。

「あそこのやかん屋の裏へ回ってみろ。頭を刈ってくれってさ」

皆がクスクス笑いをこらえていると、パガジは沈痛な面持ちで戻ってくる。だが、極まりが悪いのは一緒にいた男のほうだ。

「もうすっからかんだ。好きで飲んだ酒でもないのに、とんでもない値段をふっかけてきやがる」

女をひっそりした場所へ導くのと同じやり方で、男はチョッキのポケットを握り締めて、おどけたふうにすいすい遠ざかっていく。

「ちょっとお前さん。お前さんったら」

ノマの母は男の後ろに付いて出てくるが、男が広場の群衆の中に姿を消すと、はたと立ち止まる。稲俵を背負った者、餅の入った木箱を並べて立つ者、背負子を下ろして腰掛けている者。人々はノマの母を小さく囲むようにしていやらしい笑みを浮かべるばかりで、涼しい顔をしている。

その場から少し離れた所で、ノマの母はパガジの胸ぐらをつかむ。

「あんた、私に何の恨みがあって、人のあとばかり付け回しながら商売の邪魔をするのよ。この出来損ない」

「邪魔とは何だ邪魔とは。邪魔してるのはそっちだろ。商売してるのはお宅だけじゃない、俺だって商売してるんだ」

ああだこうだとすったもんだした末に、

「俺は無許可で髪を切ってるし、お宅は無許可で酒を売ってる。文句があるならあそこで聞こうじゃないか、あそこで」

牛車と馬車がほこりを巻き上げながらひっきりなしに行き交う大通りを渡った先にある、水上警察署の屋根を顎で指す。そうは言っても、互いに事を荒立てたくはない。

時にはトルボが割って入り、男の胸ぐらをつかんで押しのける。馬車の通る道を避けて煙草屋の脇へ連れていくと、仰向けに押し倒す。腰に手をあてて見下ろし、相手がじたばたと体を起こそうとするたびに蹴り倒す。辺りに子どもたちが寄ってきて注目が集まったころ、左右を見回しながらトルボはこう弁解する。

「大通りで若い女の胸ぐらをつかんでごちゃごちゃ言ってるもんで、胸糞悪くて見ていられなかったのさ」

ここのまとめ役の先棒として、そうでなくても権力も腕力もあるトルボだ。所詮パガジには歯が立たない。ぽかんとした目で辺りをうかがい、ぱたりと勢いを失くす。

だがパガジにとって、ノマの母に胸ぐらをつかまれるときほど胸が高鳴ることもなければ、彼女が自分以外の男と親しげにしているのを見るときほど切ないこともない。それならパガジはノマの母を想い慕っていると言えるだろうが、他の人のように金を出せば自分にも買える相手なのだから一度言い寄ってみればいいものを、そうはしない。ただ、こんな日には酒を飲み、酒に酔えば決まってノマの父を訪ねる。ゆらゆらと薄暗い灯火の下だ。座っていると立っているときよりも小柄になるが、それでもノマの父に比べれば、世間の風にさらされた生気が漂っている。膝のあいだに顎を載せてちんまりと座っている彼の前でだけは、紐のように細い手首も綾巻きほど丈夫になるらしい。パガジは袖をまくりあげ、細く頼りない腕をあらわにして言う。

「俺の顔がどうしたってんだ。目もありゃ鼻もある。人が持ってるものなら同じように持ってる。

ノマの父ちゃんの目にも、俺は出来損ないに見えますかい？」

と、ふくべのような面構えをいっそう際立たせて詰め寄る。明かりを受けて赤黒く見える片側の顔はなお醜い。

「仕方なく散髪をして歩いてるが、船乗りの野郎たちにゃ何一つ劣ってませんよ」

「そうじゃありませんか」と、ドンと床を突いた手で、今度は自分の胸を叩く。同じことを何度もくり返す。それでも飽き足りず、

「人より稼ぎが少ないですかい？　そんなに見劣りがしますかい？」

「本当だ、もっともだ」

ノマの父が上の空で返す言葉はやがて、

「ああ、だからそうだと言ってるだろう」

とつっけんどんになる。それでもパガジは満足できない。もっと的を得た返事を聞きたくて、

「そうじゃありませんか」とくり返す。ノマの父はついには厠《かわや》に行くふりをして部屋を出、外をうろつく。だがパガジは疑いもせずじっと頭を垂れて待ち、またも胸を叩くのだった。

この町の子どもは勘の利くほうだ。路地を縫って歩くノマの母の背中に向かって、パガジの声をまねて言う。

「俺の顔がどうしたってんだ。目もありゃ鼻もある。どこがトルボより見劣りするってんだ」

水道屋のコンボが先鋒だ。ノマの母の姿が遠ざかって消えると、他の子も加勢する。

「足は曲がらなくとも、散髪の器具もうまく扱えりゃ、お金も稼ぐ、酒も飲む」

トルボは時々、ノマの家へやってきた。黒い帽子を目深にかぶって顎を上げ、外から家の中をのぞきながらもじもじしている。ひだの細かく入った、きれいに繕ったトゥルマギを着ている。中にはやはり背広。部屋に入ってからも、彼は帽子を手から離さない。オンドルの温かいほうを定位置にして寝ているノマの父への遠慮だろう。すぐにでも席を立ちそうな中腰で、片足を組んで座っている。ノマの父はそっと体を起こす。唾を吐こうとするように腰を屈めて部屋の外へ頭を出すと、続いて出てきた片足が靴を探る。客が主を引き止める。

「ご主人、どちらへ？　一緒に遊びましょうよ」

「ちょっと用があってね。楽にして遊んでください」

トルボは父が寝ていた布団を裏返し、そこへ脚を伸ばして座る。彼はトゥルマギを脱ぎ、ノマの母は膳の隅にろうそくを灯す。室内がぱっと明るくなる。父の居場所にトルボが座っているという変化より、ノマにとってはこちらのほうが大きい。オンドルの焚口から遠いほうや天井が、急によそよそしく感じられる。反対にトルボは、わが家にいるかのように気兼ねない様子だ。ろうそくを灯した膳にキムチの小鉢、エビの塩辛の皿が並び、酒の膳となる。母は黙って酒を注ぎ、トルボは黙って酒を飲むばかりで、先日の波止場でのようにふざけ合いはしない。トルボは退屈そうにノマを見ると、引き寄せてそばに座らせる。そして背広のポケットに手を突っ込み、ノマの頭に何かを載せる。南北が突き出た才槌頭《さいづち》だ。ノマが目をきょろきょろさせながら頭を振ると、安い菓子が一つ落ちる。ノマははっと驚く。トルボはハハハ、と泣いて喜ぶ。タコの足が出てくる。栗が出てくる。煙草入れが出てくる。しまいにはノマの頭をはたいて言う。

「手を使わずに落とすんだ。やってみろ」

頭を振る。前後に揺らす。何も落ちない。ハズレだ。大げさな笑い声がひとしきり響き、途絶える。いっそう所在なくなる。きょときょとと顔を見合わせていると、ふとトルボが、

「焼き栗のおいしいころだな。ちょっと買っておいで」

「あそこの麵屋の前の？」

「サリジョン通りの靴屋の前よ。あそこは栗も大きいし、たくさんくれるの」

と母が割って入る。そこは慣れない道だし、夜は怖い。それに、そこでなくても近くで買えるところがいくらでもあるのに、わざわざ遠くまで行きたくない。ノマは、二人を交互に見ながら助けを求める。母はノマをにらみ、トルボはわれ関せずだ。

夢で金縛りに遭うときのように、夜道は何かに追いかけられているような気がしてならない。急げば急ぐほどどきどきしてくる。井戸の前の小道はなおさらだ。どぶのくぼみに足を取られないよう、地面の黒い所は全て飛び越えて通る。路地を抜けると大通り、そこからは教えられたとおりに右へ行きさえすればいい。だがここまで来たのに、靴屋の前で焼く栗はむしろ小さい。何軒もやり過ごしてきたもののほうが粒が大きく、量も多そうだ。ノマは改めてそんな栗を探して歩く。

帰り道は恐ろしいほどの夜だ。真っ暗な路地から明るみに出るときに比べ、明るみから真っ暗闇に入っていくときの恐ろしさと言ったらない。ノマは井戸の前の路地に入りながら、犬に気づかれたくないときのように、そっと忍び足で歩く。だが問題は、足音ではなく胸の鼓動だ。いっそ大き

く足を踏み鳴らしてみる。大きな声で、

「追い風に帆を揚げて……」

と向かいのブリキ屋根を震わすその歌声が、これまた自分のものではない気がして怖い。

そのとき、何か白いものが電柱の陰から出てきて道をふさぐ。大きな手に肩を引っ張られる。街灯の真下に来た。父だった。

「汚らしい。それを捨てろ、いいから」

父はなぜか、四肢をわなわな震わせて怒っている。ノマはうなだれて紙袋を足元に落とす。父はそれをどぶに蹴り入れる。いくつか道に散らばったものまで踏み潰す。ぺっぺっと唾を吐いて、その汚いものから遠ざけるようにノマの腕を引っ張る。家とは反対方向、丘の向こうの射亭《サジョン》［弓士の修練場］があるほうへ向かう。父ははあはあと息が上がっている。込み上げる咳に身を縮める。射亭の下、アカシアの木の陰まで来ると、それ以上歩けなくなった。木にもたれかかり、荒い息を吐いている。ノマははらはらした心持ちで父の次の行動を待ちながら、ぶるぶる震えている。父の呼吸は次第に収まり、落ち着きを取り戻す。だが、動かないアカシアの木と同様、父はいつまでも微動だにしない。荒々しい息遣いと共に、いきり立っていた気持ちが晴れてしまったのかもしれない。ノマは、ちぇっと思う。父が黙然と見下ろしている真っ暗な海の彼方には、時折灯台の明かりがちらつくばかりで、夜はひっそりと静まり返っている。

翌朝、ノマの父は、着替えて出かける支度をしている妻から酒瓶を奪った。酒瓶は踏み石の上に投げられ、大きな音を立てながら真っ二つになった。その目に怒りを灯していなければ、誰も彼のしわざとは思わないだろう。父は腕組みをして、部屋の片隅にぼんやりと佇んでいる。母は背を向けて座り、外出着を脱ぐ。人絹のチマ［スカートのような女性の民族衣装］を垢じみたぼろに着替えればそれで終わり、お隣に米を借りに行くときほどの渋面でもない。口元には嘲笑のようなものがにじんでいる。

「好きでこんなことやってると思う？　それもこれも食べていくためじゃないの。人の気も知らないで」

「たとえ飢え死にしてもやめろと言うしかない」

「どいつもこいつも私をバカにして、日に十二度も死にたいと思うのをこらえながら……」

しばし泣きまねをして鼻をすする。

「ああ、やめろと言うしかないんだ……。たとえ飢え死にしようともやめろと言うしかない」

自分にも考えがあると勇ましい態度で出たものの、ノマの父の提案は大したものではなかった。彼は隣のチュンサム家から、マッチ箱を糊で組み立てる材料をもらってきた。その家の息子は組合に所属する人夫で、ひもじい思いはしていなかったが、老いた夫婦が暇つぶしにマッチ箱を組み立てて暮らしの足しにしている。それならここを最後と命懸けで取り組めば、これでやっていけるのではないか。日に一万個組み立てれば工賃は一ウォン五十銭、それだけあればひとまずは文句を言われないで済むだろう。日に一万個とは！　だが窮すれば通ず、人の力でなせないものはないはず。よし、一万個だ――。熱に動かされやすい性格の彼のこと、居ずまいを正して急いで作業に取りかかった。

だが細かい作業に慣れない指は、三つに一つは傷物を出して捨てることになる。糊が多すぎて紙がくっついてしまう。角が合わずゆがんでしまう。焦りとは裏腹に、手はかじかんだように動いてくれない。いつになく小便が近くなり、たびたび席を立つ。台所の裏手に回って沈む夕陽を見つめながら体を震わせ、また舞い戻って仕事にかかる。だが、夜の薄暗い灯火の下、影がずいぶんうず高くなったと思って数えてみると、ほんの五百にもならない。

それよりなにより、不届き千万なのは、指一つ動かさず、ずっとせせら笑っているかのような妻の態度だ。妻が手伝ってくれれば、少なくともこの倍にはなるだろう。しかし、自分を信用していない様子が小憎らしく、勧めるのも癪に障る。矛先はノマに向かう。

「鼻水垂らして黙って見てるつもりか？　薄情なやつめ」

そして、水を汲んでこいとか糊を溶いてこいと、妻の代わりにこき使う。一丁前に、息子に手本を見せながらやり方を教える。ノマは父をまねて、立てた肩膝に顎をのせ、手の甲で鼻をこすった拍子に頬に糊を塗る。

だが父子が協力した一日の成績は、千を限りに上下した。

「これも技術だ。一日二日で身に付くもんじゃない。だんだんこつをつかんでいけば——」

と今後に懸けるにしても、数日に一度、まとめて運んでいった妻が手ぬぐいからこぼすのはわずか数十銭の銀銭だった。仕事とするなら三人家族が食べてゆかなくてはならない。だが、彼らの一日の消費量に比べれば焼け石に水だ。

夜更けにノマの母がふと目を覚ますと、夫はまだ布団を引っかぶって座り、コホコホ肩を揺らしながら手を動かしている。胸が痛んで手を貸そうかと思うが、知らぬふりをして寝返る。稼ぎにもならないことに意固地になっている夫だ、疲れて早々に諦めてくれるのを待ったほうがよさそうに思われた。

そして、なるほどそのとおりになった。彼女は近所に住む、波止場に縁のある男に会うたびに軽口を叩き合う。庭から、パガジの穴蔵のような家を見て声をかける。

「商売のほうはどうだい、お前さん」

戸の前にしゃがんで鍵穴を探っていたパガジは、振り向いて目を丸くする。

「今戻ったのかい？　波止場にチャゴリ［原文 자거리。チョッカル（塩辛）、あるいは地名か］の船やヤクサン［原文 약산。地名か］の船は入ってました？」

だが、ノマの母のいつにないやさしい顔を、パガジは不思議そうに見下ろすばかりだ。

「そうだ、エビの塩辛の波止場に、チャゴリの船は入ってました？」

窓の外で、妻は無邪気に笑い、おしゃべりしている。その声に、波止場を忘れられない妻の気持ちをノマの父は自分のことのように感じ、その瞬間、動かしていた手を止めてそっと壁にもたれた。ベルトの外れた機械のように、突然胸が脈打ち、力が抜ける。五臓が一気に喉から飛び出しそうになるのを、歯を食いしばってこらえる。そしてついに、ひと口、またひと口と血の塊を吐き出した。

秋空のように遠く沈んだ目で、寝たまま頭だけを持ち上げると、こちらへ背を向けて座っている妻が見える。桃色のチマを黒い箱から取り出して着替えを済ませ、顔におしろいをはたいている。

（いいだろう、ふた月だけ我慢するんだ）

と、ノマの父は妻の背中に向かって胸の内で言い訳する。

（元気になったら俺も仕事を再開しよう。そしたら日に千でも二千でもこしらえて、無駄遣いせずに金を貯めれば、縄編み機を一台買うくらいの元手にはなるさ。それさえあればここに座ってでも、じゅうぶん妻と同じくらいの稼ぎはできる。よし、ふた月の我慢だ）

横目で夫の顔色をうかがう妻の視線を避けて、彼はそっぽを向く。妻の視線を浴びただけで、目から涙がこぼれた。

＊

陽が沈むと、朝方出かけていった人々が、それぞれに黒く焼けた顔で帰ってくる。あちこちの家からふいごを使う音が聞こえ、もみ殻を火にくべたときの目に沁みるような煙が町に立ち込める。ノマの母の帰りが遅い日は、ヨンイの家のばあさんが夕食の支度に来てくれる。鼻の下を伸ばしながらちんまりした目を見開いてふいごを操るわ、かまどにもみ殻をひと掴みずつ投げ込むわで、しわだらけの浅黒い顔がいっそうしわくちゃになる。だが、ノマの父は見向きもしない。米を炊くから出せと言っても、顔も見たくないのか振り向かない。この老婆が夕食を作るから妻の帰りが遅いのだとでも言うように。口では否定しても、明らかに老婆が裏で立ち回っているに違いない。それだけではない。ノマの父に降りかかっている今日の不幸――自分が不治の病に倒れたことも、妻に酒を売り歩かせたのも全て。台所でヨンイのばあさんがズルズル鼻をすする音さえ癪に障る。

「夕飯はいいよ」

「どうして」

と、老婆は赤い目をしばしばさせながら部屋の中をのぞく。

「うちのことはいいから、自分ちの夕飯の支度でもしてください」

「また胃の調子が悪いのかい。どうしたもんだろうね」

「食べようが食べまいがこっちでやるから、さあ、ばあさんは帰ってくれよ」

ヨンイのばあさんもそれぐらいの言葉に動じないほどの免疫はついている。ましてや、言った本人もそう長くは突っぱねられなかった。もとより皆が皆、崖っぷちに立たされている運命――それがなおさら妻を通りへ向かわせ、そこで夜を明かさせているのだ――への歯がゆい忌々しさに駆られるからだ。しばらくしてヨンイのばあさんが膳を運んでくるころになると、彼女に床の暖かいほうを勧めるほどに、彼の機嫌も直っている。

だがヨンイのばあさんは、

「いやいや、ここも暖かいよ」

「いいからこっちにお座りよ」

「いやいや」

老婆は自分の分をさらに引っ込めながら、はすかいに座る。

「いいから。そっちは寒いんだよ」

父の声が再び無愛想になる。膳を乱暴に引き寄せる。砂を噛むような顔でまずそうに匙を口に運ぶ。その顔が少し和らいできたころ、ヨンイのばあさんは鼻をすすりながら鍋の底をこそげ、

「それにしても、ノマは母親に恵まれたね」

と、ノマの父のほうをちらと見やり、

「女手一つで、食べるものや焚き木を絶やさないなんて簡単なことじゃない。気立ても器量も、こんな所で働くにゃもったいないよ」

老婆はその言葉がノマの父の神経を逆撫ですることになるなどとは夢にも思わない。箸で膳の角を打つ音に驚いてはっと口を閉ざす。ノマの父にとっては、傷口をえぐるような言葉だ。だから妻は自分に大きな口を叩くのだと思えて腹立たしいのだ。たちまち膳を押しやる。わけがわからず、そんなときは全て自分のせいにしてしまうヨンイのばあさんは、まごついて途方に暮れている。もしノマの父が石につまずいて腹を立てたとしても、老婆はやはり自分のせいにして心を乱していただろう。

ノマの父は、一度は布団をかぶって横たわったが、すぐに布団の裾をめくり、赤く上気した顔を上げて言う。

「何もかもあの手紙のせいだ。じゃなきゃこんな土地に来るもんか。日に二、三ウォン稼ぐこともざらにある？　ハッ」

手紙のせいとは、すなわちヨンイのばあさんのせいと言いたいのだ。だが彼女からすれば、同郷でお隣さんだったよしみからであって、彼を困らせたかったわけではない。頼りにしていた息子に突然先立たれ、波止場で力仕事をする息子世代の人たちを見るたび、彼らが人一倍貴く思われたのも無理はない。だがノマの父はさらに語気を強めて、

「うちのかみさんをゴミさらいに誘ったのは誰だ、酒売りにしたのは一体誰だ」

「誤解されちゃ困るよ。最初についてこようとしたときも、あたしゃ最後まで止めようとしたじゃないか。ほら、若い人には——向かない仕事だって」

波止場に出る者同士、すなわち、ヨンイのばあさんは量りからこぼれ落ちた米を拾い集め、ノマの母は酒を売り歩くという、仕事場が同じという理由で責められているのだ。

もっとも、ノマの母が初めてゴミさらいに広場へ出てきたとき、ヨンイのばあさんは内心喜んでいた。彼女はその風采はもちろん服の着こなしも、ゴミさらいに混じるには惜しかった。普通ならゴミさらいは、稲俵がうず高く積まれ、米がたくさん落ちているような紙袋組合の区域内には近づくこともできない。木柵の外で待っていて、俵を積んだ馬車が落としていく稲をかき集めるのだ。しかし、クルマの荷台に落ちている稲をかき集めるふりをして、実際は稲俵に指を突っ込んでほじくり、チマで受け止めるのが本職だ。

ばれれば怒声が飛ぶ。ほうきとちりとりを奪われる。胸をどつかれ、鞭で打たれる。だが、馬車の後尾に群がる女たちに鞭を振るう御者たちも、ノマの母に対しては動きを止める。目深にかぶった手ぬぐいの奥で恥じらうように頭を垂れている美しい顔立ちの女性が、こんな卑しい仕事をしているとは。御者の声はたちまちしぼみ、怒声は軽口に変わる。

ノマの母も次第に慣れてきて、先手を打つようになった。

「おじさん、これで蜜餅《クルットク》を作っておくわ。石臼でコンコンつぶして、目の細かいふるいにかけて、ナツメをのせて。食べにいらっしゃいよ」

と、後ろにもたれかかってくる御者の背中を押しやる。その隙に他の女たちは俵に群がり、好きなだけ稲をかき集める。

波止場の男たちはノマの母の前では鼻の下を伸ばし、ノマの母はそんな彼らを軽く見ていた。見せびらかすようにちりとりを振りながら、ノマの母だけは紙袋組合の区域内を出入りした。ゴミさらいを追い払うのが仕事のトルボも、彼女には棒を振りかざさなかった。後ろ手でゆっくり追いかけながら、へらへらと声をかけた。ノマの母は次第にゴミさらいたちから離れていった。顔におしろいを塗り、長い人絹のチマを引きずるようにして歩くようになった。

彼女が誰にそそのかされて酒売りになったのか、ヨンイのばあさんにはとんとわからない。自分のせいにされるのは実に悔しい。

ただでさえ息子をノマの父と同じ病で亡くした彼女は、息子にしてやれなかった分をノマの父に尽くすかのように、身内のごとく陰に陽に世話を焼くのだが、ノマの父はそれを受け入れてくれない。おそらくは、ヨンイのばあさんが人間関係に恵まれぬ星の下に生まれたためなのだろう。

だが理由はさておき、荒れた頬、棒きれのような足、ハリギリの棘のようにやせ細った息子と同じようになっていくノマの父を前にすると、哀れに思う気持ちはすなわち自分を呪う気持ちにつながり、強く出られない。ただこう言うだけだ。

「そんなこと言わないで、体のことを考えなさい。腹が立っても我慢しなきゃね」

だがノマの父は、

「頼むから俺の前に現れないでくれ。でなきゃ俺が出ていく」

とがばっと起き上がり、パジの紐を結ぶまねをして老婆を追い出す。ヨンイのばあさんは頭にかぶっていた手ぬぐいを取り、子どものようにばつの悪そうな顔をして部屋を出て行く。肩を落とした痛ましい背中が道の下へ消えると、ノマの父ははっと起き上がって部屋の外へ頭を突き出す。

「ヨンイのばあさん、ヨンイのばあさん」

先ほどとは打って変わって切ない声だ。返事はない。がくりとして布団に戻り、苦々しい思いで目を閉じる。――母のない幼いヨンイをおぶって垣の下でかぼちゃの葉をかき分けていたヨンイのばあさん。息子に先立たれてからは、出かけるとよく道に迷うようになったヨンイのばあさん。悔やんでいるわけではないはずなのに、ヨンイのばあさんのそんな姿も目の前にちらつく。

ところが気持ちとは裏腹に、ヨンイのばあさんの顔を見ると、ノマの父はけっきょく不愉快になってしまう。薄幸の年寄りが息子にも嫁にも先立たれ、同じ運命に誘《いざな》おうとノマの父に寄りつく。たとえそんなわけがないと言われても、こちらから会いたいとは思わない。だが一日でも現れないと、いたずらに待ち遠しくなるのだった。

数日姿が見えず、心底怒らせてしまったのだと思っていると、ヨンイのばあさんはいつになく浮き浮きした顔で現れた。彼女は自由に出入りしている入り口の上に、お札《ふだ》を一枚貼った。まだある。黒いふろしきを解いて取り出したのは、思いがけずも一匹の草亀だ。老婆はまるで手品師のように、勇ましい顔でノマの父を見る。草亀の背にも、黄色い紙に「朱」と書き流したお札が貼られている。

「金剛山《クムガンサン》で学んだ人らしいんだけど、これで、十年越しの持病がすっかり治った人もいるそうなんだよ」

だがノマの父は、馬耳東風といった体《てい》で縮こまって座っていたかと思うと、草亀を部屋の隅に押しやって布団にもぐる。ヨンイのばあさんは呆気にとられる。草亀はというと、甕の後ろに入ってぴくともしない。ヨンイのばあさんは、そいつが出てくるのを待つようにしばらくチマの結び紐をいじっていたが、やがて静かに帰っていった。ほどなくして、ノマの父はかさかさという音に振り向いた。草亀だ。彼は場違いなものを初めて目にしたかのように、不思議そうにそれを見つめた。草亀はかさかさと音を立てながら暗がりの長持ちの後ろへ回り、壁と針箱のあいだからひょっこり頭を出して左右をうかがう。

「疫病神を追い払って身を守り、病を治し病を寄せ付けず、草亀のように無病長寿になろうぞ」

他の人もご利益にあやかったのだ、とヨンイのばあさんが言っていたそのままを、この草亀もその気色の悪い面で言っているかのようだ。のそのそと床を引っかきながら、草亀は千斤もの重たい甲羅を背負って、ようようと体を運んでいる。得体の知れない何かを伝えるかのように、不気味にノマの父のほうへ近づいてくる。彼は横になったまま息を殺して見守る。草亀が枕元まで近づくにつれて少しずつ体を起こし、しばしにらめっこをしてから、ゆっくりと起き上がって座す。草亀をそっとつまんで手の平にのせる。草亀は頭と四肢を縮める。石英のようにずっしりしている。いや、石英そのものだ。生き物にしては静かなことこの上ない。部屋全体の沈黙を草亀は呑み込む。ずいぶん経って、そろそろと頭を出す。手の平を振ってみる。またしても石英になる。謎めいた神秘の力の塊だ。それは、昨夜植えた種が芽吹く、そんな力だろう。ここにノマの父の枯れゆく枝を接げば、草亀の命の脈が自分にも伝えられるのではないか。

「何たって霊妙な動物だ、ご利益があるかもしれない」

今度はノマの父自身も、思わずヨンイのばあさんの言葉を口にしてみる。

翌日、ヨンイのばあさんはもらってきたお札を差し出せずにためらっていたのだが、意外にもノマの父は、殊勝にも両手でそれを押し戴《いただ》いた。そのため、お札一枚に銀銭一枚かかることと、毎日一枚ずつ書いてもらわねばならないことを容易に伝えられた。だがノマの父は、燃やしてその灰だけを朝一の井戸水で飲めと言われたお札を――これもまたヨンイのばあさんへの片意地のひとつなのだろう――向かいの壁に張って見つめるのだった。

草亀をもらってからというもの、父はノマにかまわなくなった。一日中姿が見えなくても呼ばなかった。ノマは自由の身になった。父が疎ましいのではなく、草亀が怖くて避けているというのが、ノマが一日中外で遊ぶ口実になった。

真っ先にヨンイのところへ飛んでいって、いくらでも遊んでいいのだと自慢する。ヨンイは窓の前の日向に座って、ばあさんが波止場でかき集めてきた土混じりの稲を選り分けている。その前でノマは、ひとり石蹴り遊びをする。道端に線を引き、腕をできるだけチョゴリの袖に引っ込めて、二の腕を鳥の子のようにバタバタさせて跳びながら石を蹴る。

「えい、やあ」

「飛ばしたぞ」

ノマの一人二役もなかなかのものだ。一方はノマ、もう一方はヨンイだ。なるべく相手を苛立たせようと、飛ばすのは全てヨンイの番のときだ。だがヨンイは相手にもしない。相変わらず自分の仕事に集中している。箕《み》に入れて両手で揉み、土を粉状にしてから風に飛ばす。次は、残った砂と稲から砂を選り出すのではなく、砂の中から稲を選り出すのだ。手に毛織物の端切れを巻き付けて砂の上に押し当てると、黄みがかった稲の粒だけがくっつく。それを藁の籠にはたき落としながら、ヨンイは白々しく笑うと、

「ノマの母ちゃんってさ、あれなんだって」

「何だよ」

ヨンイは逃げられるように垣の角に寄り添うように立ち、顔だけを突き出してへへ、と笑いながら、

「ノマの母ちゃんってさ、あれなんだって」

と言い、垣の反対側の角に逃げてまた言う。ノマはパジの腰回りをひっつかんで頭を振りながら追いかける。追いつ追われつ、四角いヨンイの家の周りをぐるぐる回る。もう少しで捕まりそうになったところで、ヨンイは息を弾ませて、

「嘘、嘘だよ」

煙突の角に頭をぶつけて体を屈める。ノマは両肩をぐっと押しながら、

「これでもか、これでもか」

「もう言わない、言わないってば」

だがヨンイは数歩退いて、髪の毛を整えながら真顔で言う。

「パガジが言ってたんだ、ノマの母ちゃんが逃げるんだって」

「嘘つけ」

「ほんとだよ。父ちゃんが病気で稼ぎもないから」

「それもいいさ。あとについて回ればいろいろ見られるし」

「逃げる人が子どもを連れてくもんか、ばか言ってら」

「じゃあ母ちゃんひとりで？」

「いんや、トルボと一緒に」

「嘘言え」

「ほんとだもん」

「嘘つきめ」

「ほんとだもん」

「嘘つき」

そばにあった柄振《えぶ》りを手に取って近づく。その顔にいたずらっ気がなく、真顔なのを見て、ヨンイは怖くなる。

「わかった、嘘、嘘だよ」

だがノマは安心できない。最近になっていっそう朝は出るのが早く、夜は帰りが遅くなった母は、こうしてだんだんとノマの家から遠ざかっていくのかもしれない。父との仲はいっそう冷め、ノマにもすげなくなっている母だ。となると、家にはノマと父だけが残るわけで——そうなったらそうなったで自分が代わりに稼げばいい。だが、怖い。

ヨンイが否定するのをもう少しはっきり聞きたいと思い、ノマは柄振りを振りかぶって、逃げるヨンイを台所の裏まで追いかけていく。

ふと、ノマは足を止める。なぜだか、家で何かあったような気がする。いつもなら、父は今ごろまでに十回と言わずノマを呼んでいたはずではないか。ひょっとすると、今も呼ばれていたのかもしれない。それを聞き逃して遊びに夢中になっていたかもしれないのだ。

ノマはこっそり部屋の戸口へ近づき、耳をそばだてる。何の気配もしない。破れ穴から中をのぞく。父は正座をし、遠い音に耳を澄ますかのように両手を片方の耳に当てている。その手の中には草亀がいる。向かいの壁には十枚余りのお札が並べて貼ってある。

＊

灰が山のように積まれた土塀の端に立つポプラは、ノマの両腕いっぱいの太さだ。ノマは両手に唾を塗り、しっかと木を抱く。一メートルばかり登っては、ずるずると滑り落ちる。気を引き締めてもう一度。またもやずるずる――。首を傾げて、下から上へと木を眺める。先のほうは雲に引っ掛かりそうなほど高い。でも、水道屋のコンボは一気にてっぺんまで登るのだから驚きだ。そして、汽車が見える、汽船が見えると得意げに言う。ノマがコンボに追いつけないことは他にもある。コンボはあたかも大人のように、彼らの世界を子どもの言葉に置き換えて聞かせる。波止場に関する風の噂を知らせる、流行歌を伝える、活動写真のまねをする。それから、大人のようなお金の使い方をする。気が向けば、一つ一銭する飴玉を子ども全員に配ることも惜しまない。だが、その金の出所を尋ねるときだけは自慢を控え、ただ、「あの木にも登れないくせに」というように肩をそびやかす。彼はくたびれた洋服に、鳥打帽を上向きにかぶり、大人たちと一緒に波止場に出て一日を過ごす。

ノマは暇あるごとに、木登りに余念がない。ほっぺたを擦りむき、手の平に傷ができ、パジが破れてもノマはやめない。お遊びではないのだ。コンボと自分のあいだに立ちはだかっているのが、こいつなのだった。

この壁さえ越えれば、すぐそこに波止場があり、活動写真があり、お金があり、そして大人の世界に踏み込める別世界がある。そうなればノマは、自分でもじゅうぶんに父を支えて暮らしていけるのだということを、これでもかと母に見せつけてやれるのに、ああ！

ノマは三、四メートルほど間を取り、勢いをつけてから木にしがみつく。一メートルほど登る。二メートルほど登る。節に足をかけ、手に唾を吐く。ずるると滑ったかと思うと、どしんと地面に尻餅をつく。泣きたくなるのを歯を食いしばって耐え、痛みが遠ざかるのを待つ。

後ろから「はは」と笑い声が聞こえ、誰かに首根っこをつかまれて起こされる。パガジだ。

「こいつ、どうして木登りなんか」

そして、

「餅を買ってやろうか」

「……」

「ついてくれば餅を買ってやるぞ」

「どこへ」

「波止場の広場まで」

餅じゃなくても大歓迎だ。痛みが嘘のように和らいでいく。

トゥルマギの切り口から手を入れて後ろ手に組み、パガジは靴を引きずるようにして前のめりに歩く。ノマがゆっくり歩いても追いつけず、後ろから呼ぶ。

「お前、父ちゃんと母ちゃんのどっちが好きだ」

「両方だよ」

四つ辻を渡って靴屋の脇を過ぎながら、パガジは、

「お前、広場にいるトルボを知ってるだろ？　知らないわけないよな……」

「……」

「お前んちに横になってるのが本当の父ちゃんか？　それともトルボが本当の父ちゃんか？」

「……」

「本当の父ちゃんはトルボだろうなあ、うん」

ノマはチョゴリの袖で鼻をこする。帽子屋のガラス窓の奥に見える裸の人形に気をとられて聞こえないふりをする。パガジはひとり、ハハハと笑い転げている。

波止場の七通広場《チルトンマダン》の入り口に来た。パガジは出し抜けに腰を突き出して、ノマの足をつかむ。

「おんぶだ、おんぶ」

幼子でもないノマだ。しかも、自分ひとりでもまともに歩けないくせにどういうつもりだろう。ノマは嫌だとそっぽを向いた。だが、でないと餅を買ってやらないと言う。

真っ黒い貨物車が立て続けに通りすぎ、視界が開けると、向かいの一帯にはそこらじゅうに稲俵の山ができていた。馬車《マクルマ》や牛車《ソクルマ》がぎゅうぎゅうに道を埋めている。稲俵の合間を抜けて左へ折れれば海、第二桟橋から第三桟橋までのあいだには大小の木船が隙間なく泊まっている。ひょこひょこと首を揺らしながら稲俵を運ぶ者、俵に米刺しを突っ込んで抜き、「多摩錦《タマグム》でございい、銀坊《ウンバン》でございい」と米の銘柄を叫ぶ者、後ろ手に組んできょろきょろしている毛織のトゥルマギを着た者、そして背負子を下ろし、稲俵の上やその足元に寄り集まって腰かけ、ぽかんと口を開けている者、彼らの無心の目は、ほとんど一カ所に集まっている。真ん中に、もわもわと湯気の立つ、酸っぱいようなにおいに包まれた人だかりがある。それぞれに箸とどんぶりを持ち、顔を上げて遠い山を見つめながら口をくちゃくちゃ動かしている。パガジは彼らのあいだに分け入って、声を上げる。

「こっちにもマッコリを一杯。それから蒸し餅《シルットク》もな」

前の人が腕を下ろすと、ノマの目に、手ぬぐいを引っかぶって蒸し器から餅を取り出す女の姿が映る。それはほかでもない、自分の母だった。餅を差し出す手が一瞬止まる。しばし困惑の色が浮かんだが、それまでだった。ノマではなく他人を見るような顔だ。ノマはとてもじゃないが手を出して受け取れない。

後ろからノマの頭に手が載せられ、太い声が言う。

「どこの子だ」

「俺の息子だよ」

と、パガジは皆に聞けといわんばかりの大声で言う。

「才槌頭なだけあってできる子さ。母親は肺結核で倒れ、父親はこんなふうに遊び歩いてる。家では母親の面倒から台所の洗い物まで、立派にひとりでやってるんだ」

一台の手押し《ソン》車《クルマ》には一方に蒸し餅、一方にマッコリの瓶と母酒《モジュ》［マッコリに韓方材料を入れて煮たもの］の鍋が置かれている。ノマの母はどんぶりに酒を注いだり小鉢に母酒を注いだりと（そうしてパガジの鼻っ柱をへし折ろうとしているのかもしれない）、忙しく手を動かす。

自分の仕事でもあるまいに、トルボが手を貸している。それぞれの代金を受け取り、首から掛けた巾着に入れる。マッコリの樽を運んでくる。鍋をうちわで扇ぐ。パガジはノマを下ろし、目の前の母の正面に立たせる。彼がいっそう声を張り上げて言う。

「この子の母親の言い分を聞いてくださいよ」

と、女の声色になって、

「あたしゃ今日か明日かの身ですから、あたしを捨てて他に女をつくろうと所帯を持とうとかまわないけれどね、この子は何の罪があってお腹を空かせなきゃならないんでしょう。あれだけ波止場に出入りしながら、みんなが食べてるあの……」

トルボが前掛けで手を拭きながら戻ってきて、パガジの靴をぽんと蹴り、顎で向かいを指す。

「俺も自分の金で酒を飲もうってんだ。軽々しく蹴るなよ。追い出そうってのか？」

「誰が追い出すって？　話したいことがあるから、あっちに行こうってんだ」

「話ならここでしろ」

と言い、何だよ、と肩に置かれた手を振り払ったのだが、勢い余って後ろの人の腕にぶつかり、酒の入ったどんぶりをひっくり返してしまった。わあ、と笑い声が起こる。人だかりが崩れ、そこに箸を持った者たちも割り込む。地面に手をついて座り込んだまま、パガジはしばらく上目遣いでトルボをにらんでいたが、やがて勇んで立ち上がる。数歩歩いたところで、ある者が、彼が立ち上がった跡からふろしきを拾い上げる。腰に付けていた、散髪の器具を包んでいたものだ。パガジは慌てて振り返り、手を伸ばす。だがそれよりも早く、トルボの手へ渡る。そして事態は滑稽にも、ふろしきの一方をトルボがつかみ、もう一方にパガジがぶら下がるようにして、

「返せ、返せ」

「こっちゃ来い、こっちゃ来い」

トルボに導かれるままに、パガジは追いかけていって倉庫の裏へ消える。場は平穏を取り戻した。群がる人々の中に、ノマの母の姿も埋もれてしまった。

そこから離れて背を向け、だが母の視界から外れない距離のところに、ノマは後ろ手に組んで立った。第二桟橋の上、飴売りの木板のそばだ。母がノマをノマとして見てくれなかった薄情さは、ノマもまた母を母として見なければそれまでだ。

静かすぎてガラスのような海だ。驚きとしか言えない巨大な汽船が浮かんでいる。浜辺寄りには

いくつもの木船が、貧しい人々のごとく寄り集まって揺れている。桟橋の片隅に旅客船が泊まり、人と荷物を集めている。ポンポンポン、と丸い煙を噴き出しながら、発動機船が水を切るようにして右手へ抜けていく。あの船が見えなくなったら家へ帰ろうとノマは思う。発動機船はとうとう、真っ黒い中国船の陰に消える。だがどこか心残りで、今度は旅客船が人を乗せ終えて動き始めたらと思い、その場を離れられないでいる。母を待っているのだ。その船が動き出す前に、母がやって来た。だが、向かいの税関の前まで来るとノマをにらみつけ、

「何をうろちょろしてるの。物乞いみたいに」

とノマの頭を小突き、

「父さんに言ったらこれよ、これ」

とげんこつを入れるしぐさをすると、その手をぱっと開いて小銭を一枚見せながらなだめる。

「パガジに誘われても耳を貸さずに、父さんの世話をしてなきゃ。うん？　いい子だね。それから、母さんに会ったことも内緒よ、いいね？」

ノマの背中を叩く母の声はやさしい。ノマは顔をゆがめる。内心、泣きたいのをこらえているのだ。

ノマにとってこの日ほど、家にいる父が哀れで寂しく思われたことはない。父はゴミ箱のそばにいる足の不自由な人よりも不憫で、ノマ自身よりも小さく寂しい。今日も父は、胸に草亀をのせて横たわっていることだろう。

ノマは帰り道の店を一軒一軒のぞきながら、手の中のお金とそこに並ぶ商品とを比べる。りんご、

みかん、柿、ガラス瓶に入ったお菓子。目移りしてしまう。小道に入り、老人が座っている小店でたい焼きを買う。父にあげるのだ。父はノマ以上にこういったものが食べたいはずだ。

そのうち、豆でできた目が取れて手の平に触れる。ノマはそれを仕方なく食べる。食欲をそそれる。今度は自分からひれをちぎって食べる。このくらいで魚の形が崩れるわけではないから、見た目はそう変わらない。だが尻尾だけ、と食べているうちに半分になってしまう。

ノマは次第に、重たい気分がほぐれ楽しくなってくる。遠くから見ると、港はまるで大きなままごとのようだ。

＊

ノマがついに土塀の端のポプラに登れた日、ノマの父は世を去った。

実におかしな日だった。あんなにうまくいかなかったのに、力まなくても六、七メートル上の二又の枝まで登れた。そこからは、つかむ所もあれば足を置く場所もあり、さらに上まで登れた。コンボもここまでは登れなかったはずだ。

眼下に広がる風景は、裏の丘からの眺めより決して広くも遠くもないが、いつもの道や家、人々がこんなにも違って見える。これほどの木の高みから見下ろすことは自分にしかできない。

「やーい、コンボー」

これくらい大声であだ名を呼んだっていいだろう。はるか下にヨンイのばあさんが小さく見え、泣きそうな顔でこっちを見ている。こんなところから見下ろす人の顔とはあんなものだ。涙声で手招きしている。今日のノマの成功は、ヨンイのばあさんを泣かせるぐらい立派なことなのかもしれない。ところが、ノマの家の前には、近所の女たちが心配そうな顔でわらわらと集まっている。一度も聞いたことはないが明らかに母のものである、蚊の鳴くような泣き声が聞こえる。

全て嘘っぱちだ。心から泣いているのなら、歌を歌うかのような嘘っぽさであるはずがない。チマに顔を埋めて伏せている。ふとノマが顔を上げると、煙突の裏へ回ってトルボと二人、ひそひそと共同墓地にするか火葬するかと指を折りながら計算する母は、ヨンイのばあさんよりもあっけらかんとしている。

もしも、ノマの父の、かかとの擦り切れた大きなゴムシンがいつもどおり踏み石の上に置かれていたなら、ぐっすりひと寝入りしているときの父と変わりない。それを履く主人がいないとでもいうように厠のそばに放り投げられているゴムシンを見たノマは、やりきれない気持ちでそれを拾い、元の場所へ戻す。すると母は、しつこい病気を払うかのように、片方ずつ拾い上げて遠く道の下、ゴミの山があるほうへ投げ飛ばした。

ヨンイのばあさんはノマを誰もいない、家の裏の明かり窓の下へ連れていき、そっと尋ねた。

「ノマ、草亀がどこに行ったか知らないかい?」

「昨日は見たけど、今日はわからない」

「こりゃどうしたことだろう」

と目を見開いていたかと思うと、草亀がいなくなったからこんなことになってしまったのだというように、突然むせび泣き始めた。

夕方、千鳥足で通り道をふさぐようにして立ちながら、パガジはノマの家のほうへ向かってぎゃあぎゃあ喚いた。

「お前んとこの旦那は騙せても俺は騙されないぞ。壁に貼り付けてあるのは何だ、草亀って何なんだ。元気で生きてた人に、こいつらが呪いをかけたんだ。呪いが通じておめでとさん」

子どもたちの頭越しに腕組みをした大人たちが見え始めると、パガジはいっそう勢いづいて言う。

「全部あいつの仕組んだことだ。あいつが裏で呪いをかけさせて、それから……」

そしてきっと夕食に毒を盛ったんだ。でなきゃ普通に座っておしゃべりしていた人が、急にどろどろとした血の塊を吐くはずがないじゃないか――。だが、たとえパガジがしらふのまともな頭で誰かにそれとなく吹き込んだとしても、それを真に受ける人はいなかっただろう。パガジのやり方が間違っているからではない。人の家のために、葬式にかかる費用を全て負担し、たとえ紙一枚でも何か入り用なものがあれば自ら坂を上り下りするトルボを、皆は人情に厚い人なのだと受け止めた。

夜、ノマはヨンイの家で寝ることになった。小さな灯蓋を挟んで座り、ノマはヨンイにこれまでになくやさしくしてやる。欲しがっていた呼び笛をチョゴリの結び紐から外し、ヨンイにやるのももったいないと思わない。むしろ、呼び笛よりもっと大切な物が自分にあればいいのにと思う。なぜならノマは、ヨンイに良くしてやりたいのに、その方法がわからないのだ。

その日、近所の女たちはいつもと違い、ノマに親切だった。あの人もこの人も頭を撫で、餅なども買ってくれる。憐れむような表情でノマの顔をのぞきこむ。ノマは彼らと同じように、しょんぼりした顔でうつむく。その心の内は表とは違う気がして、目を背けているのだ。

「お前は泣きもしないのかい？　人様にどう思われることやら」

母はノマをにらみつけて泣けと言う。しかし母のように、涙も出ないくせに声ばかり張り上げて泣くほうが、はた目に良くないのではないか。ノマは恥ずかしくて泣けない。いくら、ヨンイのばあさんがこうやるんだよと心から泣いて手本を見せても［韓国には大声で泣いて故人を送り出す哭（コク）の習慣がある］――

「泣けないよ」

と言うばかりだ。本当のところ、自分なりに真剣に泣こうとしても、到底泣けそうにない。そこに実感が伴わないのだ。


ひっそりとした家の裏の塀の陰に回り、ノマはことさらにしゅんとした顔をしてみる。塀の砂を引っかきながら「父さんは死んじまった」と口に出して言ってみる。そして、涙が出ないものかと悲しいことを考えてみる。だが頭の中には、煙草の吸い口を探そうと床に手を這わせる父が現れる。クモの足のような指だ。窓の外でどしどし足を踏み鳴らしながら服に付いたほこりを払う父が現れる。だがいくら頑張っても、顔のつくりは浮かばない。それよりも今日、自分が木登りに成功したその場面がはっきりと浮かび、全てを覆い尽くしてしまう。突然背が伸びたような、それだけ目に映る世界が変わったような気がする。ノマはいつの間にか嬉しい気持ちになっている。抑えようのない喜びだ。ああ、だがこれでは、父に申し訳ない。どうにかして、何かとてつもなく良い行いでもしないと、この心をすすげそうにない。

「ヨンイ」

「うん」

ノマはヨンイの顔とまっすぐ向き合う。こんなにヨンイがかわいらしく見えるのは初めてだ。まぶたの上のできものまでもがひどくかわいい。ノマは両腕でがばっとヨンイの首を引き寄せて揺さぶる。今度は膝で挟んでぎゅうぎゅう締めにする。

「いたたたた」

意に反して、ノマはヨンイを泣かせてしまう。

浿江冷

패강랭

李泰俊　イ・テジュン　이태준

カン・バンファ 訳

1938

高殿には「第一江山［絶勝地の意］」や「浮碧楼《プビョンヌ》［朝鮮時代から伝わる、平壌にある三大楼閣の一つ］」などの色褪せた扁額がかかっているだけで、鳥一羽止まっていない。静やかなその中へ踏み入るのは絵を破ることにも等しい気がして、玄《ヒョン》はその周りをぶらつくにとどめて高殿を仰ぎ見る。太くつややかな柱、めいっぱい張り出した肘木と突き出した飾り板、さも李朝の文物らしい澄んだまっすぐさが、そこかしこに深い趣を与えている。

高殿に比べ、大同江《テドンガン》［題名にある浿江（ペガン）は大同江の別称］はあまりに冷たい。水ならぬガラスのようなものが、浮碧楼からもすぐそこにあるかのように見下ろせる。青々とした流れの中にも、水草がひと筋ひと筋ゆらめく様や、小石の合間にドジョウが一匹這いでもすれば、息をしている様子まで見えそうだ。流れはあるが音はない。水道局の橋を抜けて清流壁《チョンニュビョク》を曲がると、川は絹織物を広げたかのように広々と開け、空と水は夕焼けに染まり、遙けきバラの花畑となって消えてしまった。錬光亭《ヨングァンジョン》の先に黒々と浮かんでいる艀《はしけ》舟や渡し舟も、一向に動いているように見えない。果てしない大同平野にぽつぽつと佇む丘陵と共に、いかにも悠久の味わいを醸し出している。

玄は吸いかけの煙草を放り捨てて、チョゴリ［朝鮮の伝統衣装の上衣］のボタンをはめた。紅葉はこれからというのに、すでに手がかじかむような天候だ。

（朝鮮の自然はなぜこれほどまでに悲しく映るのだろう？）

玄は扶余《プヨ》［忠清南道にある百済の旧都］に出向いた際、落花岩《ナッカアム》やら白馬江《ペンマガン》の空しさを見つめていたことを思い出す。

玄は十数年ぶりに平壌《ピョンヤン》を訪れた。小説で平壌のシーンを書くことになるたび、今回は新たに行ってきてからにしよう、スケッチをしてこようと意気込むのだが、一度も実践できないでいた。小説のためだけでなく、時折友人たちからも遊びに来いと手紙をもらっていた。学生時代からの友人で、ここの府会［平壌の有力者からなる朝鮮総督府の協力機関］議員にして実業家である金《キム》もいれば、高等普通学校［朝鮮人学生の通う中学・高校レベルの学校］で朝鮮語と漢文を教えている朴《パク》もいるのだが、手紙をもらっておいて一度も勇気を出せずにいた。だが今回届いた朴の手紙は、遊びに来いと書かれていた手紙よりずっと玄の心を動かした――ぼくの時間が半分になった［日本語の時間が増えたこと、すなわち朝鮮語が随意科目扱いになったことを指す］のは君も想像がつくだろう。楽にはなったが、しかしどうやら専任を辞めて非常勤講師になってほしいようだ。残りの授業にしても、いつまでもつやらわかったものじゃない。それさえもなくなった日には年貢の納め時かと思うが、今はまだしぶとくしがみついてるよ――という事情を読んで、とつぜん朴に会いに行ってやりたくなったのだ。会って何か言ってやりたいというよりは、手を握ってやるだけでもという思いから、電報を一通送るとその足でやってきた。

停留所で待っていた朴はひげも伸び放題で、顔をゆがめる卑屈な笑い方は、以前はなかった癖だ。除け者扱いされながらも彼がしがみついているのは、勤めている学校だけでなく、この時代そのものだった。玄は朴のそんな未練がましさにふと自分自身を感じ、さらに自分の作品を思い、たまらず泣きたいほどつらくなった。

長らく握り締めていた手首を離し、彼らはひとまず待合室に入った。話すべきことはいくらでもありそうなのに、いざとなると何と言っていいかわからなかった。やがて玄は腰を上げると、

「少し歩いてくるよ」

と言った。朴は夕方、金と落ち合って大同江のほとりにある東一館《トンイルグアン》という料亭に来ることにし、玄はひとり牡丹峰《モランボン》［大同江西岸の景勝地］へやってきた。

途中、自動車から市街を見下ろしてもみた。見た記憶のない新しいビルがずいぶんたくさん並んでいる。中でも印象深かったのは、ある大通りの一角に、レンガ工場でもなければ刑務所でもなかろうに、赤いレンガだけでできた、どこか墳墓を思わせる建築が佇んでいたことだ。玄が運転手に尋ねると、警察署だと言う。

もう一つ不思議だったのは、影も形もなくなってしまった、女たちの頭巾だった。運転手に尋ねると、彼はそれがなくなった理由はそっちのけで、

「ええ、ええ、なくなったんですよ。おかげで平壌もソウルと大して変わらなくなりました」

と何とも自慢げに言う。

玄は平壌の女の頭巾が好きだった。シンプルながらも白い蝶のように生き生きとして見え、一輪のバラのごとく自然な重みで垂れ下がったテンギ［お下げの先に付けるリボンのような装飾］は、アクセントのはっきりした彼らの方言同様、「平壌女性」だけが備える固有の美だった。そんな美をこの地に来てまで見られないことは、平壌はある意味、廃墟と化してしまったのだという悲哀を抱かせた。

玄は乙密台《ウルミルデ》に上ろうかと考えたが、銃に剣を挿した兵隊が飛行場を警戒するように立っているのを見つけると、そのまま川辺に下りてきてしまった。ちょうど遊山舟が一艘、空っぽのまま下ってくるのを呼び止めた。酒巖山《チュアムサン》まで行きたいと言うと、そこは飛行場が近いため立ち入れないのだと言う。それなら櫓を漕ぐことなく、流れに任せて東一館へ向かうことにして舟に乗った。

木の葉のように流れに任せて進む舟は、日がとっぷり暮れ水面も真っ黒になってやっと東一館に着いた。

この料亭は川に突き出した岩を頼りに建っている。裏口に舟を着けて風楽《プンアク》［朝鮮固有の伝統音楽］の鳴り響く夜のあずまやに入る風情は、たとえ気持ちの沈んだ玄であっても、少なからず酔いしれざるをえない。

（飲めない酒だが、今日は遠慮なくとことん付き合おう！　朴を慰めてやろう！）そう思った。

朴は金を連れ、すでに二人の妓生《キセン》［朝鮮の芸妓］と席に着いていた。剃り跡も青々とした金のふくよかな頬と、妓生たちの軽やかな裾《すそ》を見ると、玄の心も晴れた。

「何だ、君も金のようにひげくらい剃ってくればよかったのに」

「おいおい、女の子たちに惚れられたらどうする！」

と朴はにたりと笑う。

「最近はどうだ？　われらが府会議員さん？」

「こいつめ、久しぶりに会ったと思ったらさっそくヒヤカシか？」

「君はちっとも老けないな！　最後に会ったのは一昨年のソウルでだったかな？」

「多分そうだろう……あのときは都市の視察で内地に行ってきた帰りだったから……」

「そうそう、西平壌だか東平壌だかで土地転がしで儲けたそうじゃないか」

「フン、やめないか。士人《ソンビ》［学徳を備えた人］に金など何の関係がある？」

「仕方ないだろう？　食っていくには」

「飲めよ。今夜は君が飲めなくなるか、僕が飲ませられなくなるまでやろうじゃないか」

「僕は隣で京平《キョンピョン》［京城（ソウル）と平壌］対抗戦の見学といきますか」

「私たち、応援してますわ」

二人の妓生も朴に続いて口を挟む。

「田舎の妓生じゃ物足りないんじゃ？」

「何を言う。妓生にとってはここが都じゃないか。美しい山河の精気はやはり違うよ！」

妓生の一人は笑い、もう一人は取り澄ましている。にこやかに笑う姿に、玄はふと思い出す妓生がいた。

「君たち」

「どうした」

「もう十二年前になるな。当時僕が来たとき、綾羅島《ヌンナド》［大同江に浮かぶ島］に出かけて魚粥《オジュク》を食べたのを覚えてるかい？」

「やれやれ、もうそんなに経つのか」

「あのときの妓生の名を何といったかな？　君たち覚えているか？」

「ああ、そうだ！」

壁にもたれかかっていた金ががばっと起き上がると、

「本当に呼ぶべき妓生を呼んでなかったな！」

と手を打った。

「でも、まだいるのかな？」

「生きてはいるだろう」

「まだ妓生をやってる？」

「やってるだろうとも」

「あ！」

と朴もようやく思い出したように膝を打った。

そのときも玄がソウルからやってきて、三人は綾羅島で川狩りをした。ヨンウォルという妓生がとりわけ玄によく懐いた。まだ文学青年の気分でいた玄は彼女のハンカチに詩を書いてやり、二人きりで浮碧楼を背に写真まで撮ったのだった。

「いやいや、歳も歳だろうにさすがにやめてるだろう？　覚えてはいるが、名前までは思い出せないよ」

「今度こそ君がソウルに連れて帰りたまえ」

「誰ですか？」

と妓生たちが訊く。

「うーん、名前は何だったかな」

朴も、

「名前までは僕も覚えていないなあ……」

とそこへ、ボーイがやって来る。

「妓生だよ、一番長い妓生、一番歳のいった妓生は誰だい？」

ぼんやりと考えていたボーイが答える。

「クァノクでしょうか？　それともヨンウォル？」

「あ！　ヨンウォルだヨンウォル。すぐに呼んでくれ」

玄は少しばかり気を引き締めた。膳が運ばれ、杯が回される。

「少しは飲めるようになったのか？」

朴が玄に杯を送りながら訊く。

「そんなわけが……慣れようにも酒の席があるわけでもなし……」

「哀れな奴だ！　もっとも、お前らみたいな奴が日夜書き物をしたからって、そんな席には恵まれないだろうよ！　今日は俺のおごりだ……」

金は続けて「他でもないが……」と玄に杯を差し出し、

「玄もそろそろ方向転換〔ここでは日本の政策に沿った作品を日本語で書けということ〕してはどうだ」

と言う。

「方向転換だと？」

「誰だったかな。東京に行って執筆してる人がいるだろう？」

「ああ」

「まったく、先見の明があるよ！」

と金は感嘆する。

「おい、いいから飲め。聞きたくない」
と玄は金からの杯をぐっと飲み干して返す。

朴がまぶたをこすり、皆ほどよく酔ったころになって、ヨンウォルが入ってきた。白いチョゴリに翡翠色のチマ［長いスカートのような下衣］、髪も分け目を少し横にずらしただけで、死体のような妓生たちのように染めたりパーマをかけたりしていない。引き戸のたもとにひらりと座ると、さっと座を見渡す。

金と朴は事の成り行きを見守ろうと押し黙り、ヨンウォルと玄の様子を代わる代わる見ている。ヨンウォルの視線は玄の上を素通りし、朴を飛び越して金の上に留まると、

「旦那様、お久しぶりでございます」
とにこりと笑う。

「おっと、君の目も鈍ったようだ！　君が来たのを喜んでいるのは僕じゃないよ」
「妓生は本当にお慕いするお客様にはご挨拶を避けるものです」
と再び朴を飛び越して玄に視線を移す。

「これぞ名妓よ！　返しのうまいこと……」
と金が杯を手に取ると、ヨンウォルはさっと膳の前に寄りながら酌をする。

笑みを湛えてはいるが、瞳の奥はそれが過去のものだと物語っている。浅黒く影が差す目頭や、げっそりとこけた頬、かさかさに乾いた唇に、歳月の跡が深く刻まれている。

「君、僕がわかるかい？」
玄が煙草を消しながら訊く。

「どうぞ杯を」

杯を取る玄と目が合うと、ヨンウォルは酒が溢れるのにも気づかず顔を赤らめる。

「君も生きていくのが大変なようだね？」

「お互い様のようです。いついらしたのですか？」

と玄が飲んだあとの杯にいっぱいに注がれるままに、ヨンウォルも遠慮なく酒を飲む。

「以前は白い蝶のような頭巾をかぶっていたが……」

「ええ、前のようにかぶりたいものですわ」

「それに、平壌の方言をもっと使っていたはずだが……」

「最近のお客様はソウルの言葉をお好みになられますから」

「そんな奴ら……。ところで朴、平壌に来て頭巾を見られないのはどういうことだろう？」

「それなら金府会議員に尋ねるといい。こういう経世家が禁令を出したのさ」

「そうみたいだな、まったく！」

「呆れた奴らだ……」

「おいこら、お前らこそ呆れた奴らじゃないか……。あんな頭巾のどこがいいってんだ。それに、この平壌府内だけで年間どれだけの金があの頭巾やらテンギやらにかかると思ってる」

と金がふんぞり返る。

「百万圓（ウォン）ならどうだってんだ？　文化の価値を知らない奴らめ……」

「そんなだからお前らみたいな文筆家は世間知らずと言われるんだ」

「身のほど知らずめ……朝鮮の女たちが何を無駄遣いしてるって言うんだ。おしゃれをするのに？女がきれいにして何が悪い？」

「金がかかるだろう」

「フン！　家で死ぬほど働いて、子どもを育てて、男の世話を焼いて……それなのに年にテンギひとつ買うのももったいないってのか？　おいおい、男どもの酒や煙草にいくらかかってると思う？　生活改善［戦時下で日本が行った衣食住全般にわたる生活の合理化を図った運動］？　女たちの頭巾代やテンギ代をけちることがか？　懐の狭い経世家たちめ。自分たちは好きなだけ無駄遣いしておいて……」

「おい、口の利き方に気を付けろ……。お前ら、酒ってのが実社会でどれだけ必要なものかわかってるのか？」

「わかってるさ。必要なのは酒だけか？　固有の文化は必要なくて？　ブタ野郎め……この負け犬め……へっ……」

「ヒトヲバカニスルナ、コノヤロウ……」

「お前らなんかちょっとバカニシテモイイナ……」

「ナニ？」

「ナニとはまた何だ、つまらねえ。いくらお前のおごりでも、言いたいことは言わせてもらうぞ。まあ、お前に当たったたって仕方ないが……」

　と玄はげっぷをする。

「何だ、もう酔っちまったみたいだな」

　朴が爪楊枝を置いて、玄に杯を差し出す。金は黙ってつまみをつつくふりだ。

　長い経歴から客の気分に敏いヨンウォルは、ボーイを呼ぶとチャング［朝鮮の長鼓］を運ばせた。さっとばちを手に取ると、片方の手でチャングの縁をタンタンと打ち、

「ああー良きかな　二十五絃　夜月に弾めば……〔民謡「芳娥打令（パンアタリョン）」より〕」

と歌い始める。玄はヨンウォルの筋張った首をぼんやりと見つめながら、チョッキのボタンを外す。小刻みに震える手で膳の端を叩いてみる。だが自分は調べに乗れない。

「エーヘン　エーヘイヤーハ　オーラ　つけよ杵を」

と受けたのは金だ。玄は胸ばかりが熱く燃えたぎる。こんなときは歌《ソリ》でも歌えればどれだけ胸がすくことだろうと思う。同じ妓生でもあとの二人は静かに座ってヨンウォルの口元を眺めるばかりだ。歌が終わると朴は、

「ご苦労だったね」

とヨンウォルに酒を一杯勧めると、一曲頼みたいと申し出る。ヨンウォルは断らず、一度置いたチャングをもう一度引き寄せると、

「一朝郎君〔一朝にしてあなたと〕……〔「黄鶏詞（ファンゲサ）」より〕」

と先陣を切る。ところどころ一緒に歌っていた朴は、節回しはぎこちないがそれなりに調子を合わせ、こんな詩の一節で受けた。

「恨山盡水窮處……任情歌曲亦難爲〔恨めしいかな水も山も果ててしまった　心のままに歌うのも難しいことよ〕……〔申采浩（シン・チェホ）の漢詩「白頭山途中」より。「恨山盡水窮處」は原作では「恨水窮山盡處」〕」

朴は目に涙を溜め――ため息で歌を締めくくる。

その場は再び、冷雨が通り過ぎたかのようなうら寂しさに包まれる。金はボーイを呼び、蓄音機を持ってくるよう言った。ジャズをかけると、二人の妓生はようやく自分たちの番だというように、順繰りに金と手を取り合ってダンスを踊るのだった。

「ヨンウォル？」

ヨンウォルは黙って玄のそばへ寄る。

「また会えるとは思わなかった。嬉しいよ」

「私のようなもの、誰もおそばに仕えさせてはくれませんから」

「理想が高すぎるんだろう？」

「はい？」

蓄音機の音でよく聞こえない。

「理想が高すぎるんじゃないのか？」

「とんでもありません……ずいぶんおやつれになったようです」

「うん？」

「ずいぶんおやつれになりました」

「僕か？」

「はい」

「君が恋しくてね……」

「お言葉だけでも……」

「フッ！」

ダンスが一曲終わった。金は席に着きながら玄に、

「**キミモオドレ**」

と言う。

「僕は踊り方も知らない。妓生を呼んでおいてダンスなんか踊る輩は以前から好きじゃなくてね」

「君みたいにマケオシミのツヨイ奴もいないだろうな。踊れないならそう言えばいいだけの話だ……」

「フン！　負け惜しみじゃない。抱き合って腰を振ったり、流行歌なんかわめいたり、そんなのが妓生、そんなのが本当の遊びを知る人間かい？　ヨンウォルはきっとダンスをしないよ。できないんじゃなくてしないだろうね」

「いやねえ！　ヨンウォル姉さんには難しいに決まってるでしょう」

と別の妓生がにらみながら横槍を出す。

「君もダンスを踊るのかい？」

「うまくは踊れません」

「さあて、うまかろうが下手だろうが」

「致し方ありません。その時々のお客様に合わせるしか」

「どうして？」

「お金を稼ぐためです」

「お金ばかり稼いでどうする？」

「妓生だからこそお金が必要なのでございます」

「なぜ？」

「お考えになってみてください」

「わからないな？　金を持ってる男に嫁げばいいじゃないか」

「そんな男が心変わりもせず私一人で満足すると思いますか？」

「違うのか」

「本妻となれば、夫がどれだけ浮気しても年を取れば戻ってくるものと、子どもを慰みに暮らせるでしょう。ところが妓生はどうです？　その人だけを頼りに付いていって、もしもその人が帰ってこなかったら何を頼りに暮らせばいいのやら。家庭に入って長続きする妓生がどれほどいるでしょう。私たち妓生は自らお金を貯めて、お金のない男をもらうのが一番なのです」

「おい！　そのとおり、これは聞き捨てならないぞ！」

と朴が乗り出してくる。そして、

「僕には一文もない。仕事だってこれからどうなることやら。うちの女房ならもう歳で文句も言わないだろうし、お金を貯めたら僕と暮らすかい？」

とヨンウォルの手を引っ張る。

「おい、ヨンウォルは玄のものだぞ」

「やれやれ、こうなったら金持ちの妓生をもらうしかなさそうだ……」

と玄も笑う。

「他でもない、君たちもこれからは現実を見つめなきゃな」

と、金は玄の顔色を窺う。

「嫌な野郎だ！」

「フン、お前らがいくら一本気なふりしたって……」

「何だと、こいつ――」

と、玄は酔い醒ましに飲んでいたサイダーのコップを中身ごと金に投げつける。割れたり飛んでいったりするのはガラスコップだけではない。妓生たちがそちらへ駆け寄る。ボーイたちも入ってくる。

「いいか？　どうあったって俺たちは……こんなでも俺たちは……」

と玄の見開いた目にみるみる涙が溜まる。

「おいおい、こんな所で……。酔っ払ったみたいだな、外で風に当たってこい」

と朴が騒動の中から玄を引っ張ると、玄は煙草を一本取って廊下へ出た。

「おい、金の言うことにいちいち突っかかってどうする？」

「フゥ……」

「勝手に言わせておけ……」

「酔っ払ったみたいだ……金が……憎いからじゃない。……先に入っててくれ」

玄はしばらく欄干にもたれていたが、つっかけを履いたまま川辺へ下りた。川には行き交う舟もない。風はないが、背筋がひやりとする。川辺に散った木の葉に霜柱が立ち、銀紙のようにぎらついている。ぎらつくものだけをひとつずつ踏んでみる。

「霜を履《ふ》みて堅氷《けんぴょう》至る……」

『易経』にある言葉を思い出した。霜を踏めばやがて氷の季節がやって来ることを覚悟しろという意味だ。たちまち酔いが醒めた。チョゴリのおくみをかき合わせても、冷たいものが懐に這い込んでくる。煙草を吸おうとしたが、マッチがない。

「霜を履みて堅氷至る……霜を履みて堅氷至る……」

夜の川は死体のごとく冷ややかに静まり返っている。

解説

一九三〇年代の人物形象の深化
植民地朝鮮文学の一断面

渡辺直紀

本書は一九三〇年代に植民地朝鮮で活躍した作家の短篇小説を中心に収録している。通常、文学史ではこの時期の文学の変遷を「リアリズムの深化と拡大」（崔載瑞）と説明する。いわゆる階級革命を標榜してその叙事化を目指すプロレタリア文学と、技巧派といわれるモダニズム文学が相克した状況をそう語るのである。前者は朝鮮プロレタリア芸術家同盟（ＫＡＰＦ）に集まった李箕永や韓雪野、林和らの作品を、また後者はモダニズム文学団体・九人会に集まった鄭芝溶、李泰俊、李孝石、金起林（後期同人に李箱や朴泰遠）らの作品をそう言うのだが、実はこれは時代と文学を結び付けた便宜的な構図に過ぎない。本書に収録された作品の作者たちは、必ずしもこれらの文学団体に属した人たちばかりではないが、これらの作品を読むと、世界観の対立よりも、物語の展開や描写において、個別の作家たちがいかに努力し奮闘してきたかが、そしてそれらの努力がひとつの大きな調和を見せていることがわかるだろう。――以下に個別の作品の内容や背景について触れてみたい。

朴花城の短篇**「下水道工事」**（『東光』一九三二・五）は、日本女子大への留学から朝鮮に戻った作家が、春園・李光洙の推薦を受けて修養同友会系の雑誌『東光』に発表した作品である。主人公のドングォンは日本で苦学して朝鮮に戻った若者で、木浦の儒達山と市内を結ぶ下水道工事で、日本人請負業者の賃金未払いをめぐって、朝鮮人労働者たちが決起して抗議すると、彼らとともにその先頭に立って戦う。しかし、精神的な指導者である鄭氏が檄文事件で投獄されると、彼は恋人のヨンヒに手紙を残して木浦を去る。どこに行ったかは示されないが、なんらかの高邁な志のために身を隠すことが手紙を通して暗示されることで物語は幕を下ろす。作中に何度となく、日本人業者と朝鮮人労働者、それに木浦府庁や警察の関係者などが入り乱れて、未払い賃金をめぐるやりとりや揉め合いの様子が描かれているのもとても興味深い。作家の朴花城は、短篇「洪水前後」(一九三四)「旱鬼」(一九三五)などで、搾取され貧困にあえぐ下層労働者や、毎年の自然災害に苦しむ農民をよく描いた。この作品の舞台となった全羅南道・木浦は作家自身の生まれ故郷でもある。

　このように一見、プロレタリア文学系列とも受け取れる作品が、李光洙の推薦を受けて発表されたことを不思議に思う読者もいるだろう。しかし、李光洙や、また彼自身かなり深くコミットし、この作品の発表媒体を支援した修養同友会は、民族主義系の独立運動団体と目されて、始終、総督府や官憲の監視の対象となっていた。その結果が一九三七から三八年に起きた修養同友会事件である。李光洙や、また彼の精神的指導者であった安昌浩も検挙され、安は釈放後すぐに病死する。植民地末期の李光洙の変節はこれらの事件の延長線上にあるものだが、朴花城の作品活動の背景に、李光洙のこのような戦う民族主義者としての側面があったことも忘れてはならないだろう(実際に、一九二〇年代末から三〇年代初にかけて、プロレタリア文学系列で活躍した韓雪野や崔曙海なども、最初は李光洙の推薦を受けてデビューした作家だった)。

　李孝石の短篇**「オリオンと林檎」**(『三千里』一九三二・三)の主人公のナオミは京城の百貨店に勤める日本人女性である。視点人物の「私」はSの紹介でナオミを知り、仲間とともに外国の文献を読む読書サークルに彼女を招き入れる。コロンタイやローザ・ルクセンブルクを読んで議論するサークルの様子も興味深いが、何よりもこの作品で支配的なのは「私」のナオミに対する視線である。それは『同志』というよりも『女』」に対するそれである。林檎はナオミの好物で、「私」は林檎を通じてナオミを夢想する。まるで原始的本能の象徴であるかのようにである。作品の最後でナオミは「私」に「私を力いっぱい抱きしめてください」と訴えるが、そもそも作品を通して、「私」とナオミの関係の深化に必然性がないだけに、実に不思議な印象を与える。作品のなかで強調されるのは、「私」のナオミに対する執拗な視線だが、にもかかわらず関係の深化に対して逡巡しているようにも見える「私」の態度を浮き彫りにすることが作品のテーマになっているようにも見える。

短篇「そばの花の咲くころ」(一九三六)は江原道の田舎の行商人らのやりとりと哀歓を描いた名作として当時からも名高く、解放後の韓国では学校教科書に掲載されるほど、また日本においても当時から現代にいたるまで日本語に何度も翻訳されるほど、いわゆる「リリシズム」(抒情性)の作家として名高い李孝石だが、そのような評価を疑ってしまうほど、この作品も含めて他にさまざまな主題の短篇を数多く発表している。あえて共通性を探すとすれば、人間の本能や自然性をさまざまな形象を通して描いたともいえるが、そのような一般化が果たしてどれほど有効かわからない。また、短篇「ハルビン」(一九四〇)での、主人公の朝鮮人男性とロシア人女性ユーラとのやりとりも同様だが、この「オリオンと林檎」でナオミと朝鮮人男性の「私」が、いったいどのような言葉で、また端的に言って、何語で意思疎通しているのかについても、作中ではまったく触れられない。そのような点がこの作品にやや幻想的な雰囲気を与えてもいる。——「李孝石」という作家で統合される彼の作品群のおりなす世界をどう説明できるか、まだまだ議論は尽きないだろう。

金裕貞の短篇**「山あいの旅人」**(『第一線』一九三三・三)は、山奥のさびれた酒幕に寄食して住み込みで働くようになった女の話である。その女の器量で店に客も増えると、女主人はいっそ自分の息子の嫁になって、ずっと住み続けてほしいと懇願し、息子のトットリもその気になって婚礼まで挙げるが、当の女はあくまで受動的で何も語ろうとしない。ある日、女はトットリの衣類の一切を荷物にまとめて姿を消してしまう。気づいたトットリは女を捜して村じゅうを回るが見つからない。女ははずれの廃屋に本夫を住まわせていたが、本夫にかすめてきた服を着せて、山道を逃げていくのであった。女は夜逃げするときに、婚礼時にもらった銀のかんざしは枕元において出ていく。金目のもの目当ての物盗りではなかったところに、そのように生きていくしかない女への憐憫の視線が注がれる。

作者の金裕貞はこの話を、自分の生まれ故郷の近隣の村で聞き、この物語としてまとめた。そして彼の他の多くの作品と同様に、山あいを背景にして貧しい人々の哀歓を描いている。登場人物たちが口にする多くの方言も、その情緒を一層色濃いものにしている。作品の傾向はかなり異なるが、彼はモダニズム詩人の李箱と親交があり、互いのことを自分の作品やエッセイなどに書き残している。そして一九三七年の三月には金裕貞がソウル郊外の田舎で（肺結核）、翌月の四月には李箱が東京で（原因不明の病）、それぞれ世を去った。彼らの逝去は当時も文壇で話題となったが、その対照的な作風のために、現在まで二人の交友関係は注目の対象になっている。

李箕永の中篇**「鼠火」**（『朝鮮日報』一九三三・五・三〇～七・一）は、植民地朝鮮のプロレタリア農民小説の白眉といわれる長篇『故郷』（一九三三～三四）と合わせて、この作家の代表作である。トルスェは妻のスニムとともに山あいの貧村につつましく暮らすが、生業もそこそこに各種の賭博にうつつを抜かす。ただ、貧しい田舎に暮らす男たちにとって、賭博は少ない収入を最大限にふくらませる唯一の方法だった。ある日、トルスェは賭博で同じ村のウンサムに勝って、牛一頭分をせしめる。その事実は村じゅうに知れ渡るが、村の面書記のウォンジュンは、横恋慕のためにトルスェを貶めようと、賭博が蔓延する村の公序良俗を正すべく方々に駆け回る。そこに、肺病で一時帰国して村に戻ってきたチョン・グァンジョが、ウォンジュンの陰謀を見抜き、そのように賭博が蔓延するような風潮をただすためには、まず彼ら農民がなぜ貧困の軛から抜け出せないか、地主などとの雇用関係などをまず根本から解決すべきことを主張し、ウォンジュンの陰謀もそこで頓挫する。

作品には、このようなストーリーラインの随所に、村の風習や民俗――綱引き、ノルティギ（シーソー）、ユンノリ（朝鮮すごろく）、また旧正月の満月の夜に行う野焼きの一種である鼠火の光景が挿入される。知識人エリートが村に入って、農村の階級問題を解決するというプロットは、同じ李箕永の長篇『故郷』も同じだが、この作品の方では、鼠火のあかりが、朝鮮の風俗の活写として機能しながら、貧しい村の住民の生きる意志を示すものとして機能する。李箕永はプロレタリア農民小説の作家として、いくつかの作品で、知識人中心のプロットを堅持するが、中篇「鼠火」をはじめ一部の作品では、そのような批判的ロマン主義の片鱗を見せるような作品も少なからず発表した。解放後、いち早く北朝鮮に渡って、北朝鮮の文芸政策のみならず、各方面で活躍した李箕永だが、この「鼠火」系列の作品ももう少し評価されていいだろう。

朴栄濬の短篇**「模範耕作生」**（『朝鮮日報』一九三四・一・一〇～二三）は、植民地時代に農村小説をよく書いた作家のデビュー作である。主人公のギルソは村で唯一の自作農でリーダー格の存在である。村では「模範耕作生」として表彰され、ソウルの農業講習会にも選ばれて派遣されるほどだが、一方でかなり利己的な性格の持ち主である。その典型的な出来事がある年の夏の旱魃で起こる。そのとき多くの農民が小作料の引き下げを訴えて地主と掛け合ったが、ギルソはそのような農民たちの動きを無視した。ある日、ギルソがやはり農村の代表として日本に派遣され戻ってみると、田んぼの畔に立ててあった「模範耕作生」の杭が抜かれて、粉々に砕かれていたのであった。

これは一九三〇年代の植民地朝鮮の農村で実際に行われた官製の農村振興運動を背景としている。朴栄濬は表立ってそれに対抗する作品を書くことはなかったが、このように迂回的にエピソードを物語化することで、疲弊していく農村の現実を描いた。彼は李無影とともに、一時期の韓国の文学史では一九三〇～四〇年代の農村小説の作家として評価されていた。現在でもその評価は変わらないが、八〇年代の民主化運動の一環で文学でも越北作家（解放後、北朝鮮に渡った作家たち）の作品が解禁され、この時期の農村・農民の問題を素材とした作品も、長篇『故郷』をはじめとする李箕永の作品が大きく評価されることで、朴栄濬や李無影の評価が後景化する面はあったかもしれない。

朴泰遠の短篇**「芳蘭荘の主」**（『詩と小説』一九三六・三）は、段落や文章の区切りがなく、作品全体がひとつの文章として記述された奇抜な作品である。主人公の「彼」は画家で芳蘭荘というカフェを細々とやっているが、ある日、近所にモナミという競争店が現われて借金だけがかさむようになる（「彼」は新宿にスキヤキを食べにいく、というくだりもあるので、舞台は東京なのだろうか）。しかし、そのような苦境にもかかわらず、従業員の「ミサエ」は不平もいわずに店に出てくるので、「彼」は申し訳ないばかりである（この「ミサエ」が日本人なのかどうかも作中に判断できる材料はない）。ある日、このカフェの名付け親である小説家の「水鏡先生」が、「彼」に「ミサエ」と一緒になってはと勧めるが、「彼」が「水鏡先生」の家を訪れてみると、いつもの小説家然とした雰囲気はどこへやらで、先生は妻に生活上のあれこれをなじられ、大声で罵声を浴びせられているのであった。「彼」は冷たい秋風を感じながら急いで家路についた。

芸術家の無気力と孤独が、作品の内容からも形式からもよく感じ取れるが、作家・朴泰遠自身の創作遍歴からみると、中篇「小説家仇甫氏の一日」（一九三四）や長篇『川辺の風景』（一九三六～三七）などでも見せたように、彼はつねに作品のナレーションやナラティブをどうするかに苦心していたようである。「小説家仇甫氏の一日」でナレーターは、植民地都市・京城を徘徊する小説家・仇甫氏の意識の流れそのものだったし、この「芳蘭荘の主」ではひとつひとつの文章を書いて重ねることをやめ、すべてを読点でつないでいくことで、人物の切羽詰まった意識を最大限に引き出した。そして『川辺の風景』では逆にナレーターを過度に露出させることをやめ、単に数多くの登場人物がエピソードの主人公として現われては消えていくという構成を取ることで、庶民の生活世界の堅固さを描いたのであった。

この「芳蘭荘の主」が最初に発表された雑誌『詩と小説』は、モダニストの文学グループ・九人会がたった一度だけ発行した雑誌だが、一緒に掲載されたもう一つの小説である金裕貞の短篇「ひきがえる」も、文章こそ切れていて句点が打たれているものの、段落は作品全体で一つになっている。このような手法はこの時期、世界のモダニスト作家たちによって試みられたが、植民地のモダニストたちはこの手法で、どのような自我を描き切ることができたと言えるだろうか。

玄徳の中篇**「草亀」**（『朝鮮日報』一九三八・一・八〜二五）は、仁川港周辺で貧しく暮らす少年ノマの一家の物語である。ノマの父は塩運びの仕事で負傷し仕事ができなくなり、ノマの母は夫にかわって港で酒を売って男に媚びながら日銭を稼いでいる。少年ノマは母がそうしている光景に頼もしささえ覚えて「わくわくする」が、見られた母はノマに険しい表情をする。体が弱ったノマの父に、近所の人が邪気を飛ばすようにと草亀をくれた。するとノマの父は草亀だけと一緒にいるようになり、ノマを近くに置かなくなった。そのうち父が死ぬ。その死に悲しまないノマに対して母は泣けという。しかしノマは父が死んだ悲しみよりも、いつものぼりたかった柳の木にのぼることができた喜びの方が大きかったのであった。

かならずしも一貫した視点にはなっていないが、物語のほとんどは少年ノマの目を通して語られている。作家の玄徳は一九二七年と三二年にも朝鮮日報や東亜日報の新春文芸で童話が当選していたが、作品を量産したのはこの「草亀」が朝鮮日報の小説部門で当選した一九三八年からの二年間のことである。この期間に作家は八編の短篇と四十数編の少年ノマを主人公とする連作童話、十数編の少年小説を発表している。そこでつねに評価されたのは、少年の目を通じて捉えられた風景や出来事の描写力である。彼の作品には物語の展開に大きな起伏はないかわりに、やや執拗とも思われるほど描写が続く場面が多

一九一七	「無情」（李光洙　イ・グァンス）		
一九一八	**「瓊姫」（羅蕙錫　ナ・ヘソク）**	「田園の憂鬱」（佐藤春夫） 「蜘蛛の糸」（芥川龍之介）	シベリア出兵、米騒動
一九一九	「創造」（金東仁　キム・ドンインら、初の文芸同人誌） 「天痴？　天才？」（田栄沢　チョン・ヨンテク）	「恩讐の彼方に」（菊池寛） 「或る女」（有島武郎）	三・一独立運動
一九二〇		「杜子春」（芥川龍之介）	
一九二一	「標本室のアマガエル」（廉想渉　ヨム・サンソプ） 「貧妻」（玄鎮健　ヒョン・ジンゴン）	「暗夜行路」（志賀直哉）	日英同盟破棄
一九二二			森鷗外死去
一九二三		「幽閉（山椒魚）」（井伏鱒二）	関東大震災
一九二四	「万歳前」（廉想渉　ヨム・サンソプ） 「運のいい日」（玄鎮健　ヒョン・ジンゴン）	「注文の多い料理店」（宮澤賢治）	黒田清輝死去
一九二五	「つつじの花」（金素月　キム・ソウォル、詩） 「甘藷」（金東仁　キム・ドンイン） 「水車」「唖の三龍」（羅稲香　ナ・ドヒャン） **「猟犬」（朴英熙　パク・ヨンヒ）** **「人力車夫」（朱耀燮　チュ・ヨソプ）** 「脱出記」**「朴トルの死」（崔曙海　チェ・ソヘ）** **「B舎監とラブレター」（玄鎮健　ヒョン・ジンゴン）**	「檸檬」（梶井基次郎）	治安維持法、普通選挙法施行 孫文死去 昭和天皇即位

一九二六		「伊豆の踊子」（川端康成）	
一九二七	「郷愁」（鄭芝溶　チョン・ジョン） 「紅焔」（崔曙海　チェ・ソヘ） **「南忠緒」（廉相渉　ヨム・サンソプ）**	「或る阿呆の一生」（芥川龍之介）	金融恐慌 芥川龍之介自殺
一九二八	「都市と幽霊」（李孝石　イ・ヒョソク）	「蓼食う虫」（谷崎潤一郎）	張作霖爆死事件
一九二九	「過渡期」（韓雪野　ハン・ソリャ） **「K博士の研究」（金東仁　キム・ドンイン）** **「五月の求職者」（兪鎮午　ユ・ジノ）**	「太陽のない街」（徳永直） 「蟹工船」（小林多喜二） 「夜明け前」（島崎藤村）	
一九三一	「三代」（廉想渉　ヨム・サンソプ）		満州事変起る
一九三二	「土」（李光洙　イ・グァンス　〜三三） 「白花」**「下水道工事」（朴花城　パク・ファソン）** **「オリオンと林檎」（李孝石　イ・ヒョソク）**		上海事変 リットン調査団来日 五・一五事件
一九三三	**「山あいの旅人」（金裕貞　キム・ユジョン）** **「鼠火」（李箕永　イ・ギヨン）** 「水」（金南天　キム・ナムチョン）	「銀河鉄道の夜」（宮澤賢治） 「春琴抄」（谷崎潤一郎）	国際連盟脱退
一九三四	「小説家仇甫氏の一日」（朴泰遠　パク・テウォン） 「故郷」（李箕永　イ・ギヨン） 「洪水前後」（朴花城　パク・ファソン） 「三曲線」（張赫宙　チャン・ヒョクチュ　〜三五）	「よだかの星」（宮澤賢治）	満州国帝政実施 ワシントン・ロンドン条約破棄

	「模範耕作生」（朴栄濬　パク・ヨンジュン） 「レディメイド人生」（蔡萬植　チェ・マンシク） 「烏瞰図」（李箱　イ・サン、詩）		
一九三五	「客間のお客と母」（朱耀燮　チュ・ヨソプ） 「常緑樹」（沈熏　シム・フン） 「金講師とT教授」（兪鎮午　ユ・ジノ） 「白痴アダダ」（桂鎔黙　ケ・ヨンムク）	「故旧忘れ得べき」（高見順） 「道化の華」（太宰治） 「雪国」（川端康成） 「蒼氓」（石川達三）	湯川秀樹中間子理論
一九三六	「つばさ」（李箱　イ・サン） 「川辺の風景」（朴泰遠　パク・テウォン　〜三七） 「そばの花咲く頃」（李孝石　イ・ヒョソク） 「椿の花」（金裕貞　キム・ユジョン） 「巫女図」（金東里　キム・ドンニ） 「雨の降る日」（崔明翊　チェ・ミョンイク） **「芳蘭荘の主」（朴泰遠　パク・テウォン）**		二・二六事件
一九三七	「濁流」（蔡萬植　チェ・マンシク　〜三八）	「濹東綺譚」（永井荷風）	盧溝橋事件。日華事変始まる。 日独伊防共協定
一九三八	「故郷」「私とナターシャと白いロバ」 （白石　ペク・ソク、詩） **「草亀」（玄徳　ヒョン・ドク）** **「浿江冷」（李泰俊　イ・テジュン）** 「太平天下」（蔡萬植　チェ・マンシク）		国家騒動員法発令

一九三九	「長寿山」(鄭芝溶　チョン・ジョン、詩) 「無明」(李光洙　イ・グァンス) 「心紋」(崔明翊　チェ・ミョンイク) 「泥濘」(韓雪野　ハン・ソリャ) 「大河」(金南天　キム・ナムチョン) **「失花」(李箱　イ・サン)** 「第1課第1章」(李無影　イ・ムヨン) 「花粉」(李孝石　イ・ヒョソク)	「富嶽百景」(太宰治)	ノモンハン事件
一九四〇	「夜道」(李泰俊　イ・テジュン) 「決別」(池河蓮　チ・ハリョン) 「塔」(韓雪野　ハン・ソリャ　～四一) **「経営」(金南天　キム・ナムチョン)** **「土の奴隷」(李無影　イ・ムヨン)** **「ハルビン」(李孝石　イ・ヒョソク)** **「冷凍魚」(蔡萬植　チェ・マンシク)**	「夫婦善哉」(織田作之助) 「走れメロス」(太宰治)	日独伊三国軍事同盟
一九四一	「序詞」(尹東柱　ユン・ドンジュ、詩) 「春」(李箕永　イ・ギヨン) 「麦」(金南天　キム・ナムチョン) 「習作室で」(許俊　ホ・ジュン) 「大同江」(韓雪野　ハン・ソリャ　～四二) 「大首陽」(金東仁　キム・ドンイン) **「秋」(池河蓮　チ・ハリョン)**	「青果の市」(芝木好子)	日ソ不可侵条約 真珠湾攻撃、太平洋戦争始まる。

一九四二	「青瓦の家」（李無影　イ・ムヨン　～四三） 「美しき夜明け」（蔡萬植　チェ・マンシク）	「古潭」（中島敦）	ミッドウェー海戦
一九四三	「北原」（安寿吉　アン・スギル） 「石橋」（李泰俊　イ・テジュン）	「細雪」（谷崎潤一郎　～四八）	
一九四四	「女人戦記」（蔡萬植　チェ・マンシク） 「情熱の書」（李無影　イ・ムヨン）		米軍、サイパン上陸
一九四五			原爆、広島、長崎に投下 太平洋戦争終結

朴花城（パク・ファソン）

一九〇四～一九八八　全羅南道木浦（チョルラナムド・モクポ）に生まれる。本名は朴景順（パク・キョンスン）、号は素影（ソヨン）。木浦にある貞明（チョンミョン）女学校を経てソウルの淑明（スンミョン）女子高等普通学校を卒業。忠清南道（チュンチョンナムド）の天安（チョナン）と牙山（アサン）、全羅南道の霊光（ヨングァン）中学校で教師生活を送る。一九二五年に李光株（イ・グァンス）の推薦を受けて「秋夕前夜」で登壇を果たす。一九二六年、日本女子大学英文学部に入学するが、本格的に作家として執筆活動を始めたのは帰国後の一九三〇年代に入ってからだった。日本留学は朴花城の思想形成に大きな影響を与えた。一九三二年、「下水道工事」が李光株によって「東光（トングァン）」に再び推薦され作家活動を再開。その年、女性作家初の新聞連載小説として「白花」が「東亜日報」に掲載された。その後も一九三八年まで作品活動を続け、「崩れた青年会館」（三四）、「洪水前後」（三四）、「旱鬼」（三五）、「プルガサリ」（三六）、「故郷なき人々」（三六）など二十編あまりの小説を発表する。彼女の作品には一貫して現実告発の傾向が強くにじみ出ており、富と貧困、地主と小作人、強者と弱者などの階級的対立関係の矛盾と、不条理に抗う民衆の姿を描き出しているという点で、社会性の強いリアリズム小説と評される。「重陽節」（三八）を最後に執筆を中断していたが、解放後の一九四六年、雑誌「民声（ミンソン）」に短編「春霞」を発表し執筆活動を再開した。大韓民国文化勲章、韓国文学賞、第一回芸術院賞を受賞。韓国文人協会理事、国際ペンクラブ韓国本部中央委員、韓国女流文人会初代会長を歴任した。生涯を通じて約二十編の長編小説、百編の短編小説、五百編の随筆と詩などの作品を残し八十四歳でこの世を去った。

李孝石（イ・ヒョソク）

一九〇七～一九四二　江原道平昌郡（カンウォンド・ピョンチャングン）に生まれる。号は可山（カサン）。京城第一高等普通学校を経て、一九三〇年京城帝国大学法文学部英文学科を卒業。一九三一年日本の恩師の口利きで朝鮮総督府警務局検閲係に一時就職するも、良心の呵責と周囲の非難により一カ月足らずで退職する。その後は妻の実家のある、咸鏡北道鏡城（ハムギョンプクド・キョンソン）に移り鏡城農業学校で英語教師、後に平壌の崇実（スンシル）専門学校教授として赴任する。教員をしながら文筆活動を行っていたこともあり、経済的には比較的余裕があったとされる。高等普通学校在学中の一九二五年「毎日申報」の新春文芸に詩「春」が選外佳作となるが、大学在学中の一九二八年雑誌「朝鮮の光」に短編「都市と幽霊」を発表したのが正式な文壇デビュー。初期の作品は「露領近海」（三一）「上陸」（三〇）「北國私信」（三〇）など、傾向文学の色合いが濃く、同伴者作家とも言われていた。一九三二年以後、純粋文学の世界に傾倒していき、作品には「オリオンと林檎」（三二）、「豚」「雄鶏」（三三）などがある。一九三三年には「九人会」結成の発起人の一人となり、完全に純粋文学へと移行していく。三十代前半がもっとも執筆活動が盛んな時期で、短編「山」（三六）「野」（三六）「石榴」（三六）など、毎年十作以上の短編や散文を発表していた。特に短編「そばの花咲く頃」（三六）は自然と人間の心理を美しく描写した彼の代表作として現代まで広く読み継がれている。故郷や自然への郷愁をモチーフにした短編小説が多いなか、学生時代に読み耽ったチェーホフや英語教師として過ごした経験も影響し、モダンボーイや海外の近代文化を基盤にした作品や、不倫や痴情を描いた長編小説を執筆するなど、その作品世界は幅広い。長編の代表作には「花粉」（三九）「碧空無限」（四〇）などがある。一九四〇年妻に先立たれ、ほどなく幼い次男まで亡くすと、失意のうちに満州などを転々とする。そのころから体調を崩し、一九四二年脳膜炎を患い三十五歳の若さで夭折する。

金裕貞（キム・ユジョン）

一九〇八〜一九三七　江原道春川（カンウォンド・チュンチョン）出身。富農の家に二男六女の七番目として生まれるが、両親の死後、兄の放蕩により家産が傾き故郷を離れる。十二歳の頃にソウルの齊洞（チェドン）公立普通学校に入学、一九二九年に徽文（フィムン）高等普通学校を卒業、その翌年に延禧（ヨンヒ）専門学校（延世大学校の前身）と普成（ポソン）専門学校（高麗大学校の前身）に進むがいずれも中退。その後は故郷に戻り、農村の立ち遅れた環境を改善するために夜学校を開設し農村啓蒙運動を展開するなか、一九三三年に「山あいの旅人」、「チョンガーとカエル」を発表し登壇を果たす。一九三五年、「朝鮮日報」と「朝鮮中央日報」の新春文芸に「夕立」と「ノダジ（富鉱脈）」がそれぞれ当選し一躍注目を浴びる小説家となった。同年、朝鮮の文学親睦会である「九人会」に入り、既存の会員だった李箱（イ・サン）と知り合い共に文壇活動を行う。登壇から二年間で「金を掘る豆畑」（三五）、「春・春」（三五）、「椿の花」（三六）、「タラジ」（三七）など、約三十編の小説と十編の随筆を発表。純朴な故郷の風景や、登場人物のありのままの生きざまを風刺とユーモアを交えて描きながら、物語の意外な展開やどんでん返しで笑いに昇華させるシニカルな作風を持ち味としている。生活に困窮した農民たちの姿や自身の経験に基づいた植民地期の冷徹な現実を見据えつつも、苦しい時代を生き抜くための愛と人間味を素材とした作品が多い。「椿の花」、「春・春」はそれぞれ韓国中・高等学校の国語の教科書に収録されている。一九三七年、京畿道（キョンギド）広州（クァンジュ）郡で肺結核のため二十九歳の短い生涯を終えた。

李箕永（イ・ギョン）

一八九五～一九八四　忠清南道牙山（チュンチョンナムド・アサン）生まれ。号は民村（ミンチョン）。開化思想を持つ父は家庭を顧みず、貧しい少年時代を送った。一九二〇年代初めに渡日し、正則英語学校（現在の正則学園高校）に入学するも、関東大震災により学業を中断して朝鮮に戻ることを余儀なくされる。一九二四年、「兄の秘密の手紙」が「開闢」に掲載されて登壇。翌年、詩人・作家の趙明熙（チョ・ミョンヒ）の推薦で雑誌「朝鮮之光」に記者として就職するとともに、朝鮮プロレタリア芸術家同盟（KAPF）に参加した。KAPFの一斉検挙により三一年と三四年の二度拘束され、二度目の検挙では一年半にわたり投獄された。三三年に「朝鮮日報」に連載した中編「鼠火」、同年から三四年にかけて同紙に連載した長編「故郷」は、植民地朝鮮の農村問題を素材とし、貧困にあえぐ農民の暮らしを描いた作品として代表作に挙げられる。三五年にKAPFが解散すると、翌年には転向小説とされる「寂寞」を発表。三九年に朝鮮文人協会に発起人として参加し、親日的活動にも関与した。植民地時代末期には江原道内金剛（カンウォンド・ネグムガン）に疎開し、農作業を行いながら隠遁生活を送る。解放後は北に渡り、左翼作家として朝鮮文学芸術総同盟を率いた。その後も八四年に病没するまで芸術団体のトップを歴任した。長男の李平（イ・ピョン）は金正日（キム・ジョンイル）の最初の妻、成蕙琳（ソン・ヘリム）の前夫である。主な作品に「民村」（二七）、「開闢」（四六）、「蘇える大地」（四九）、「豆満江」（五四～六一）などがある。

朴栄濬（パク・ヨンジュン）

一九一一～一九七六　平安南道江西郡（ピョンアンナムド・カンソグン）に生

まれる。号は晩牛（マヌ）、西嶺（ソリョン）。平壌の崇実（スンシル）中学校、光成（クァンソン）高等普通学校を経て延禧（ヨンヒ）専門学校文科に入学、一九三四年の卒業と同時に長編「一年」が「新東亜」、短編「模範耕作生」が「朝鮮日報」の新春文芸に当選し、文壇にデビューした。一九三五年に抗日グループが若者の左傾化を図ったとして検挙された「読書会事件」にかかわり五か月間拘留された後、満洲の吉林省に移住、教師生活を送るが、戦争が終わると帰国。京郷新聞社の文化部長、高麗文化社の編集長などを経て、陸軍本部の政訓監室に文官として勤務、従軍作家団の事務局長なども務めた。その後は漢陽大副教授などを経て延世大教授、後には文理科学部の学部長も務めている。三〇年代中頃の作品は、主に農村の貧困を素材とし、苦痛にあえぐ人々への人間主義的な愛をテーマとしたものだった。「一年」「模範耕作生」「父の夢」「綿の種を蒔くとき」（いずれも三四）といったその頃の作品には啓蒙や思想の色は感じられず、農民の実情や思いが描かれている。戦争が終わると小説の舞台を都市に移し、都市の小市民の生活を中心に人間の孤独や倫理問題を粘り強く追求するようになるが、それを通じて彼は、人間というのはもともと孤独な存在だが、そのことに絶望するのではなく、むしろ高揚した精神世界に昇華させてゆくべきという生への意志と姿勢を打ち出すとともに、物質・快楽主義に陥り、人間としての基本的な倫理意識さえもマヒしてしまった現代人の姿を暴いてもいる。その生涯を通じて彼は、前述の短編「綿の種を蒔くとき」（三六）をはじめとし、「風雪」（四七）、「龍草島近海」（五三）、「古壺」（五四）など多数の作品を生み出しているが、それらを通して窺える彼の文学的特性は、面白さや脱倫理的な感覚などに向かう文壇の流れにも揺らぐことなく一貫していた。人間としての誠実さや正直さを描くことによる「善良な人間像」の追求だ。

朴泰遠（パク・テウォン）

一九一〇〜一九八六　筆名、号は泊太苑（パク・テウォン）、夢甫（モンボ）、仇甫（クボ）、丘甫（クボ）など多数。一九一〇年にソウルに生まれる。幼い頃から文学に強い興味を示し、李光洙、廉想渉、金東仁などの作品を通じて文学に傾倒してゆく。京城第一公立高等普通学校に在学中の一九二六年に詩「ヌニム（姉上）」が「朝鮮文壇」の佳作に入り、早くも文壇にその名を登場させる。三〇年に渡日し、法政大学の予科に入学するも中退。しかし留学時代に現代芸術全般にわたり幅広い見識を得る。初期には主に詩を書いていたが、のちに短編小説を書き始める。三三年には李泰俊の誘いで「九人会」に参加、その頃から文壇の注目を集めはじめ、中編「小説家仇甫氏の一日」（三四）などを発表、芸術派作家としての地位を確固たるものにしてゆく。特に一九三六年には、長編「川辺の風景」、全編がひとつの文章からなる「芳蘭荘の主」など、彼の代表作となる作品が多数発表された。特に当時の都市の様子を精密に描写した「川辺の風景」は、「リアリズム小説」、「世態小説」などと称され、話題を呼ぶ一方で、プロレタリア作家らから批判を受けるなど、文学界に論争を引き起こしもした。一九三九年以降は、主に自らの体験をモチーフにした小説や中国の歴史小説の翻訳などを発表していたが、一九五〇年の朝鮮戦争勃発を機に北に渡り、平壌文学大学で教鞭をとったりしながら主に歴史小説を執筆した。代表的なものとして「甲午農民戦争」（一～三部、七七～八六）があるが、これは北朝鮮で最高の歴史小説と評価されている。朴泰遠の初期の小説は文体や技法、テーマなどにおいてモダニズム小説の特徴を如実に示しており、作品のイデオロギーより文章の芸術性や人物の内面の描写を重んじている。こういった作品傾向から、韓国では友人である李箱とともに三十年代を代表するモダニズム作家とされている一方で、北朝鮮では歴史小説の大家と評価され、七九年には国家勲章も受けている。

玄徳（ヒョン・ドク）

一九〇九～未詳　ソウル生まれ。本名は玄敬允（ヒョン・ギョンユン）。仁川（インチョン）の大阜（テブ）公立普通学校を中退し、中東学校速成科に一年通う。一九二五年、第一高等普通学校に入学するが、すぐに中退。一九二七年、「朝鮮日報」新春文芸童話部門に「月から落ちたウサギ」が一等入選し、一九三二年には童話「ゴムシン」が「東亜日報」で佳作を受賞。その後多くの童話を「少年朝鮮日報」などで発表した。一九三八年、「朝鮮日報」に「草亀」が当選し正式に文壇デビュー。裕福な家庭に生まれたが、最下層の生活を送った経験が作品に反映されている。彼の作品は大きく二つの部類に分けられる。一つ目は天真爛漫な子どもの目から農村共同体が瓦解していく様子を描いたもので、「草亀」（三八）、「驚蟄」（三八）、「ヒキガエルが食べたお金」（三八）などが挙げられる。どれも農村共同体が解体し、故郷を捨てて都市郊外に移り住んだ農民が没落していく様子を描くことで、日本統治下の社会的矛盾を描き出している。二つ目は無気力な知識人を主人公にして堕落した都市を描いたもので、「路地」（三九）、「群盲」（四〇）などが挙げられ、一九三〇年代後半の貧しく、奇形的で、退廃的なソウルをありありと描き出している。一九四六年に朝鮮文学家同盟に参加し、一九五〇年に越北。その後も作品を発表したが、一九六二年に粛清されたとされ、それ以降の行方はわかっていない。

李泰俊（イ・テジュン）

一九〇四～未詳　江原道鉄原（カンウォンド・チョルウォン）に生まれる。

号は尚虚（サンホ）または尚虚堂主人（サンホダンチュイン）。幼少時代をウラジオストクで過ごし、父親が亡くなると故郷に戻って鳳鳴（ボンミョン）学校を卒業し徽文（ヒムン）高等学校に入るが、同盟休校の首謀者として退学処分となる。その後日本の上智大学予科に入学し、中退。一九二五年、「朝鮮文壇」に「五夢女」が入選し文壇デビュー。一九二九年から雑誌の編集にたずさわり、エッセーや少年読本を書く。一九三三年には朴泰遠、李孝石、鄭芝溶らと共に九人会を結成し、日本統治時代末期まで多くの作品を発表し続けた。一九四一年に第二回朝鮮芸術賞（受賞作不詳）、一九四六年に「解放前後」で第一回解放記念朝鮮文学賞を受賞。一九四六年七～八月頃に越北したとされるが、一九五六年に粛清されてからの行方は定かでない。九人会への参加により叙情性の強い作品を定着させ、一九三四年から「月夜」などの短編集を七冊、「思想の月夜」などの長編を一三冊出版。一九四五年光復以前の作品は、思想的なものより文章の妙味を生かした芸術至上的な色彩を帯びており、世情の繊細な描写や同情的な視線で物事を見つめる姿勢が、短編小説の芸術的完成度と深みをもたらせたという点で、韓国を代表する短編小説作家として評価されている。光復以降は朝鮮文学家同盟の核心メンバーとして活動する中、作品にも社会主義的な色彩をにじませようと努めた。

訳者プロフィール

小西直子（こにし・なおこ）

日韓通訳・翻訳者。静岡県三島市生まれ。立教大学文学部卒業。一九八〇年代中頃より独学で韓国語を学び、一九九四年、延世大学韓国語学堂に語学留学。以後、韓国在住。高麗大学教育大学院日本語教育科修士課程単位取得退学、韓国外国語大学通訳翻訳大学院韓日科修士課程修了。現在は韓国で通訳・翻訳業に従事。訳書に、イ・ギホ『舎弟たちの世界史』（新泉社）、イ・ドゥオン『あの子はもういない』（文藝春秋）、キム・ジュンヒョク『ゾンビたち』（論創社）、金学俊『独島研究』（共訳、論創社）がある。

イ・ソンファ（李聖和）

大阪生まれ。関西大学法学部卒業後、会社勤務を経て韓国へ渡り韓国外国語大学通訳翻訳大学院修士課程（韓日科・国際会議通訳専攻）修了。現在は企業内にて通訳・翻訳業務に従事。韓国文学翻訳院翻訳アカデミー特別課程・アトリエ課程修了。第二回「日本語で読みたい韓国の本翻訳コンクール」で最優秀賞受賞。訳書にペク・スリン『静かな事件』（クオン）、『わたしの心が傷つかないように』（日本実業出版社）などがある。

岡裕美（おか・ひろみ）

同志社大学文学部卒業、延世大学国語国文学科修士課程修了。二〇一二年、第十一回韓国文学翻訳院翻訳新人賞を受賞。訳書にキム・スム『ひとり』（三一書房）、イ・ジン『ギター・ブギー・シャッフル』（新泉社）、『僕は李箱から文学を学んだ』（クオン、共訳）、『韓国・朝鮮の美を読む』（野間秀樹・白永瑞編、クオン、共訳）などがある。

カン・バンファ（姜芳華）

岡山県倉敷市生まれ。岡山商科大学法律学科、梨花女子大学通訳翻訳大学院卒、高麗大学文芸創作科博士課程修了。梨花女子大学通訳翻訳大学院、漢陽女子大学日本語通翻訳科、韓国文学翻訳院翻訳アカデミー日本語科、同院翻訳アトリエ日本語科、ハンギョレ教育文化センターなどで教える。韓国文学翻訳院翻訳新人賞受賞。日訳書にチョン・ユジョン『七年の夜』（書肆侃侃房）、同『種の起源』（早川書房）、ピョン・ヘヨン『ホール』、ペク・スリン『惨憺たる光』（共に書肆侃侃房）、『私の生のアリバイ』（クオン）、チョン・ミジン『みんな知ってる、みんな知らない』（U-NEXT）など。韓訳書に児童書多数。共著に『일본어 번역 스킬（日本語翻訳スキル）』（넥서스 JAPANESE）がある。

韓国文学の源流　短編選2　1932–1938

オリオンと林檎

2021年9月7日　第1版第1刷発行

著者　朴花城　李孝石　金裕貞　李箕永
朴栄濬　朴泰遠　玄徳　李泰俊

翻訳者　李聖和　岡裕美　姜芳華　小西直子

発行者　田島安江

発行所　株式会社 書肆侃侃房（しょしかんかんぼう）
〒810-0041　福岡市中央区大名2-8-18-501
TEL　092-735-2802
FAX　092-735-2792
http://www.kankanbou.com　info@kankanbou.com

編集　田島安江／池田雪
DTP　黒木留実
印刷・製本　モリモト印刷 株式会社

ISBN978-4-86385-472-7 C0097

韓国文学の源流

短編選

古典的作品から現代まで、その時代を代表する短編の名作をセレクトし、韓国文学の源流を俯瞰できる全10巻です。韓国文学に親しみ始めた読者が、遡って古い時代の文学も読めるようにしたいと考えています。各巻は6～10編の各時代の主要作品を網羅し、小説が書かれた時代がわかるような解説とその時代の地図、文学史年表が入ります。よりいっそう、韓国文学に親しんでいただければ幸いです。

1　-1929

羅蕙錫	瓊姫	1918
田栄沢	天痴？　天才？	1919
朴英熙	猟犬	1925
朱耀燮	人力車夫	1925
崔曙海	朴乭の死	1925
玄鎮健	B舎監とラブレター	1925
廉想渉	南忠緒	1927
金東仁	K博士の研究	1929
兪鎮午	五月の求職者	1929

3　1939-1945

李箱	失花	1939
李孝石	ハルビン　哈爾浜	1940
蔡萬植	冷凍魚	1940
金南天	経営	1940
李無影	土の奴隷 続「第1課第1章」	1940
池河蓮	秋	1941

4　1946-1959

5　1960-1969

6　1970-1979

7　1980-1989

8　1990-1999

9　2000-2009

10　2010-2019

長編

『驟雨』廉想渉　白川豊 訳

四六、上製、432ページ　定価：本体2,800円＋税　ISBN978-4-86385-368-3　C0097

『月光色のチマ』韓勝源　井手俊作 訳

四六、上製、216ページ　定価：本体2,200円＋税　ISBN978-4-86385-393-5　C0097

『父の時代 ―息子の記憶―』金源一　遠藤淳子　金永昊　金鉉哲 訳

四六、上製、368ページ　定価：本体2,700円＋税　ISBN978-4-86385-471-0　C0097